0%를 향하여

서이제 소설집
0%를 향하여

초판 1쇄 발행 2021년 9월 1일
초판 4쇄 발행 2021년 12월 31일

지은이 서이제
펴낸이 이광호
주간 이근혜
편집 조은혜 최지인 이민희 박선우 방원경
펴낸곳 ㈜문학과지성사
등록번호 제1993-000098호
주소 04034 서울 마포구 잔다리로7길 18(서교동 377-20)
전화 02) 338-7224
팩스 02) 323-4180(편집) / 02) 338-7221(영업)
전자우편 moonji@moonji.com
홈페이지 www.moonji.com

ISBN 978-89-320-3893-3 03810

0%를 향하여

서이제 소설집

문학과
지성사

차례

미신(迷信)

지금, 눈이 내리고 있을지도 모른다.

아닐지도 모른다. 모르겠다. 나는 오늘이 며칠인지 모르고, 며칠째 이러고 있는지 모르고 있다. 나는 방 안에 있다. 밖은 눈으로 가득할지도 모른다. 춥다. 오늘은 뭘 해야 할지 모르겠다. 몰라서, 누워 있다. 지금은 그러고 있고, 이제는 뭐라도 해야 한다. 해야겠다. 아무래도 그러는 게 좋겠다. 일단, 목욕을 하자. 목욕을 하려고 욕실에 들어간다. 나는 욕실에 혼자 있다. 혼자서 거울을 보고 있다. 혼자 보고 있다가, 혼자가 아닌 것처럼 느껴진다. 이것은 분명 착각인데. 샤워기. 뜨거운 물. 습기 차오른다. 뿌연 안개. 눈앞 흐려지고, 거울 앞에서 내가 사라진다. 머리 어지럽고, 돌아버릴 것 같다.

저수지를 돌았다. 세 바퀴쯤 돌았는데, 어쩌면 네 바퀴일지도 모른다. 나는 저수지를 네 바퀴 돌고서 세 바퀴를 돌았다고 믿고 있는지도 모른다. 나는 여전히 모르고, 몰랐고, 모르는 게 많았고, 뭐가 뭔지 알 수 없을 때는 뭐가 뭔지 알고 있다고 믿을 수밖에 없다는 걸, 잘 알았다. 나는 신을 믿지 않았지만, 신을 믿는 사람들이 말하는 불신지옥이 무엇을 의미하는지, 얼핏 이해할 수 있을 것도 같았다. 선생님이 죽고, 그 애가 사라졌을 때, 나는 어디에 있었을까. 나는 잘 모르겠다. 나는 잘 모른 채, 저수지를 한 바퀴 더 돌고 있다. 돌았지만, 어쩌면 돌지 않았을지도 모른다. 나는 내가 얼마만큼 돌았는지, 모른다. 모르고 있다.

집을 나서기 전, 문이 잠겼는지 세 번씩 확인하는 건, 이미 내게 익숙해진 일이다. 문이 잠겼는지 확인하고, 확인했다고 확신하며, 안심하고, 안심한 채, 겨우 버스 정류장에 도착하면, 나는 내가 문을 잠그고 나왔는지 어쨌는지 확신할 수 없는 상태가 되어버린다. 그럼 어쩔 수 없다. 나는 발걸음을 돌릴 수밖에 없고, 발걸음을 돌려, 다시 집으로 돌아갈 수밖에 없다. 돌아가고, 돌아가기에, 나는 10분씩 늦어버리곤 한다. 어떤 날에는 20분 늦기도 하고, 30분 늦기도 하면서, 늦는 일을 반복한다. 나는 내게 어떤 문제, 심각한 문제, 쉽게 해결되지 않을 문제가 있다고 생각한다. 그 생각은 이 세상을 살아가는 데 그리 좋은 생각이 아니지만, 어쨌든 나는 그렇게 생각하고 생각하면서, 이 문제를 해결하고 싶어 한다. 이 문제가 내 삶을 망치고 있다고, 나는 믿고 있는지도 모른다.

이 군, 너는 아직도 지각을 하고 있니? 나는 아직도 출근할 때마다 지각을 해. 학교 다닐 때와 크게 달라진 게 없는 것 같아. 우리 둘, 학교 다닐 때 지각을 자주 해서 일찍 등교해보겠다고 자전거도 샀었잖아. 학교로 가는 길에 내리막길이 있었던 걸 기억하지? 내가 자전거를 타고는 그 길을 못 내려가서 늘 저수지 쪽으로 돌아가느라 계속 지각을 하곤 했었잖아. 너도 나 때문에 계속 지각을 했었고 말이야.

이 군. 그는 내가 늦을 때마다 아무런 말 없이 나를 기다려주는 유일한 사람이다. 그도 그럴 것이, 그는 항상 느긋했고, 지루한 영화를 보고도 감상에 젖어들 만큼 감수성이 풍부했고 이해력이 좋았으니까. 우리는 매일 아침 동네에 있는 놀이터에서 만나 함께 등교하고, 학교 정문에서 만나 함께 하교한다. 그러나 나는 항상 놀이터에 늦게, 학교 정문에 늦게, 도착한다. 언젠가, 그는 사실 자기도 항상 약속 시간에 늦는다며, 네가 더 늦지만, 나도 늦고 너도 늦으니 아무렴 상관

없고, 여기서 중요한 사실은 우리 모두 늦었지만 우리가 엇갈리지 않게 된 거라고, 그럼 된 거 아니냐고, 내게 말한 적이 있다. 그는 말수가 적은 편이지만, 가끔 말할 때 좋은 말을 한다. 그러므로 나는 그가 가끔 하는 말들을 기다리고, 기다리는데, 아무리 기다려도 그가 오랫동안 입을 닫고 있을 때는 그가 영원히 말을 하지 않을까 봐 두려워지지만, 그래도 언젠가는 반드시 말을 하겠지, 그렇게 믿으며, 여전히 기다리고 또 기다린다. 우리는 우리가 어른이 되길 기다리고 있다. 우리는 어른이 되고 싶어 한다. 그래서 시간이 조금 더 빠르게 흐르길, 그래서 내년이 다가오길, 그래서 새해가 되길, 소망한다. 우리는 아직 우리에게 오지 않은 일들을 소망하며, 새해가 되면, 함께 해를 보러 가자고 약속한다. 이대로라면, 이렇게 약속 시간을 지키지 못하는 우리라면, 우리는 새해에 그 약속을 지키지 못하게 될 수도 있지만, 해가 뜨는 순간을 놓쳐버릴 수도 있지만, 그래도 우리는 그런 약속을 한다.

그때가 좋았지. 나는 그때까지만 해도 모든 게 좋았다고 생각해. 우리가 친하고, 네가 네 멋대로 나를 **시나이**라고 부르던 그때 말이야. 새해가 되면 함께 해를 보러 가자고 약속하고, 어른이 되면 함께 술에 취해보자고 약속했던 그때 말이야. 너는 해돋이를 보며 소원을 빌면 소원이 이루어진다는 말이 모두 미신이라고 했었지만, 그런 너에게도 분명 새해에 이루고 싶은 소원 하나쯤 있었을 거라고 생각해.

수능 이후, 나는 저수지에 갔을지도 모른다. 내가 다녔던 학교 뒤쪽에는 큰 저수지가 있었고, 나는 그곳에서 이 군을 만났을지도 모른다. 선생님 말에 따르면, 그곳은 풍수지리상 우리 학교에 불운을 가져다주는 저수지였고, 동네 소문에 의하면, 그곳은 평소 우울증을 앓던 사람들을 물속으로 끌어당겨 죽음에 이르게 하는 저수지였다. 그도 그럴 것이, 그 저수지는 겨울만 되면 안개가 자욱하게 껴서 사람의 시야를 흐리게 만들어놓았고, 그러한 이유로 저수지를 둘러싼 도로에서는 교통사고가 유난히 많이 났다. 나는 저수지에서 투신자살한 사람을 본 적 없지만, 누군가 저수지에서 투신자살했다는 뉴스를 보았던 것 같기도 하다.

나를 처음 본 순간을 기억하니? 나는 잘 모르겠어. 너와 함께했던 몇 가지 기억이 떠오르지만, 언제부터 함께였는지는 기억나지 않아. 사람 기억이라는 게 다 그런 거겠지만, 그래도 나는 가끔 궁금해. 내가 너를 많이 보고 싶어 한다는 걸 알고 있니? 나는 우리 사이가 왜 멀어지게 되었는지 왜 서로에게 연락을 하지 않게 되었는지 알 수 없어. 너에게 하고 싶은 말이 많아.

나는 그를 사랑하고 있는지도 모른다. 아직 그런지 모른다. 사랑이 아닐 수도 있지만, 나는 줄곧 내가 그를 사랑하고 있는지도 모른다고 생각해왔다. 하지만 사랑하고 있는지도 모른다는 말은 사랑하고 있다는 말과 다르다. 그건 사랑하지 않는다는 말도 아니다. 정확히 말해, 나는 그를 사랑하고 있는지도 모른다. 그럼 그는? 그는 나를 사랑하고 있을지도 모른다. 아마 그럴지도 모른다. 아닐 수도 있지만, 나는 줄곧 그가 나를 사랑하고 있을지도 모른다고 생각해왔다. 나는 그가 나를 사랑하고 있을지도 모른다고 생각하기에, 나를 사랑하지 않을지도 모른다는 생각을 좀처럼 거둘 수 없다. 그가 나를 사랑하는지 확신할 수 없다. 그는 나를 사랑하지 않을지도 모른다. 지금껏 나는 그에게 수많은 편지를 썼고, 또 쓰고 있지만, 그는 내게 편지를 쓴 적이 단 한 번도 없으므로, 그는 나를 사랑하지 않을지도 모른다. 그럼에도 불구하고, 내가 이렇게 그에게 편지를 쓰는 이유는 단 한 가지다. 나는 그의 인생을 더럽히고 싶다. 나는 그가 나를 잊지 않길, 바란다. 바라며, 쓴다. 바라기에 쓴다. 나는 그가 한꺼번에 버릴 수 없을 만큼 많은 양의 편지를 쓰고 있다. 오랫동안 많이.

자주 많이. 그리고 편지를 쓰고 있으므로, 나는 여전히 그를 사랑하고 있는지도 모른다. 그럴지도 모른다. 이사를 할 때마다, 그가 모든 걸 버리고 떠나려 할 때마다, 처치 곤란인 책들처럼, 그 먼지 쌓인 책들처럼, 내 편지가 그의 곁에 짐처럼 남기를 바라며, 나는 쓰고 있다. 하지만 그럼에도, 그는 나를 잊어가고 있을지도 모른다. 그래서 나는 계속 쓰고 있다. 그러나 이 편지는 선생님께 쓰고 있는 편지일지도 모른다. 선생님이 나를 잊어가고 있을지도 모르므로, 그에게 쓰듯, 나는 선생님에게 편지를 쓰고 있는지도 모른다.

선생님 같은 어른이 되고 싶다고 생각했습니다. 저도 선생님처럼 세계 일주를 떠나고, 서로 다른 언어를 쓰는 사람들과 만나 보디랭귀지로 대화를 하며, 아프리카 흑인과 악수를 나누고, 별이 가득한 몽골의 야경을 바라본 후, 몽골리안 텐트를 치고 잠드는 사람이 되고 싶었어요. 하지만 저는 아직도 인생은 지나쳐가는 것이고 삶은 지속되는 것이라는 선생님의 말씀조차 이해하지 못했네요.

선생님은 맨 앞자리에 앉은 학생에게 종이를 건네주고, 그 학생은 종이를 뒤로 돌린다. 종이가 내게 전해졌을 때, 나는 그것이 편지임을, 선생님이 학생들에게 전하는 편지임을 알아차린다. 나는 편지를 읽고, 그 편지가 지나치게 감상적이라고 생각하지만, 그것을 졸업 앨범 사이에 끼워두기로 한다. 간직하기로 한다. 그 편지에는 앞으로 펼쳐질 너희들의 삶을 응원한다는 문장이 있다. 다른 학생들도 그 편지를 읽지만, 그들은 편지 따위에 관심 없다. 내일은 수능이고, 그들은 내일 벌어질 일에만 관심 있다. 나는 오늘 이 편지를 받지 못한 한 명, 이 군에 대해 생각한다. 생각하다가, 생각해버린다. 그렇다. 나는 선생님의 편지를 읽고, 편지가 지나치게 감상적이라고 생각한 후, 편지를 읽지 못한 이 군에 대해 생각한다.

언젠가 그가 내게 전화를 한 적이 있다. 그동안 대체 어떻게 지냈던 거야? 내가 묻자, 그는 사람을 죽였다고 말한다. 말하며, 운다. 고백은 언제나 행위 다음에 온다. 이것은 고백이면서 동시에 자백이다. 그는 울고 있다. 그만 울고, 일단 만나자. 나는 그에게 지금 당장 우리 집으로 오라고 말한다. 그가 우리 집에 온다고 해도 달라질 건 아무것도 없는데, 나는 왜 그에게 우리 집으로 오라고 말했을까. 나는 그 이유를 여전히 알지 못하지만, 알지 못하면서도 그런 말을 한다. 알겠어. 그는 답하고, 우리 집으로 오는 중이지만, 오고 있지만, 아직은 오지 않고 있다. 늦는다. 영원히 오지 않을 것처럼, 늦는다. 늦다가 결국 늦어버린다.

선생님, 이 군을 기억하시나요? 물론 기억하고 계실 거라고 믿어요. 선생님에게 이 군은 어떤 학생이었나요. 이 군이 선생님을 힘들게 했나요? 저는 아직도 이 군이 자퇴해버린 이유를 알 수 없어요.

나는 내가 행복한 사람이라고 생각해. 선생님은 수업 시간에 그런 말을 한다. 지난 주말을 어떻게 보냈는지, 자신이 어떤 삶을 살고 있는지, 자신의 남편이 얼마나 자상하고 좋은 사람인지, 수업 시간 내내 그런 이야기를 한다. 이 군의 자리가 비어 있다. 수능을 앞두고 선생님이 그런 이야기를 하는 건, 조금 이상한 일이고, 오늘따라 선생님이 이상하다는 건, 나뿐만 아니라 우리 반 학생 모두가 느끼고 있을 테지만, 우리는 수업을 듣는 것보다 그런 이야기를 듣는 것이 더 좋으므로, 우리 중 그 누구도 수업을 시작하자는 말을 하지 않는다. 이 군의 자리는 비어 있다. 오히려, 우리는 선생님의 이야기가 끝나지 않기를, 선생님의 이야기가 이 수업 시간보다 더 오래, 오래, 오래, 지속되기를 바라고 있다. 그 바람에 따라 선생님은 계속 이야기한다. 이 군의 자리는 여전히 비어 있고, 이 군은 여기 없다. 우리 남편은 정말 좋은 사람이지.

남편을 만나기 전까지 나는 내가 저주받은 줄 알고 살았어. 좋은 사람을 사랑하는 일만큼 좋은 일은 없는 것 같아. 나는 남편을 만나기 전까지, 사랑했던 사람이 있었는데. 이제 이 군은 여기 없다. 선생님은 계속 말하고, 우리는 계속 듣는다. 들으며, 여기 있다. 수업 종이 치고, 선생님 이야기는 끝난다. 오늘은 쓸데없는 소리를 하느라 수업을 하나도 못 했네. 하지만 괜찮아, 이런 날도 있는 거지. 선생님이 교실을 나가고, 선생님이 나가면 선생님은 교실에 없다. 이 군은 선생님이 없어지기 전부터 여기 없었다. 그는 몇 달 전부터, 그러니까 새 학기가 시작되면서부터, 여기 없었다. 선생님은 그가 많이 아파서 학교를 다닐 수 없게 되었다고 했지만, 그것은 거짓말일지도 모른다. 학교 밖에서 그를 본 사람들의 말에 의하면 그는 곧 죽을 사람처럼 창백했다고도 했고, 정신이 반쯤 나가서 거리를 돌아다닌다고도 했으며, 머리를 하얗게 물들이고 양아치 짓을 하고 돌아다닌다고도 했다. 또 어떤 사람들은 그가 사이비 종교에 빠져 집안을 풍비박산으로 만들었다고도 했고, 신을 모시는 사람이 되었다고도 했는데, 그 말은 그가 기독교 신자가 되었다거나 절에 들어가 중이 되었다는 말이 아니었다. 그가 모시는 신은 잡귀 같은 거라고 했다. 그에 대해 떠도는 소문 중 내가 믿고 싶은 이야기는 없었다.

네가 없는 동안 학교에는 많은 일이 있었어. 어제 급식은 양배추쌈이었는데 그 안에서 애벌레가 나왔어. 살아 있었어. 그 애벌레는 어떻게 찜통 속에서도 살아남을 수 있었을까? 그리고 우리 반 망부석이 드디어 방석을 새것으로 바꿨어. 수능 성적 올리겠다고 쉬는 시간에도 자리에서 꿈쩍 않고 공부만 하던 그 애 말이야. 일본어 선생님은 며칠 전에 맞선을 봤는데, 아무래도 그분이랑 잘될 것 같대. 지켜봐야지 뭐. 잘될 것 같다가 초를 친 게 한두 번이 아니잖아. 일본어 선생님은 올해 안으로 애인을 만들 수 있을까. 그리고 자전거 거치대는 소각장 옆으로 옮겨졌고, 소각장에 종종 나타나던 고양이는 언제부턴가 새끼들과 함께 다녀. 추운데 감기라도 걸리는 건 아닌지 몰라. 확실히 최근 들어 기온이 많이 떨어진 것 같아. 원래 수능이 다가오면 추워진다고 하잖아. 이제 벌써 다음 주면 수능이야.

해가 지고, 해가 뜬다. 그는 우리 집 침대 위에서 깨어나, 꿈에서도 사람을 죽였다고 내게 말한다. 그 말을 믿어선 안 된다. 나는 그의 꿈을 본 적 없으므로, 그의 꿈에 대해 이해할 수 없고, 구태여 그런 걸 이해할 필요도 없으므로, 그런 말 따위는 새겨듣지 않는다. 그 대신, 나는 내가 하려던 말을 한다. 아침으로 뭐 먹을래. 빵이라도 줄까. 그는 빵 대신 커피를 마시겠다고 하고, 나는 커피포트에 물을 끓이는데, 물이 끓는 데까지 너무 오래 걸린다는 생각이 든다. 그 오랜 시간이, 그와 나 사이를 더 어색하게 만든다. 그는 침대 위에 걸터앉은 채 창밖을 보고 있고, 나는 커피포트 앞에 선 채 그를 보고 있다. 그의 얼굴이 낯설게 느껴진다. 이봐, 시나이. 고등학교 때 나는 어땠어? 그때도 너는 나를 시나이라고 불렀어. 그는 고개를 저으며, 그것 말고, 시나이,라고 말한다. 그것 말고, 시나이.

편지를 찾아보았지만, 찾을 수 없다. 선생님이 학생들에게, 우리에게, 내게 줬던 그 편지가 없다. 졸업 앨범 사이에는 아무것도 없다. 선생님 사진도 없다. 편지가 없고 사진이 없다면, 선생님도 없다. 애초부터 모든 것은 없었는지도 모른다. 편지, 사진 그리고 선생님. 그 모두가 애초에 없었다면, 그렇다면, 나는 내가 왜 이렇게 괴로운 건지 알 수 없다. 나는 내가 누구인지 알 수 없다. 나는 선생님 같은 어른이 되어본 적 없으며, 교사가 되겠다는 꿈을 가져본 적 없고, 교사가 되어본 적 없으며, 지금 하는 일을 계속해야 하는지 그만둬야 하는지 고민하느라 잠을 설친 적이 없고, 짧은 휴가 동안 억지스럽게 여유를 즐기려고 애쓴 적이 없는지도 모른다. 그러므로 나는 여전히 학교에서 공부를 하고, 친구들과 점심시간을 기다리며, 별것도 아닌 일에 웃고 또 웃으며 살고 있는지도 모른다.

그는 나를 따라오고 있다. 그는 나에게 할 말이 있어서 나를 따라오고 있지만, 아무래도 그런 것 같지만, 그는 지금껏 나에게 할 말을 한 적이 없다. 반 아이들 말에 따르면, 그는 나를 좋아한다. 그렇기 때문에 그는 나를 따라오다가 나를 좋아한다고 고백할지도 모르지만, 아직은 고백하지 않고 있다. 그는 아직 내게 고백하지 않았고, 아직 고백하지 않았지만, 나는 언젠가 그가 나에게 고백할 것이라고 생각한다. 생각하고, 생각하다 보면, 그에 대해 더 많이 생각하게 되고, 생각하게 되어버리고, 생각하게 되어버리면, 나는 그를 사랑하게 되어버린다. 내가 그를 사랑하게 된 그다음 날부터 그는 학교에 나오지 않을지도 모르고, 그렇게 그가 학교에 나오지 않아 나는 그를 더 많이 생각하게 될지도 모른다. 하지만 어쩌면 이건 전부 내 이야기가 아닐지도 모른다. 이건 내 이야기가 아니라, 선생님의 이야기일지도 모른다. 죽은 사람을 사랑하는 일은 10년 가능해요. 그게 가능하더라고. 선생님은 그렇게 말한다. 선생님은 고등학생 때 자신이 싫어하던 같은 반 애가 자꾸 자기 주변을 얼쩡거려서 더 싫어졌다고 말한다. 그러던 어느 날, 그 애가 갑자기 자신에게 고백했고, 그다음 날부터 학교에 나오지 않았는데, 얼마 후 그 애가 죽어버렸다고 했다. 그 애에게 주려고 썼던 편지가 있었는데 영원히 답장을 주지 못했어. 내용은 뭐, 미안하지만 나는 너 별로야, 이런 식이었던 것 같은데. 어쨌든 그 후로 나는 죽은 사람을 10년 동안이나 사랑했어. 그 애가 내게 편지를 줬던 일 이외에 우리 사이에는 아무런 일도 없었고, 그 이후로도 아무런 일이 없었는데, 내가 10년 동안 그 애를 못 잊었던 거야. 그런데 이상하게도 10년이 지나가니까 모든 게 괜찮아졌어. 왜일까. 나는 아직도 그 이유를 모르겠지만. 선생님은 그렇게 말하고 웃는다. 사랑했던 사람이 죽었다는 사실이 이제 더 이상 아무렇지도 않다는 듯, 웃는다.

선생님, 저는 이 군을 만난 적이 있어요. 수능이 끝나고 우리는 저수지에서 만났어요. 그는 전보다 많이 야위었고, 신경이 아주 날카로워져 있는 것 같았어요. 얼굴은 죽은 사람처럼 창백했고요. 소문대로 머리를 하얗게 물들이고 있었지만, 양아치 짓을 하고 돌아다니는 것 같진 않았어요. 그날 우리에게 무슨 일이 있었는지 정확히 기억나진 않지만, 그날 이후 두 번 다시 이 군을 보지 못했다는 건 분명해요. 어떤 사람들은 제가 저수지에서 죽을 뻔했다고 했지만, 저는 제가 정말로 죽을 만한 짓을 했는지 잘 모르겠어요. 그런 위험한 짓을 한 기억이 없어요.

만약 내가 그를 만났다면, 그건 우리 집에서가 아니라 저수지에서였을 것이다. 아마, 그랬을 것이다. 우리는 선생님이 돌아가시고 며칠 후에 만났을 것이다. 며칠 후가 아니라도, 몇 년 후는 아니었을 것이다. 나는 그에게 편지를 전하기 위해 저수지로 간다. 가지만, 그곳에는 아무도 없다. 밤이고, 저수지에는 아무도 없다. 밤이니까, 저수지에는 아무도 없다. 이곳은 너무 춥다. 안개가 자욱하고, 자욱해서 그가 먼저 이곳에 도착했을지라도 내가 그를 알아차릴 수 없을 것 같다. 그는 늦는 걸까. 그는 내가 늦을 때마다 아무런 말 없이 나를 기다려주는 유일한 사람이므로, 나 또한 아무런 말 없이 그를 기다리고, 기다리지만, 그는 여전히 오지 않는다. 하지만 그는 이미 이곳에 왔는지도 모른다. 안개 너머에 있는지도 모른다. 나는 그가 이곳에 왔는지, 아직 오지 않았는지도 모르면서, 자욱한 안개 속으로 한 발 한 발 걸어 들어간다. 아무도 없다. 아무도 없다. 아무도 없다. 하지만 누군가 있는지도 모른다. 나는 모르는 게 너무 많아서, 너무 많은 생각을 한다. 저수지를 한 바퀴 돌면서 생각하고, 두 바퀴 돌면서 생각하고, 세 바퀴 돌면서도 생각하지만, 세 바퀴를 돌 때쯤 나는 내가 대체 몇 바퀴를 돈 건지 알 수 없게 되어버리고, 혹시 내가 네 바퀴를 돈 건 아닐까, 아니, 다섯 바퀴일지도 모른다고 생각하며, 머리 아파한다. 나는 계속 돌고, 돌고 있고, 돌아버린다.

우리 반 아이들은 애인이 없는 일본어 선생님을 김나이 센세라고 불렀어요. 알고 계셨나요? 김나이 센세가 이 군에게 일본어 지문을 읽어보라고 시키면 그는 항상 시라나이, 라고 말했어요. 그럼 그때마다 김나이 센세는 '모른다'라고 하지 말고 '모르겠습니다'라고 말하라며, '시라나이데스'라는 말을 알려주셨어요. 하지만 그는 항상 시라나이,라고만 했죠. 시라나이, 나이. 그건 이 군이 아는 유일한 일본어예요. 약속 장소에 나가 보면 제가 항상 없었다는 이유로, 그는 저를 시나이라고 불렀어요. 그건 '시라나이'와 '나이'를 합친 거라고 했어요. 그리고 제가 저수지에 갔던 날, 그 소리가 들렸죠. 시나이.

시나이. 그가 나를 부르고, 나는 그를 본다. 그는 아직까지도 침대 위에 걸터앉은 채, 창밖을 보고 있다. 나는 잔에 커피를 따르며, 생각한다. 그는 좋은 사람이었을지도 모른다고. 그는 좋은 사람이었지만, 선생님의 죽음 이후로 조금 미쳐버렸는지도 모르고, 선생님의 죽음 이후 미치지 않았다면, 원래부터 미쳐 있었던 걸지도 모른다. 미쳐 있으면서도 좋은 사람일 수 있다고, 나는 믿고 싶고, 그래서 그렇게 믿기로 한다. 너는 좋은 애였어. 조금 미친놈이었지만. 나는 그에게 커피를 건네고, 그는 커피를 한 손으로 받아 들며, 내 기억이 엉망진창이라고 말하고 나를 비웃는다. 시나이, 나 정말로 사람을 죽였는지도 몰라. 꿈이 아닐지도 몰라. 그가 말하고, 나는 답한다. 그러니까 너는 사람을 죽이지 않았을지도 몰라. 내가 답하고, 그가 말한다. 그럴지도 모르지. 그는 자신이 저주받았다고 토로하기 시작한다. 나는 그가 하는 말을 믿지 않고, 그가 저주받았다는 사실 또한 믿지 않는다. 시나이, 나도 모르게 사람을 죽였으면 어쩌지. 만약 내가 사람을 죽였는데도 기억하지 못하고 있는 거라면, 그래서 영원히 속죄할 수 없다면, 나는 얼마나 나쁜 놈인 걸까? 나는 그가 하는 말을 믿게 되어버릴지도 모르고, 그가 저주받았다는 사실 또한 믿어버리게 될지도 모른다. 나는 그가 안타까워서, 그의 얼굴을 정확히 바라볼 수가 없어진다. 네 머릿속에 사람을 죽인 기억이 없다면, 넌 사람을 죽인 적이 없는 거야. 나는 그를 도와줄 말을 궁리하고, 궁리한 말을 꺼내보지만, 그 말은 그에게 별 도움이 되지 않을지도 모른다. 내 죄가 얼마나 큰지 알고 싶어. 정확히 알고 싶어. 그는 그렇게 말하고,

그는 딱 그렇게만 말하고, 더 이상 아무런 말도 하지 않는다. 그는 여전히 커피 잔을 손에 들고 있다. 그는 생각에 빠져드느라 자신이 커피 잔을 쥐고 있다는 사실을 잊은 듯하다. 그에게 커피 잔은 아무것도 아니다. 그것은 일상적이고 사소해서 잊어버리기 딱 좋다. 만약, 그에게 사람을 죽이는 일이 일상적이고 사소한 일이었다면, 그는 자신이 사람을 죽였다는 사실을 잊어버렸을 수도 있다. 하지만 사람을 죽이는 일은 일상적일 수 없다. 그것이 일상적인 일이어서는 안 된다. 그는 다시 정신을 차리고, 커피를 마신다. 내가 네 저주에 대해 생각해봤는데, 아무래도 너는 영화를 너무 많이 본 것 같아. 나는 그에게 해줄 수 있는 가장 좋은 말을 해준다. 가장 좋은 말이 아닐지도 모르지만, 나는 그 말이 내가 그에게 해줄 수 있는 최선의 말이라고, 믿어 의심치 않는다. 하지만 그는 영화를 좋아하지 않을지도 모른다. 지루한 영화를 보고도 감상에 젖어들 만큼 감수성이 풍부하지 않고 또 그만큼 이해력이 좋지 않았을지도 모른다. 나는 그를 잘 모른다.

사실 저는 이 군에 대해 오랫동안 생각해왔어요. 아마 용서할 수 없어서 그랬을 거예요. 그런데 하루는 제가 왜 이렇게까지 그를 미워하고 있는 건지 모르겠더라고요. 저는 미워할 사람이 필요했던 걸까요. 단지 그랬던 걸까요. 습관적으로 그랬던 걸까요. 제가 그에게 실망한 탓일지도 모르겠습니다만, 만약 실망했던 거라면, 저는 그에게 어떤 기대를 했던 걸까요. 제가 그와 사귀었던 것도 아닌데. 우리는 단지 등하교를 같이했을 뿐이었고, 학교에서는 별다른 말을 섞지 않았던 사이인데, 저는 왜 아직도 그를 잊지 못하고 있는 걸까요. 친하긴 했지만, 제일 친한 친구도 아니었는데 말이죠. 선생님에게 이런저런 고민을 털어놓고 싶습니다. 하지만 지금은 이렇게 편지를 쓰는 수밖에 없네요.

나는 그를 사랑하지 않았을지도 모른다. 사랑하지 않았을지도 모른다는 말은 사랑하지 않았다는 말과 다르지만, 그렇다고 해서, 사랑했다는 말도 아니다. 나는 그를 사랑했던 것이 아니라 단지 생각하고 있었는지도 모른다. 나는 10년간 그를 생각해왔다. 습관적으로. 집을 나설 때마다 문이 잠겼는지 세 번씩 확인하는 것처럼, 그리고 그 습관 때문에 다시 집으로 돌아가는 것처럼, 나는 그를 생각하고 있었는지도 모른다. 나는 되돌아보며, 쓴다. 쓰고 있다. 나는 그에게, 아니, 선생님에게, 오랜 시간 많은 편지를 썼던 것으로 기억한다. 하고 싶은 말이 많아서 그랬던 것으로 생각되지만, 어쩌면 하고 싶은 말이 너무 많아서 아무런 말도 쓰지 못했는지도 모른다.

나는 내가 행복한 사람이라고 생각해. 선생님은 수업 시간에 그런 이야기를 하신 적이 없었는지도 모른다. 지난 주말을 어떻게 보냈는지, 자신이 어떤 삶을 살고 있는지, 자신의 남편이 얼마나 비정하고 나쁜 사람인지, 수업 시간 내내 그런 이야기는 하고 싶지 않았는지 모른다. 세계 일주를 다녀왔다는 말도, 보디랭귀지로 모든 말을 할 수 있다는 말도, 아프리카 흑인과 악수를 했는데 그의 손이 너무 부드러워서 놀라는 바람에 황급히 손을 빼버렸다는 말도, 그래서 미안했는데 미안하다는 말을 끝내 전하지 못하고 한국으로 돌아왔다는 말도, 그게 자꾸 생각난다는 말도, 몽골에서 바이크가 고장 나는 바람에 한참을 걸어야 했다는 말도, 몽골리안 텐트 속에서 영원히 잠들고 싶었다는 말도, 모두 선생님이 한 거짓말이었을지도 모른다. 인생은 지나쳐가는 것이고 삶은 지속되는 것이라는 선생님의 그럴듯한 말씀도 허구에 가까운 비언일지도 모른다. 선생님은 삶을 지속시키지 못한 채, 스스로 목숨을 끊으셨고, 나는 그런 선생님을 좋아한 적이, 그래서 선생님에게 잘 보이려고 공부를 열심히 했던 적이 없었는지도 모른다. 나는 선생님 같은 어른이 되고 싶어 한 적이, 선생님 같은 사람이 되고 싶어 한 적이 없었는지도 모른다. 어쩌면 내가 기억하는 선생님은 없을지도 모른다. 선생님은 애초에 없었으므로, 선생님이 죽었다는 사실조차 실제로는 벌어지지 않았던 일일지도 모른다. 벌어진 적도 없었던 이 수많은 일을 떠올릴 수 있었던 건, 내가 제대로 미쳤거나 완전히 돌아버렸기 때문일지도 모른다.

이미 저수지는 얼어 있다. 그는 저수지를 둘러싼 펜스를 넘어, 얼음판 위에 한 발을 올린다. 가지 마. 얼었어. 가지 말라니까! 얼어 있어서 괜찮아. 그는 나머지 한 발을 얼음판 위에 올린다. 저수지 얼음은 깨져버릴지도 모른다. 나는 저수지 얼음이 깨지고, 그가 차가운 물속으로 빠져버리는 모습을 떠올리지만, 그런 일은 아직 일어나지 않는다. 너 대체 왜 그래! 가지 마! 너도 내가 미쳤다고 생각하는구나? 다들 나더러 미쳤다고 그러더라. 엄마가 나를 정신병원에도 데려가고, 점집에도 데려갔어. 평생 인간 구실 못 할 운명이라고 하던데. 그는 그렇게 말하고, 나는 그가 하는 말을 믿지 않는다. 그게 무슨 소리야. 네가 왜 인간 구실을 못 해. 너는 잘 살아갈 수 있어! 내가 말하자, 그는 한동안 대답 없이 고개를 숙인 채 자신의 발끝만 바라보고 있다. 나는 그가 무슨 일을 겪었는지, 겪고 있는지, 알지 못하지만, 알지 못하면서도 그를 위로하고 싶다고 생각한다. 시나이, 나는 이제 인간 아니야. 그는 한 발 한 발 조심스럽게 움직이며, 저수지 중심까지 걸어간다. 제발 그러지 마! 얼른 나와! 나는 저수지 주변에서 발을 동동 구르며, 그에게 소리치지만, 고작 그 정도로는 그를 말릴 수 없다. 나는 그에게 하고 싶은 말이 많았고, 그래서 오늘만큼은 하고 싶었던 말을 다 하려고 했지만, 얼음 위를 걷는 그에게 내가 할 수 있는 말은 이런 말뿐이다. 너 그러다 정말 죽어! 그 말은 하지 말아야 할 말이었는지도 모른다. 말이 씨가 된다는 말처럼, 그 말이 그를 죽게 만들지도 모른다. 죽으면 죽는 거지 뭐. 근데 선생님 자살하셨다며? 그는 쉽게 말하고, 나는 그가 쉽게 말하기 전에 죽어버렸어야 한다고 생각한다. 똑똑한 척은 다 하시더니, 바보같이 왜 자살을 하셨대. 그는 함부로 말하고, 나는 그가 더 이상 함부로 말하지 못하도록 그를 죽여버리고 싶다고 생각한다. 나는 펜스를 넘어, 얼어 있는 저수지 위로 한 발을 내딛는다. 그에게 다가가려고, 내딛는다. 한 발, 내딛지만. 바닥이 미끄러워서, 나는 이내 고꾸라져버릴 것만 같고, 고꾸라져버릴 것만 같은 이 느낌은 앞으로 내가 살아갈 날들을 엉망으로 만들어버릴 것만 같다. 나는 이대로 영원히 미끄러져버릴지도 모른다. 나는 기어이 그에게로 다가가, 곧 눈물이 날 지경이 되어 말한다. 그렇게 말하지 마. 나는 울어버리고, 그는 내가 우는 것을 우습게 여긴다. 우습게 여긴 것이 아닐지도 모르지만, 나는 그가 우는 나를 우습게 여기고 있다고 느끼고 있다. 나는 그가 나를 우습게 여기는 걸 더 이상 참을 수 없고, 그가 이대로 계속 나빠지고 못되어지는 걸 더 이상 내버려둘 수 없고, 그래서 그를 때리기 시작한다. 우리는 함께 뒤엉켜 얼음판 위로 꼬꾸라져버린다. 그는 내 머리채를 잡고, 휘두르며, 내게 온갖 나쁜 말을 내뱉는다. 나는 손바닥으로 그를 사정없이 때리며, 우리가 왜 싸우고 있는 건지, 왜 싸워야만 하는 건지, 우리가 싸우는 일과 선생님이 돌아가신 일은 대체 어떤 관련이 있는 건지, 알 수 없다는 생각을 한다. 생각하며, 나는 계속 그를 때린다. 나는 그만하고 싶다. 그는 내 목을 조르기 시작한다. 나는 이제 그만하고 싶다. 그는 더 세게, 나를 죽이려는 듯, 내 목을 조른다. 나는 제발 그만두고 싶고, 그는 그만두지 않는다. 그가 그만두지 않아, 나도 그만두지 않는다. 나는 내가 우려했던 일이 벌어질 것을, 느낀다. 숨이 넘어가는 찰나. 얼음. 깨지고, 우리는 물속에 잠긴다. 그러나 우리는 물속에 잠기지 않았을지도 모른다. 이 군. 그는 내가 늦을 때마다 아무런 말 없이 나를 기다려주었던 유일한 사람이 아닐지도 모른다. 그는 그곳에 없었을지도 모른다.

이제 저는 어떤 사람이 되었나요. 선생님 같은 어른이 되었나요. 아니면, 혹시 제가 그날 저수지에 빠져 죽지 않았나요. 저는 가끔 사는 게 지옥 같아요. 이미 죽은 삶을 살아가는 기분이 들어요. 별다른 이유 없이도 괴로워하는 제 자신이 미워서 견딜 수가 없습니다. 시간이 지나면, 저는 괜찮아질 수 있을까요? 정말로 저는 살아 있나요? 살아 있다고 믿으면 살아갈 수 있는 건가요.

해가 지고, 해가 뜬다. 또 아침이다. 아침에 눈을 뜨면, 아침이 낯설게 느껴진다. 나는 침대에 누워, 가만히 창밖을 본다. 어떻게 살아온 건지, 모르겠다. 모르면서, 살고 있다. 모르면서, 어떻게 지금까지 살 수 있었을까. 모르겠다. 모른 채 살아가고 있다. 창밖으로 눈이 내리고 있고, 눈은 내리고 있는데, 정말로 시간은 흐르고 있는 걸까. 그날 이후, 얼마나 많은 시간이 흐른 걸까.

나는 밖으로 나온다. 눈이 온다. 눈이 오고 있다. 저것은 비에 가까운 눈일지도 모른다. 비는 아니지만, 확실하게 눈도 아니다. 하늘에서 무언가 내리고 있지만, 나는 그것이 무엇인지 알지 못하고, 알지 못하기에, 눈이 오네요, 비가 오네요, 그런 말들을 함부로 지껄일 수밖에 없다. 선생님에게 혹은 이 군에게 하늘에서 무언가 내리고 있다는 사실을 알리기 위해서는 그럴 수밖에 없다. 눈이 와요. 비가 와요. 그렇게 함부로 말할 때, 나는 눈과 비, 둘 중에 하나만 선택해야 한다. 선생님, 비가 와요. 이 군, 비가 오잖아. 무언가 내리니까, 우산이 필요하다고 생각하는 찰나, 나는 내가 우산을 챙기지 않았다는 사실을 알아차린다. 우산을 챙기러 다시 집으로 돌아가고, 우산을 챙겨서 다시 집을 나서고, 그렇게 버스 정류장에 도착하면, 나는 우산을 챙기고 집을 나오면서 문을 잠갔는지, 문을 잠그지 않았는지, 알 수 없게 되어버린다. 나는 또다시 집으로 간다. 내가 시간을 낭비하는 동안, 더 이상 눈이나 비는 내리지 않게 되고, 나는 축축하게 젖어버린 아스팔트 바닥을 보며, 비가 왔다,라고 생각한다. 비가 왔다고 생각하면, 비는 두 번 다시 눈이 되지 않는다.

선생님, 저는 어떤 말을 믿어야 할까요. 선생님이 행복한 삶을 살아가고 있다는 말을 믿어야 할까요. 선생님이 수능 날 자살하셨다는 말을 믿어야 할까요. 학부모들이 자살한 교사의 사진을 아이들의 졸업 앨범에 넣고 싶지 않아 했다는 사실을 믿어야 할까요. 그리고 그 후, 저수지 부근에서 제가 기절해 있었다는 사실을 믿어야 할까요. 제가 귀신에 홀려 그곳까지 갔다는 사람들의 말을 믿어야 할까요. 정말로, 선생님이 사랑했던 그분이 선생님을 하늘로 데려간 걸까요. 그건 저에게 위로가 될 만한 이야기인가요. 선생님, 좋은 사람을 사랑하는 것만큼 좋은 일은 없다고 하셨죠. 반대로, 나쁜 사람을 사랑하는 것만큼 불행한 일도 없을 거예요. 저는 그 애를 사랑했을까요. 정말로 그랬던 걸까요. 언젠가 이 군은 제게 전화를 걸어, 모든 게 자기 탓이라고 말하며, 운 적이 있습니다. 그게 이 군이 제게 남긴 마지막 말이었는데, 그게 정말 그가 저에게 남기고 싶었던 마지막 말이었을까요. 그 애는 어디선가 잘 살아가고 있을까요. 잘 살고 있다면 마음이 아플 것 같습니다. 이 군은 자신이 선생님을 자살로 몰아갔다고 믿고 있는지도 모르겠습니다. 만약 그렇다면, 그건 아마 자신이 선생님을 죽였다고 믿는 쪽이, 그렇게 믿으면서 속죄하는 쪽이, 덜 고통스럽기 때문일 거예요. 그가 죄책감을 느끼면서 사는 건 죄책감을 느끼면서 사는 것이 더 낫기 때문이겠죠. 그 애는 죄책감으로써 선생님을 기억할 거예요. 잊는 것보다 그게 더 나을 테니까요. 선생님은 선생님이 바라던 평온을 얻으셨나요. 만약 죽음이 불행한 일이라고 믿는다면, 우리는 어떻게 하루를 더 살아갈 수 있을까요. 언젠가 우리 모두 죽는데, 죽는 게 슬픈 일이라고 믿어서 무얼 어쩔 수 있겠어요. 저는 겨우 살아가기 위해서 비극을 믿어야겠지요. 살기 위해서 믿기 힘든 일들을 믿을 수밖에 없네요. 저는 가끔, 인생은 지나쳐가는 것이고 삶은 지속되는 것이라는 선생님 말씀을 이해했다고 착각하기도 하지만, 이제는 그것도 착각이 아니라고 믿어야겠지요. 이제는 모든 일이 저를 지나쳐가고 제 삶이 지속되었으면 합니다. 선생님이 돌아가신 지 10년이 지나고 있어요. 이제 곧 새해입니다. 10년이 지나자, 모든 일이 씻은 듯 괜찮아졌다는 그 말을 꼭 믿고 싶어요.

나는 선생님에게 마지막 편지를 쓰고, 어쩌면 마지막이 아닐지도 모르지만, 마지막이라고 믿고 싶은 편지를 쓰고, 밖으로 나간다. 문이 잠겼는지 확인하지 않고, 나간다. 오늘만은 절대 늦지 않을 것이다. 문이 잠겼는지 확인하기 위해 다시 집으로 되돌아가지 않을 것이고, 되돌아가지 않으니, 나는 늦지 않게 그곳으로 갈 것이다. 나는 그곳으로 간다.

그곳에 그는 오지 않는다. 나는 그를 기다리고, 기다리지만, 그는 여전히 오지 않는다. 오지 않다가, 결국 오지 않아버린다. 그는 오지 않았다. 그가 오지 않아서, 나는 걷기 시작한다. 걷기 시작하다가, 걷기 시작했다. 나는 처음 보는 사람들과 함께 걸었다. 그곳에서 이곳으로. 이곳까지 걸었다. 해가 떠오른다. 해는 떠오르고 있었다. 물속을 빠져나오듯, 수평선 위로 해가 떠오르고 있었다. 그가 오지 않았으니, 오늘은 새해가 아닐지도 모르지만, 오늘이 새해라고 믿는 사람들 모두가 해를 바라보았다. 나는 해를 보고 있었다.

셀룰로이드 필름을 위한 선

5-1

나는 좋은 사람이 되고 싶었다. 지금껏 나는 좋은 사람이 되기 위해 무진 애를 쓰며 살아왔는데 정작 좋은 사람이 어떤 사람을 말하는 것인지에 대해서는 깊게 생각해본 적이 없었다. 좋은 사람이란 대체 뭘까, 어떤 사람일까. 나는 도무지 알 수 없어 일단 종로3가역 1번 출구 앞에 멈춰 섰다.

채식을 시작한 것이 실수였을까. 채식을 시작한 이후로 종로3가역에만 가면 어쩐지 소 혓바닥 냄새가 났다. 뭐랄까. 그곳에서는 비릿하고 퀴퀴한 냄새가 났는데 이상하게도 나는 그 냄새를 맡을 때마다 그 냄새가 소 혓바닥 냄새일 거라고 확신했다. 그 냄새를 맡으며, 나는 어느 소고기집 찜통 속에서 익어가고 있을 소 혓바닥을 생각하다가, 목이 잘린 소 대가리를 생각하고, 기어코 가본 적도 없는 도살장 모습을 상상하게 되니, 새삼 죽음이란 뭘까, 개죽음이란 말을 떠올리고, 개죽음이라는 말은 대체 뭘까, 갑자기 살아서 뭐하나 싶은 마음이 들었지만, 그렇다고 해서 죽고 싶다는 마음을 먹거나 그랬던 건 절대로 아니었다. 하지만 나는 결국 그 냄새 때문에 종로3가에서 내장탕에 소주를 마시고 있을 영화감독들을 떠올리고야 말았고, 내가 그들을 떠올리고야 말았다는 사실은 나를 죽고 싶게 만들기 충분했다. 영화감독, 아니, 영화감독인 척하는 고주망태 새끼들. 그들은 젊어서부터 자신의 인생을 한탄하고 조롱하며 자신을 욕보이게 하는 일에 최적화되어 있는 인간들이었다. 나는 그들에 대해 생각했다. 혹은 만나고 싶지 않았는데 얼마 전 만나게 된 정경환에 대해 생각했다. 가끔 나는 무언가 생각할 때, 생각날 때, 내가 생각한 것인지 우연히 생각난 것인지 헷갈리기도 했고, 괜히 그런 걸 헷갈려 하면서 시간을 낭비하곤 했다. 어쨌든 나는 지금껏 종로3가에서 소 혓바닥을 본 적도 없었고, 소 혓바닥을 먹어본 적도 없었으며, 심지어 이곳에서 소 혓바닥을 팔 것 같은 가게조차 본 적이 없었다. 더군다나 소 주둥이에 직접 코를 대고 소 혓바닥 냄새를 맡아본 적도 없었다. 그런데 어떻게 나는 이 냄새를 그 냄새라고 확신할 수 있었을까. 나는 그런 생각을 하다가, 결국 소 혓바닥을 찾아 나서

기로 했다. 그건 그다지 좋은 생각이 아닌 것 같았지만, 그런 생각을 안 한다고 해서, 좋은 생각을 할 수 있는 것도 아니었기 때문에, 나는 소 혓바닥을 찾아 나서기로 한 생각을 거두지 않았다.

영화가 시작되기까지는 한 시간 정도 시간이 남아 있었다. 소 혓바닥을 찾은 후에 서울아트시네마에 가도 나쁠 건 없었다. 괜찮을 것 같았다. 나쁠 건 없었다. 문제는 없었다. 뭐 어쨌든 나쁠 건 없다고, 별다른 문제는 없다고, 그래서 괜찮다고, 나는 생각했다. 생각 후에 나는 걷기 시작했다. 걷기 시작한 후에 다시 생각했다. 걷고 생각하고, 걷고 생각하지 않고, 걷지 않고 생각하고, 걷지 않고 생각하지 않고, 다시 걷고 생각하기를 반복했다.

나는 좋은 사람이 되고 싶었다. 나는 좋은 사람이 되고 싶었다. 나는 좋은 사람이 되고 싶었다. 지금껏 나는 좋은 사람이 되기 위해 무진 애를 쓰며 살아왔는데, 생각하면서도 이번에는 멈춰 서지 않았고, 채식을 시작한 것이 실수였을까, 하는 고민 따위는 하지 않았다. 오직 소 혓바닥 냄새에 집중했다.

3-1

유미 선배는 몇 년 전, 「무간지옥」이라는 영화로 상업영화 감독 데뷔를 하게 되었고, 그 후로는 정식으로 발표한 작품이 없었다. 「무간지옥」은 1980년대 홍콩 누아르를 한국식으로 재해석한 작품이었는데, 제목 때문인지는 몰라도, 개봉 전부터 맥조휘, 유위강 감독의 「무간도」 짝퉁이라는 비판에서 자유롭지 못했다. 당시 언론은 여성 감독이 어두운 마초 세계를 그린 영화를 만들었다는 사실에 지나친 관심을 보였고, 유미 선배는 이를 탐탁지 않게 생각하였다. 탐탁지 않게 생각했다고, 나는 생각했다. 왜냐면 유미 선배는 제작발표회에서 여성 감독이 어떻게 누아르영화를 만들 생각을 했냐는 질문에 대체 그게 무슨 질문이냐고 반문했고, 오우삼 감독의 「영웅본색」을 좋아했냐는 기자의 질문에는 오우삼이 대체 누구냐고 반문했으며, 어떻게 이런 영화에 국민 첫사랑 정수인을 캐스팅하게 되었냐는 기자의 질문에는 그냥 잘생겨서,라고 짧게 말하더니, 왜요, 안 되나요?라며 끝까지 반문했기 때문이다. 더군다나 시사회에서는 여성 감독으로서 남성 중심 서사를 그리는 데 어려움은 없었느냐는 관객의 질문에 아니꼬운 표정을 지으며, 대체 당신이 말하는 남성 중심 서사가 뭐냐고 반문하기까지 했다. 이 일화들은 인터넷 뉴스를 타고 사람들에게 알려지기 시작했는데, 물론 뉴스 제목은 "감독, 정수인 잘생겨서 캐스팅" "오우삼 누군지 몰라" "사심으로 캐스팅?" "「무간지옥」은 남성 중심 서사 아냐" "무간지옥이 된 시사회" 같은 것들뿐이었다. 기사와 함께 게시된 시사회 사진들은 죄다 정수인을 프레임 중심에 두고 포커스를 맞췄고, 유미 선배는 언제나 무표정에 혈색 없는 얼굴로 프레임 외곽을 지키고 있었다. 그중에서도 유미 선배를 가장 비참하게 만들었던 사진은 아마 적목 현상으로 유미 선배 동공이 붉게 빛나고 있는 사진이었을 것이다. 그 사진이었을 거라고, 나는 생각했다. 유미 선배는 얼굴이 동그랗고 미간이 넓으며 워낙 피부가 창백했기 때문에 당구를 쳐본 사람이라면 누구나 그 사진을 보고 붉은 점이 찍힌 흰 당구공을 쉽게 떠올릴 수 있었을 것이다. 그리고 머지않아 내 예측대로, 유미 선배 얼굴은 붉은 점이 찍힌 흰 당구공과 합성되어 페이스북과 인스타그램을 떠돌았고, 일명 '큐대로 한 대 치고 싶은 얼굴'로 불리기 시작했다. 또한 트위터 유저들은 유미 선배에게 '프로 반문러'라는 호칭을 붙여주었는데 그게 그리 좋은 뉘앙스를 가진 호칭은 아니었다.

한편 정수인은 국민 첫사랑의 이미지를 벗고 피비린내 나는 비열한 칼잡이 역할을 맡았다는 이유로 영화전문잡지 『씨네21』은 물론이고, 『지큐』 『보그』 『더블유』 『맨즈논노』 등 영화와 아무런 관련 없는 온갖 패션잡지 표지에도 얼굴을 실었다. 정수인은 쌍꺼풀 없이 처진 눈에 우윳빛 피부, 웃을 때마다 보조개가 들어가는, 누나, 하고 누나를 부를 때 콧소리를 내는 비염 환자, 그러니까 여자들에게 왜 인기가 많은지 나로서는 도무지 이해할 수 없는 그런 타입의 남자였다. 그는 어린 나이에 데뷔하여 지금까지 구설수 하나 없이 부와 인기를 꾸준히 축적해왔는데, 그런 톱클래스 배우가 제대로 된 필모그래피 하나 없는 유미 선배의 첫 장편영화에 출연한다는 건 사실상 말이 되지 않았다. 뿐만 아니라 「무간지옥」은 제작비도 실로 어마어마했다. 그렇게 큰돈으로 첫 장편영화를 찍을 수 있다는 건 유미 선배 배후에 누군가가 존재하지 않는 이상 불가능한 일이었다. 그래서 동문들 사이에서는 말이 많았다. 유미 선배가 사실 재벌 총수의 숨겨진 딸이라느니, 여배우들 못지않은 스폰서가 있다느니, 부를 축적한 사이비 종교 교주의 딸이라느니, 정수인과 오래된 연인 관계라느니, 하는 소문들이 돌았는데 그 소문들은 죄다 어디서 지어낸 것만 같은 진부한 스토리들이었다. 그런 소문을 퍼뜨리는 인간들이 얼마나 구린내 나는 시나리오를 쓰고 있을지, 혹은 구린내 나는 시나리오조차 쓰지 못해 얼마나 지독한 자기혐오에 시달리고 있을지, 나는 대충 짐작할 수 있었다. 그들은 어떤 방식으로든 자기혐오를 세상에 대한 혐오로 치환하며 세상이 잘못되었다는 말만 내뱉을 뿐, 자기 자신이 잘못되었다는 말은 해본 적 없는 인간들일 거라고, 나는 확신할 수 있었다.

어쨌든 결과적으로 그 영화는 온갖 유난을 다 떨고, 망했다. 마블 신작 영화의 등장과 함께 「무간지옥」이 막을 내린 이후, 뜬금없이 유미 선배와 정수인의 스캔들이 나면서 유미 선배는 마녀사냥을 당했고, 유미 선배가 대학 시절 찍었던 단편영화들은 인터넷에 공개되었다. 그 후로 유미 선배를 봤다는 사람은 아무도 없었으며 그 어떤 소식조차 들리지 않았는데, 이상하게도 유미 선배의 단편영화들은 여전히 인터넷상에 남아 두고두고 사람들에게 욕을 먹었다.

1-1

음향감독은 냉장고 모터 돌아가는 소리가 너무 크게 들린다고 짜증을 내면서, 이대로 녹음하면 나중에 후반 작업을 할 때 분명 문제가 생길 거라고 말했다. 그래서 나는 냉장고 전원 코드를 뽑고 촬영을 계속 진행하기로 했는데 그때 냉장고 전원 코드를 뽑았던 사람이 바로 유미 선배였다. 이미 학교를 졸업하고 상업 현장에서 연출부 일을 하고 있던 유미 선배는 박카스를 사 들고 내 졸업 영화 현장을 놀러 왔고, 박카스를 냉장고에 넣으려던 찰나 우연히 냉장고 앞에서 있었다는 이유만으로 냉장고 전원 코드를 뽑게 된 것이었다.

사실 나는 유미 선배가 내 촬영장을 방문한 이후로, 계속해서 배가 아팠다. 긴장한 탓인지는 몰라도 나는 먹은 것도 없이 배가 아팠고, 아프면서도 어쩐지 화장실은 가고 싶지 않았고, 이대로라면 다음 컷을 찍을 때쯤 내가 정신을 못 차리고 실수해버리거나 똥을 싸버리거나 둘 중 하나였다. 촬영하는 내내 온갖 자질구레한 실수들로 스태프들을 괴롭혀왔던 나였지만, 유미 선배 앞에서만큼은 실수하는 모습을 보이거나 똥 싸는 꼴을 보이고 싶지 않았다. 하지만 다행히도 촬영 중에는 별다른 실수를 하지 않았고, 똥을 싸러 가지도 않았다.

오늘도 무사히 하루가 지나갔다는 사실에 들뜬 것인지, 내가 실수하지 않았다는 사실에 들뜬 것인지, 유미 선배가 촬영 현장에 놀러 왔다는 사실에 들뜬 것인지는 몰라도, 촬영이 끝난 밤, 나는 한껏 들떠 있었다. 들뜬 마음에 술이 마시고 싶어져서 술 마실까, 하면서 나는 촬영감독인 정경환에게 운을 띄웠고 그는 기다렸다는 듯이 내 옆구리를 쿡쿡 찌르며 역시 감독이 될 자격을 다 갖췄다는 말 같지도 않은 칭찬을 했다. 몇몇 스태프들은 내일도 촬영인데 무슨 술이냐며 고개를 저었다. 또 다른 몇몇 스태프들은 아직 우린 젊기에,

괜찮은 미래가 있기에° 괜찮다며, 술 마실 생각에 입맛을 다셨다. 유미 선배는 촬영이 완전히 끝나기 전까지는 술을 마시지 않는 것이 좋을 것 같다고 내게 말했지만, 나는 그 말을 귓등으로 듣지도 않았을뿐더러, 그 말을 새겨들을 만큼 내일에 대해 고민하며 살아본 적도 없었다. 몇몇 스태프들과 나는 동네 편의점에서 컵라면과 냉동 만두에 소주를 마셨다. 유미 선배는 들뜬 나를 걱정스럽게 바라보고는 택시 할증이 끝나는 시간까지만 앉아 있겠다며 자리를 지켰다. 1잔. 2잔. 촬영이 끝나 피곤했던 탓인지 나는 소주 몇 잔에 온몸이 풀려가고 있었다. 3잔. 4잔. 5잔. 긴장이 풀리면서 아까 촬영 때 싸지 못한 똥이 곧장 나올 것만 같았다.

4-1

카페 문이 열리고, 나는 단박에 그가 등신이라는 것을 직감했다. 직감할 수 있었다. 한마디로 표현 불가능하지만 구태여 적확한 표현을 찾으려 애를 써보면, 힙스터 찌질이, 같은 말들이 내 머리를 맴돌았는데, 대한민국 힙스터의 기준은 본인이 힙스터라고 생각하냐 그렇지 않냐에 따라 결정되므

○ 서태지 작사 · 작곡, 서태지와 아이들, 「Come Back Home」, 1995.

로 그가 힙스터인지 아닌지는 정확히 알 수 없었다.

그는 구불거리는 긴 머리에 연한 분홍색 버킷햇을 쓰고 있었다. 누가 가르쳐준 것처럼, 혹은 인스타그램이 가르쳐준 것처럼, 혹은 언더그라운드 래퍼들이 가르쳐준 것처럼 옷을 입고 있었는데, 정작 그는 옷 입는 법을 학습당했다는 사실을 모르는 것 같았다. 모르는 것 같다고, 나는 생각했다. 그는 어깨가 큰 청재킷에 통이 넓은 베이지색 면바지를 입고 있었는데, 그 바지는 가로수길 구제숍에서 정품보다 비싼 값으로 샀을 것만 같았다. 그리고 바지 밑단은 한껏 롤업. 드러난 발목에는 문신이 새겨져 있었다. 발찌 같았다. 나는 그 발찌 같아 보이는 문신이 전자발찌가 아니라서 다행이라고 생각했고, 또 전자발찌를 라코스테 양말로 가리지 않아서 천만다행이라고 다시 생각했다.

그는 스무 살이 갓 넘은 동생들에게 손을 흔들었다. 안녕, 따위의 진부한 인사말은 뱉지 않았다. 나는 그가 진부한 인사말 대신 어떤 진부한 말을 내뱉을까 잔뜩 걱정하면서, 혹시나 베스트셀러나 자기계발서 따위를 읽고 문학에 대해 아는 체라도 하는 건 아니겠지, 잔뜩 긴장하면서, 문서 작업을 하는 척하면서, 옆 테이블에 귀를 기울였다. 다행히도 그는 언더그라운드 힙합 공연을 보고 돌아오는 길이라고 했다. 나는 그가 스냅백 같은 건 쓰지 않아서 다행이라고 생각했다.

그는 자리에 앉으며 버킷햇을 벗었다. 그 힙스터는, 그 힙스터 찌질이는, 그 등신은 자리에 앉으며 버킷햇을 벗었다. 그의 긴 머리는 눌려 있었고, 나는 그의 눌린 머리를 보고 그가 정말로 등신이 아닐까 잠시 생각했다. 밥은 먹었어? 하지만 스무 살을 갓 넘긴 동생들에게 저녁은 먹었냐고 상냥하게 묻는 걸 보니, 그 등신은 등신이 아닐지도 몰랐다.

3-2

나는 인터넷에서 유미 선배의 대학 시절 단편영화들을 찾아보았다. 그중에는 나와 함께 불태워버렸던 단편들도 있었으며 언제 찍었는지 알 수 없는 단편들도 있었다. 유미 선배가 찍지 않은 단편들도 유미 선배 이름이 붙은 채 인터넷을 떠돌곤 했다. 사람들은 대체 이게 뭐냐, 무슨 내용인지 하나도 모르겠다, 그래서 주제가 뭐냐, 대체 무슨 말을 하고 싶었던 거냐고 댓글을 달았는데, 그 댓글에 다시 명쾌한 답을 달아주는 사람은 아무도 없었다. 그도 그럴 것이, 무엇을 찍은 건지, 대체 무슨 말을 하고 싶었던 건지는 원래 감독조차 알지 못하는 법이었다. 감독이 알지 못하니 그 누구도 알지 못하는 게 당연한 일인데, 이런 상황에서 감독이 아는 척이라도 하지 않으면 정말로 아무도 알 수 없는 상황이 되어버렸다. 아마 대부분 영화감독들은 자신이 무엇을 찍은 건지 잘 알지 못할 것이다. 못할 것이라고, 나는 생각했다. 물론 찍을 때는 분명 무얼 찍는지 정확히 알고 있다고 생각하지만, 영화를 완성시키고 나면 대체 무엇을 찍은 건지 왜 찍은 건지 알 수 없어서 반드시 허무해질 것이다. 어떤 감독들은 그 허무함을 잘 견뎠지만, 또 어떤 감독들, 그러니까 한마디로 나 같은 애들은 그 허무한 감정에 충실하느라 서른이 넘도록 사춘기를 끝내지 못하고 뒷골목에서 담배나 태우고 침이나 뱉고 뭐 그러면서 살기도 했다. 영화 촬영 후에 오는 그 감정은 종종 자기가 영화를 완성시키고도 제대로 완성시키지 못했다는 자책으로 변질되어 자신의 작품에 미완성이라는 꼬리표를 붙여주지만, 사실 미완성인지 아닌지 아는 사람은 감독 자신뿐이었고, 그렇게 감독이 미완성이라고 생각하는 작품은 여전히 미완성인 채로 사람들에게 공개되곤 했다. 미완성인 작품은, 그러니까 감독 혼자 미완성이라고 여기는 작품은 마치 지퍼를 올리지 않은 채 바지 단추만 잠그고 밖으로 나온 것처럼 혹은 똥을 싸고 팬티를 덜 올리고 밖으로 나온 것처럼 감독 자신에게 수치심을 안겨주었다. 그렇기 때문에 지금 유미 선배의 경우처럼 대학 시절 단편이 타의에 의해 인터넷을 떠돈다는 건 맨발에 팬티만 입은 채로 동네를 활보하고 다니는 거나 마찬가지였다. 나는 종종 유미 선배를 떠올리며 가슴 아파하곤 했다. 내 일도 아닌데 내 일인 듯 슬퍼하며, 어쩌면 유미 선배는 내 걱정과는 달리 잘 지내고 있을지도 모르겠지만, 어쨌든 나는 유미 선배를 생각했다. 제목을 잘 지어야 해. 언젠가 유미 선배가 술자리에서 했던 말대로, 유미 선배는 자기가 찍은 영화 제목처럼 무간지옥을 살고 있었다. 살고 있을 거라고, 나는 생각했다. 나는 유미 선배가 어디서 무얼 하고 지내든 잘 지냈으면 좋겠고, 시집을 간다거나 영화를 그만두지는 않았으면 했고, 또 언젠가는 정말 멋진 작품을 들고 다시 나타나주기를 바랐다. 바랐지만, 바람은 언제나 바람 그 이상 그 이하도 되지 못한다는 걸 나는 잘 알고 있었다. 알고 있었지만, 그래도 그러길 바랐다.

3-3

준 형! 한솔이는 나를 그렇게 불렀다. 한솔이는 미국에서 태어나 열 살이 될 때까지 그곳에 살았고, 이후에는 한국과 미국 이중국적을 가지고 프랑스와 벨기에, 스위스에서 살았는데, 성인이 되면서 미국 국적을 선택했지만 한국으로 대학을 왔으며, 혼혈이 아닌 토종 한국인이었지만 한국말이 서툴렀다. 그는 형이라는 말을 잘못 배워 처음엔 나를 '헝님'이라고 불렀다. 이후에는 발음이 점점 좋아져서 나를 '형님'이라고 불렀다. 하지만 그는 선배와 후배라는 단어의 뜻을 알지 못했고 선배와 후배라는 단어를 몰랐으므로 머릿속에 선후배 개념이 없었다. 그는 자신보다 나이가 많은 남자를 무조건 형님이라고 불렀고, 나이가 많은 여자를 누님이라고 불렀다. 그는 한국에 들어온 지 7개월이 되었으며, 모든 한국말을 이태원 클럽에서 배웠다고 했다. 그리고 그는 영어와 프랑스어로 대학 면접을 봤는데, 나는 아무래도 한솔이가 외국어를 잘해서 합격하게 된 것 같다고 생각했지만, 한솔이는 외국인 전형으로 대학에 들어왔다고 했다. 나는 그런 그에게 선후배 개념에 대해 가르쳐주었다. 그는 고개를 끄덕이더니, 내게 형님이라고 불렀다. 나는 형님이 아니라 선배라고 그에게 말했지만 그는 나를 계속 형님이라고 부르다가, 여름방학 때 인사동 찻집에서 서빙 아르바이트를 하고 와서부터는 선배님이라고 부르기 시작했다. 그때부터 그는 나를 준영 선배님이라고 부르다가 어느 날부터는 자기 마음대로 준영 선배라고 부르더니 어느 순간부터는 준영 형이라고 불렀다. 준영형은 발음하기 어렵다는 이유로 준 형이 되어버렸고, 그렇게 나는 한솔이에게 준 형이 되었다.

한솔이는 내 졸업 영화 촬영팀 막내로 일했었다. 그때는 어딜 가도 막내 자리를 지킬 만큼 귀여운 놈이었는데, 지금은 어디서 무얼 하고 사는지 몰라도 어디 가서 막내로 일할 나이는 아니었다. 한솔이가 졸업할 무렵 졸업 축하한다고 문자를 보냈던 것이 그와 나의 마지막 교류였는데, 그 이후로 나는 어쩐지 연락을 먼저 하기 껄끄러웠다. 하지만 연락을 주고받지 않아도, 나는 한솔이가 어떻게 살고 있는지 정도는 쉽게 짐작할 수 있었다. 가끔 한솔이는 페이스북에 나이에 걸맞지 않은 바닷가 풍경 사진이나 북한산 사진을 올렸고, 또 그 사진에 어울리지 않는 글들을 남기곤 했는데, 그 글들은 늘, 왜 살지, 왜 살까, 왜 죽지 않을까, 왜 태어났을까와 같이 자학에 가까운 의문문들로 이뤄져 있었다. 나는 한솔이가 게시한 사진과 글에 '좋아요'를 누른 적은 없었지만, 이상하게도 우울한 밤에 한솔이가 올린 글들을 보면 기분이 한결 나아졌다. 왜 살지, 왜 살까, 왜 죽지 않을까, 왜 태어났을까. 그건 평소에 내가 하는 생각들이었다. 왜 살지, 왜 살까, 왜 죽지 않을까, 왜 태어났을까. 그건 사는 데 아무런 도움이 되지 않는 철학에서 영원히 반복되는 테마인 것 같았다. 그리고 그 개똥 같은 철학만이 작품성 있는 영화를 만들게 해줄 거라는 환상으로 인해, 수많은 영화 꿈나무들이 고목나무가 되어가고 있었다. 왜 살지, 왜 살까, 왜 죽지 않을까, 왜 태어났을까. 가끔 한솔이가 페이스북에 쓴 글을 읽으며, 고목이 되어가고 있는 게 나뿐이 아니라는 걸 느꼈을 때 나는 겨우 안도할 수 있었다.

4-2

정경환은 곧 결혼을 한다며, 결혼하기 전에 애들이랑 다 같이 한잔해야 하지 않겠냐고 내게 연락을 했는데, 나는 내 졸업 영화 촬영 이후로 정경환에 대한 신뢰를 완전히 잃은 상태였기 때문에 이런 식의, 그러니까 이런 밝은 톤의 목소리로 새삼스럽게 근황을 전하는 연락이 부담스럽게 느껴졌다. 뿐만 아니라 나는 어떻게 지내냐는 형식적인 말에 대꾸할 준비가 되어 있지 않았다. 그렇지만 다행스럽게도 정경환은 곧 결혼한다는 사실과 함께 곧 자신과 결혼하게 될 여자가 칼아츠에서 시각미술을 전공한 지식인이라는 사실을 자랑하느라 내게 뭐 하고 지내냐고 묻지 못했다. 어쨌든 주말에 봐. 나는 정경환과 결혼하게 될 그분을 직접 뵌 적이 없었지만, 고작 정경환 같은 새끼와 결혼하기 위해 비싼 학비를 주고 칼아츠까지 나온 건가, 배우자를 고르는 감각도 없는 사람이 어떻게 시각미술을 전공할 수 있는 거지, 수많은 남자 중에 정경환을 선택할 만큼 멍청한 사람을 과연 지식인이라고 부를 수 있는 걸까, 생각하며 쓸데없이 여자로서의 그분의 삶을, 이름도 모르는 그분의 삶을 감히 연민하기 시작했다. 물론 지금 나는 자취방에서 야채카레나 먹으면서 잘 알지도 못하는 분을 연민하고 있을 때가 아니었지만, 내가 누굴 연민하고 그럴 때가 아니었지만, 그걸 잘 알지만, 종종 누군가를 연민하면 내가 따뜻한 사람이라는 착각에 쉽게 휩싸일 수 있었고 또 그런 착각이 나를 좋은 사람이라고 착각하게 하는 데 도움을 주었으므로, 나는 계속해서 그분을 연민했다. 물론 카레나 먹으면서 〈쇼미더머니〉를 보고 있는 내가 칼아츠까지 졸업하신 분을 감히 연민해서는 안 되지만, 그냥, 계속했다. 카레를 다 먹을 무렵 나는 오징어젓갈을 카레 위에 올려 먹었다면 카레가 더 맛있지 않았을까, 더 맛있는 카레를 먹을 수 있다면 내 인생이 조금 덜 비참하게 느껴지지 않을까, 생각했다. 나는 오징어젓갈이 나를 구원해줄지도 모른다고 생각하면서도 오징어젓갈을 사지 않은 채 여전히 오징어를 먹지 않는 비건으로서의 삶을 유지하며, 오징어젓갈 없이 야채카레를 먹으며 일주일을 보냈다.

금요일이 되어, 정경환과 그의 친구들이 모여 있는 강남역 육사시미집에 도착했을 때, 나는 집에서 오징어젓갈 없이 야채카레나 비벼 먹으며 〈쇼미더머니〉나 볼걸, 하고 후회했다. 정경환과 몇몇 친구들, 영화과 동기들이기도 한 그들은 서로 뭐 하고 살았는지에 대해 묻고 있었고, 내가 자리에 앉자마자 그 진부한 질문은 내게 돌아왔다. 그냥 살았지 뭐. 내가 은근슬쩍 화제를 돌리려 하는데, 정경환이 눈치도 없이 끼어들었다. 대체 어디서 어떻게 알게 된 건지 모르겠으나, 정경환은 내가 졸업 후에 과외를 하다가 입시 브로커가 되었다는 이야기를 들었다고 주절주절 떠들었고, 나는 그 새끼 혓바닥을 칼로 난도질해버리려다가 테이블 위에 칼이 없어서 참았다. 칼 대신 숟가락을 집어 들었고, 콩나물 한 줄기와 오이 한 덩어리가 들어가 콩나물냉국인지 오이냉국인지 알 수 없는 냉국을 한 순갈 떠먹었다. 그 일 그만둔 지가 언제인데. 친구들은 내 이야기를 더 듣고 싶어 하는 눈치였지만, 나는 더 이상 말하지 않았다. 테이블 주변에 냉기가 돌았고, 테이블 위에는 내가 먹을 수 있는 게 없어서, 나는 무언가를 먹는 대신 무슨 말이라도 더 해야겠다는 생각이 들었다. 맥주 한 병 주세요! 그래서 나는 맥주를 주문했는데, 동기들은 소주를 먹고 있던 참이었다며 맥주를 취소시키고 다시 소주를 시켰다. 네가 이렇게 결혼을 일찍 할 줄 몰랐다. 나는 되는대로 할 수 있는 말을 찾아 지껄였고, 아무튼 아무 말이라도 지껄인 후에야 겨우 진정할 수 있었다. 정경환은 운 좋게 상업 장편영화 촬영감독으로 데뷔할 수 있는 기회가 생겼기 때문에, 이렇게 프러포즈도 하고, 결혼도 하고, 결혼을 빌미 삼아 보고 싶었던 친구들도 다시 볼 수 있게 되어 너무 좋다고 말했다. 결국 자기 자랑뿐이었다. 그렇게 시작된 자랑 때문에 동기들은 너도나도 자랑거리를 하나씩 꺼내기 시작했다. 어떤 식으로든 그들은 개인기처럼 자랑거리를 하나쯤 가지고 있었는데 나는 아무리 머리를 굴려봐도 개인기가 없었다. 개인기가 없으면 벌칙을 받아야 하듯, 나는 쓴 소주를 삼키며 입을 닫고 있었다. 그때 누군가 유미 선배 얘기를 꺼냈고, 정경환은 지금껏 유미 선배와 종종 연락하고 지냈다고 했다. 나는 유미 선배의 행방을 아는 유일한 사람이 왜 하필 내가 아닌 저 새끼일까, 생각하면서 정경환이 유미 선배와 연락하고 지냈다는 사실이 마음에 들지 않았지만 내가 마음에 들지 않아 한다고 해서 마음에 드는 일이 생기는 것은 아니었다. 변하는 건 아무것도 없었다. 사실은 그래서 더 마음에 들지 않았는데, 세상 살면서 마음에 들지 않는 게 한둘이 아니라서 무언가 마음에 들지 않아 하는 마음은 더 이상 가지지 말아야겠다고 생각했다. 정경환은 유미 선배가 중국 영화제작사로부터 웹영화 제작 의뢰를 받았으며, 그래서 조만간 중국으로 넘어갈 것 같다고 했다. 이제 한국에서는 더 이상 차기작 찍기 힘들지. 영화를 좀 말아먹었냐? 어지간해야지. 그런 말들이 오고 갈 때도 나는 여전히 입을 닫고 있었고, 입을 너무 오래 닫고 있어서 갑자기 말을 하겠다고 입을 열면 입냄새가 날 것만 같아 계속해서 입을 닫고 있었다.

5-2

유미 선배는 배가 많이 고프니 소 혓바닥이고 나발이고 다 때려치우고 저기 저 광장시장에서 순대볶음에 소주 한잔 하고 가는 게 어떻겠냐고 내게 물었다. 저 채식해요. 그 소리를 듣자마자, 유미 선배는 고개를 저으며, 불쌍한 것,이라고 말하고는 내 어깨를 토닥거려주었다. 채식하면 배고프지 않아? 채식하면 불편하지 않아? 채식하면 건강에 문제없어? 유미 선배는 내게 이런 질문들을 적극적으로 던져주었는데, 나는 이미 그런 질문들에 진절머리가 나 있었다. 그렇게 궁금하면 한번 해보세요. 내가 왜. 유미 선배는 내 말에 짧게 대답하고는 아무 일도 없었다는 듯이 포장마차로 걸어가 닭꼬치를 주문했다. 꼬치가 석쇠에 구워지는 동안, 돼지 대가리 탈을 쓴 남자가 내게 다가와 고깃집 전단지를 건넸다.

돈(豚) 먹으면 돈 생기는 집!
채식주의자도 한 번만 먹어보면
육식주의자 되는 대박 집!
오픈 1주년 특별 이벤트
모든 테이블에 사이다, 콜라 서비스.
맛있게 배불리 먹고 부자 되세요.

돈(豚)을 먹으면 당연히 돈이 사라지게 되고, 채식주의자가 입에 고기를 대면 당연히 육식주의자가 되는 게 아닌가, 생각하며 내가 아무리 하는 짓마다 답답하고 한심스럽다지만 이런 소름 끼치는 언어유희에 속아 넘어갈 만큼 멍청하지는 않다고 자신했다. 나는 돼지 대가리가 내게 주고 간 전단지 속 모든 문장을 의심하며, 진실된 문장이라고는 '오픈 1주년 특별 이벤트 모든 테이블에 사이다, 콜라 서비스'뿐이라고 생각했지만, 이마저도 서비스를 직접 받아보기 전까지는 진실인지 거짓인지 모를 일이었다. 나는 사람들에게 전단지를 건네며 멀어져가는 돼지 대가리의 뒷모습을 바라보았다. 그가 내게 남기고 간 거짓된 문장들에 대해 생각했고, 두 발로 걷는 짐승의 설움에 대해 생각하다가 무엇이 그를 반인반수의 삶을 살도록 만들었는가, 고민해보았다. 내가 꼬치를 뜯어 먹는 유미 선배 옆에서 한가하게 남 걱정하고 뭐 그럴 때가 아니었지만, 나는 아무런 이유도 없이, 괜히, 쓸데없이, 내가 반인반수의 삶을 반드시 이해할 필요가 있으며 그것만 이해한다면 좋은 사람이 될 수 있을지도 모른다는 막연한 환상에 휩싸였다. 저 돼지 대가리는 돼지 탈을 쓰고 있는 한 아무리 열심히 살아도 사람 취급을 받지 못하며, 그렇다고 돼지우리에 간다 한들 돼지들에게 돼지 취급을 받는 것도 아니고 돼지들에게 돼지 취급을 받는다고 해서 인생에 행복이 찾아오는 것도 아니었다. 나는 이보다 서러운 일이 또 어디 있을까, 통성명도 해본 적 없는 돼지 대가리에게 괜한 감정이입을 하면서 곧 터져 나올 것만 같은 눈물을 애써 참아냈다. 그런데 나 소 혓바닥 냄새 맡아본 적 있어. 유미 선배는 뜬금없이 말했는데 그 말은 말도 안 되는 소리였으므로, 돼지 대가리의 쓸쓸한 뒷모습에서 비롯된 나의 멜랑콜리를 순식간에 증발시켜버렸다. 소 혓바닥 냄새를 어떻게 맡아요. 유미 선배는 그런 적이 있다고만 했다.

2-1

다음 날 내가 정신을 차렸을 때, 누군가 우리 집 현관문을 두드리고 있었다. 나는 내 자취방 신발장 앞에 어제 입던 옷을 그대로 입은 채 쓰러져 있었고, 내가 어떻게 집까지 왔는지, 똥을 싸고 잤는지 어쨌는지, 유미 선배는 언제 돌아간 건지, 알 수 없었다.

나는 부랴부랴 세수와 가글을 한 뒤 집을 나섰다. 어젯밤 함께 술을 먹었던 스태프들은 대개 콜타임 시간을 지키지 못했고, 그중 유일하게 늦지 않은 사람은 정경환뿐이었다. 아이고 이 감독님 정신 좀 차리지, 하며 정경환이 술냄새 나는 주둥이를 열었고, 나는 그에게 닥치고 껌이나 씹으라는 말로 답례해주었다.

한편, 촬영팀 막내 한솔이는 초조한 눈빛으로 장비를 뒤적거리며 무언가를 찾고 있었고, 스크립터는 9신 2컷과 9신 7컷의 콘티뉴이티가 맞지 않는다며 스크랩북을 뒤적거리고 있었다. 술이 덜 깨서 그런지는 몰라도, 오늘따라 촬영장이 어수선하게 느껴졌다. 잠시 후 제작부는 스태프들을 위해 모닝커피와 베이글을 사 들고 왔고, 그것들은 내 돈으로 준비된 것들이었지만, 어쨌든 나는 그것들을 마치 선물처럼 감사히 여기며 정신을 차리기 위해 쓴 커피를 몰아 마셨다. 그러나 모닝커피를 두 잔이나 내리 마시고도 여전히 숙취는 계속되었다. 담배를 태우고 싶었다. 라이터를 찾으려고 주머니에 손을 넣었는데 그 안에는 라이터 대신 메모리 카드 두 개가 있었고, 이게 대체 여기 왜 있지, 하고 생각하는 찰나, 한솔이가 다가와, 내게 물었다. 혹시 메모리 카드 가지고 계시나요? 나는 이게 대체 왜 내 주머니 속에 있는 건지 알지 못하면서도 이유를 알아볼 생각은 하지 않은 채, 만사 귀찮음을 느끼며, 그것을 한솔이에게 건네주었다.

나는 오전 내내 OK 컷과 NG 컷을 가려내지 못해, KEEP만 외쳐댔다. 스크립터는 스크랩북을 내게 내밀며, 선배님 오늘은 KEEP이 너무 많은데요, 이걸 어떻게 하죠, 편집할 때 어떻게 하시려고 그래요, 하면서 잔소리를 해댔고, 나는 계속되는 귀찮음을 느끼며 어떻게 할지 나중에 생각하겠다고 말하고는 하품을 했다. 열린 입에서는 술냄새가 났다. 사실 OK 컷과 NG 컷을 가려내는 것보다 나를 더 신경 쓰이게 만드는 일은 따로 있었다. 어젯밤 유미 선배가 집으로 잘 돌아갔는지, 어떻게 돌아갔는지, 택시를 타고 갔는지, 할증 시간이 풀리기 전에 갔는지 그 이후에 갔는지, 아무것도 기억나지 않는다는 게 나를 너무 불안하게 했다. 함께 술을 마셨던 스태프들에게 어젯밤 일들에 대해 물어보면 내가 촬영에 집중을 못 한다고 비난받을 것 같았고, 그렇다고 유미 선배에게 어젯밤 일들을 물어보기에는 술 먹고 필름이나 끊기는 나약한 놈으로 낙인찍힐 것만 같았다.

POV° 1

나는 한솔이를 만나 상수동 골목에서 함께 담배를 태웠다. 아까 카페에서 존나 등신 같은 새끼가 나를 위아래로 훑더라고. 눈깔을 뽑아버리려다가, 같이 아르바이트하는 동생들이 있어서 참았다. 한솔이는 설마 카페에서 커피를 마시며 노트북으로 글을 쓰고 있는 새끼였냐고 내게 물었는데, 나는

° Point of View.

한솔이가 내 말을 너무 잘 알아듣는 것 같아서 소름이 끼쳤다. 어떻게 알았어? 뻔하지. 너 대단한 작두다. 한솔이는 글 쓴답시고 노트북 들고 카페를 돌아다니는 새끼들 중에 글을 제대로 쓰는 놈은 하나도 없으며, 그 새끼들은 커피를 마시고 싶은 마음과 글을 쓰고 싶은 마음을 구별 못 하는 새끼들이라고, 곧 담뱃불로 면상을 지질 듯 무섭게 욕을 해댔다. 만약 그 새끼들이 쓰는 글이 영화 시나리오라면 말할 것도 없이 최악이지. 나는 한솔이도 한때 영화 시나리오를 쓰는 등신이었다는 사실을 알고 있었지만, 이 부분에 대해 따지고 들지 않았다. 한솔이는 한국에서 영화를 하고 싶어 했지만, 성인이 될 때까지 외국을 돌아다니며 살았던 탓으로 한글을 제대로 배워본 적이 없어서 한글로 시나리오를 쓸 수 없었고, 그래서 결국 영화를 그만두었다고 내게 말한 적이 있었다. 한국 영화 존나 재미없어. 한솔이는 그렇게 말하며 바닥에 침을 뱉었다.

4-3

요즘 시나리오 쓰고 있어요. 잘 지내고 있다는 거짓말만큼이나 자주 하는 거짓말을 엄마에게 또 하고, 전화를 끊었다.

하지만 다시 생각해보면 거짓말이 아닐 수도 있었다. 나는 시나리오를 쓰러 카페에 온 게 맞긴 했다. 다만 쓰지 않을 뿐, 그저 생각할 뿐, 마음껏 생각할 뿐, 손가락을 잠시 쉴 뿐, 나는 시나리오를 쓸 목적으로 커피값을 낭비하고 있는 것이 맞으므로 시나리오를 쓰고 있다고 말할 수 있지 않을까. 자기 합리화를 하다가 포기했다. 한심해. 한편 옆자리에서는 스무 살이 갓 넘어 보이는 애들이 뒤섞여 대화를 나누고 있었는데, 나는 그들이 나누는 이야기가 너무 슬퍼서 하마터면 눈물을 쏙 뺄 뻔했지만, 억지스럽게 관객의 감정을 조장하는 한국 영화를 보고도 울지 않았던 나의 냉정함을 상기시키며 가까스로 눈물을 참았다. 그 나이 먹고 뭐 하는 건지 모르겠어. 그들이 오빠 혹은 형이라고 부르는 그 사람은 그 나이를 먹고 아르바이트를 한다는 이유로 그들에게 욕을 먹고 있었는데, 나는 그들의 이야기를 엿들으면서 나이를 먹을수록 욕을 먹을 이유가 많아진다는 교훈을 얻었다. 군대까지 다녀왔는데 정신을 못 차려. 그 형 진짜 등신이야. 나는 열심히 살아야겠다고 다짐했다. 군대는 정신을 차리러 가는 곳이 아니라는 걸 알았지만, 나는 이미 그 사실을 잘 아는 예비역이었지만, 그래도 군대까지 다녀왔으니 열심히 살아야겠다고 생각했다. 늘 생각만 하지만 그래도 이번만큼은 반드시 열심히 살아야겠다고 다짐했다. 다짐할 때 내 마음이 거짓되었던 적은 단 한 번도 없었다. 단지 지키지 못했을 뿐, 다만 지키지 못할 뿐, 늘 진심이었다.

나는 노트북을 다시 켰고, 뭔가 쓰는 척하면서 아무것도 쓰지 않고 바쁜 척하면서 아무것도 하지 않고 진지하고 심각한 척하면서 아무것도 생각하지 않았다. 뭔가 계속 쓰는 척하면서 그저 옆자리에서 들려오는 이야기에 귀를 기울였고, 그건 내가 원하던 바가 아니었지만 자꾸 그렇게 되어 그렇게 했다. 이상하게도 옆자리에서 뒷담화가 계속될수록, 나는 한 번도 본 적 없는 그 나이 많은 아르바이트생 오빠 혹은 형에게 연민을 느끼면서 대체 그가 뭘 그리 잘못했기에 이렇게 욕을 먹는 건지 궁금해지기도 했다. 그래서 나는 그를 기다렸다. 기다리게 되었다. 그들이 기다리는 그 아르바이트생을 나도 기다렸다.

1-2

새벽에 유미 선배로부터 전화가 왔는데, 불행인지 다행인지 모르겠지만 어쨌든 유미 선배는 술에 취해 있지 않았다. 다만 콧물을 약간 마시며, 때로는 콧물을 머금은 목소리로 우는 듯 아닌 듯 나지막이 내게 부탁할 게 하나 있다고 말했다.

내가 맨발에 슬리퍼를 끌고 집 밖으로 나갔을 때, 유미 선배는 후드를 뒤집어쓴 채 커다란 백팩을 메고 오들오들 떨고 있었다. 우리는 새벽에 공터를 찾아 돌아다녔다. 그래도 네가 있어서 정말 다행이다. 유미 선배에게, 아니 나는 그 누구에게도 그런 말을 들어본 적이 없었다. 처음이었다. 엄마는 네가 있어서 자기가 이 고생을 하고 산다는 말을 입에 달고 살았고, 아빠는 저놈의 새끼, 하시며 이하 말씀을 자주 생략하시곤 했으며, 지금껏 만났던 여자들은 너랑 있으면 자기 삶이 불행해진다느니, 너만 없으면 살겠다느니, 너만 없었으면 모든 게 다 괜찮았을 거라는 폭언들을 남기고 떠났다. 나는 네가 있어서 다행이라는 말이 인생에서 꼭 한 번쯤 들어볼 필요가 있는 말인 것 같다고 생각하며, 그 말을 몇 번이고 곱씹어보았다. 슬리퍼 밖으로 튀어나온 발가락은 하나도 시리지 않았다.

공터를 찾을 때까지 우리는 꽤 오랜 시간 동안 걸어야 했지만, 다행스럽게도 해가 뜨기 전 공터를 찾을 수 있었다. 그곳은 산 바로 아래 있는 공터였고, 새벽이라 어두워서 앞이 잘 보이지 않았지만, 얼핏 그곳은 한때 주말 농장으로 사용되던 텃밭 같기도 했으나 지금은 버려진 땅이 확실했다. 유미 선배는 그곳에 무릎을 꿇고 앉아 백팩을 열었고, 그 안에서 마스터 필름과 DVD 여러 장을 꺼내어 바닥에 무심하게 던져버렸다. 그리고 유미 선배는 그것들을 발로 짓밟기 시작했다. 너도 밟고 싶으면 밟아. 나는 고개를 저으며 한발 물러섰고, 유미 선배는 혼자서 계속 그것들을 부서질 때까지 짓밟았다. 산속 어디선가 짐승 소리가 들려왔는데, 어떤 짐승의 소리인지는 알 수 없었다. 나는 담배를 물었다. 불을 붙였다. 숨을 쉬었다. 그리고 나는 라이터를 유미 선배에게 던져주었다. 유미 선배는 그 위에 기름을 뿌리고 겁도 없이, 서슴없이, 망설임 없이, 라이터로 불을 붙였다. 순식간에 불길이 하늘로 솟아올랐다.

유미 선배는 내 라이터를 손에 쥔 채, 내게로 걸어왔다. 나는 담배를 건넸다. 불을 붙였다. 숨을 쉬었다. 그리고 유미 선배는 라이터를 내게 돌려주었다. 불꽃은 종종 팡팡 소리와 함께 더 크게 터지며 열기를 뿜어댔고, 우리는 함께 담배를 태우며 가만히 그 모습을 바라보았다. 우리는 불길이 완전히 사라질 때까지 그곳에 말없이 서 있었다.

해가 뜨고, 우리는 우리가 걸었던 길을 되돌아왔다. 유미 선배는 외장하드에 있는 영화 파일들은 이미 모두 삭제해버렸다고 말했는데, 나는 유미 선배가 그 말을 왜 하는 건지 알 수 없었다. 조심히 가요, 선배. 나는 집 앞에 서서 유미 선배에게 손을 흔들었다. 준영아, 고마워. 내가 선배에게서 고맙다는 소리를 들을 이유는 하나도 없었고, 구태여 따져보자면 라이터를 빌려줘서 고맙다는 말 정도를 들을 수 있었을 텐데, 깊게 생각해보면 그것도 딱히 고맙다는 말을 할 만큼 선배가 내게 고마워할 일은 아니었다. 나는 유미 선배에게 고맙다는 말 대신 영화를 그만둘 거냐고 물었고, 유미 선배는 절대 그럴 일은 없을 거라고 대답했다.

2-2

실수를 깨닫기에는 너무 늦은 때였다. 돌이킬 수 없는 실수를 저질렀다는 걸 깨달은 건 깨달음이 아닐지도 몰랐다. 내가 자취방으로 돌아왔을 때, 방 안이 너무 고요하고 휑하게 느껴진 건 기분 탓만은 아니었다. 물이나 한 잔 마실 생각으로 냉장고 문을 열었을 때, 나는 냉장고에서 뿜어져 나오는 냉기 대신 내 뒷골이 오싹해지는 걸 느꼈다. 냉장고 전원 코드는 콘센트에서 뽑힌 채로 바닥에 늘어져 있었고, 아무리 생각해도 그것은 그곳에 그렇게 있는 게 앞뒤가 맞았다. 냉장고는 대체 며칠 동안이나 전원 코드가 뽑힌 채 이 자리를 지키고 있었던 것일까. 하루, 이틀 그리고 계속…… 나는 촬영이 끝나고 고향집에서 쉰다는 목적으로 일주일 넘게 먹고 자고 먹고 자고 먹고 자기를 반복하며 지냈는데, 그렇게 일주일 넘게 아무것도 안 하고 쉬었던 건 냉장고도 마찬가지였다.

나는 마치 공포영화 속 주인공이 손전등도 없이 폐가의 문을 열듯, 잔뜩 긴장한 채 냉동 칸 문을 열어보았다. 악취. 불현듯, 네가 있어서 자기가 이 고생을 하고 산다는 말을 입에 달고 사는 엄마의 얼굴이 머릿속을 스쳐 지나갔다. 촬영 전, 엄마는 내가 영화를 찍느라 고생이 많다고, 스태프들 맛있는 것 좀 먹이라며, 양념갈비와 삼겹살을 각각 20인분씩 사다 주셨다. 촬영 준비로 정신이 없기도 했지만, 촬영 후 뒤풀이 때 먹으면 괜찮겠다는 생각으로 나는 그것들을 내 자취방 냉장고에 넣어두었고 불행하게도 그것들은 이미 썩어 문드러진 상태로 구더기와 함께 내 눈앞에 있었다. 웃으며, 이거 뽑아도 되는 거지, 해맑게, 냉장고 전원 코드를 뽑던 유미 선배가 떠올랐다. 유미 선배가 사 온 박카스도 여전히 냉장고 안을 지키고 있었다. 물병에 담겨 있던 생수는 이미 구린내가 나고 미끌미끌한 막이 생겨버린 상태였으므로, 나는 생수 대신 박카스를 마셨다. 박카스는 그래도 밀폐된 병 속에 있었으니 마셔도 별문제 없을 거라고 생각하면서도 한편으로는 이걸 먹고 죽으면 어쩌지, 하는 막연한 공포가 엄습했고 그 공포는 마치 앞으로 내게 닥칠 일들에 대한 예고와도 같다는 걸 나는 직감할 수 있었다. 그리고 그날 저녁, 편집자에게서 급하게 전화가 왔다. 선배, 2회 차 촬영분이 통째로 없는데요?

1-3

나는 한솔이에게 1차 세계대전은 영화 편집 기술의 발전에 큰 영향을 끼쳤다고 설명했다. 1차 세계대전이 왜 일어났는지, 어떻게 끝나게 되었는지, 알지 못하는 한솔이에게 1차 세계대전이 영화 편집 기술에 끼친 영향에 대해 설명하는 일은 형님과 형의 차이에 대해 알려주는 일만큼이나 어려웠다.

방송이나 인터넷이 없었던 시절, 전쟁터에 대한 정보를 비교적 생생하게 전달해줄 수 있는 매체는 영화뿐이었기에 전쟁터의 참상들을 필름 안에 담아내는 일이 매우 중요했어. 하지만 목숨이 오고 가는 전쟁터에서 필름 카메라로 전쟁의 참상을 생생하게 담아내는 일은 무척 힘든 일이었겠지? 그리고 그 필름들을 보존하는 일 또한 쉬운 일이 아니었어. 당시 사용하던 셀룰로이드 롤필름은 발화점이 낮아 불에 타기 쉬웠고, 전쟁 중에 불에 타 없어지기 딱 좋았지. 전쟁이 끝나면 필름은 대부분 사라졌고, 일부만 남았어. 영화인들은 전쟁에서 살아남은 필름들을 모아 편집했고, 이렇게도 붙여보고 저렇게도 붙여보고, 시간 순서대로 붙일 수 없어 시간 순서와 무관하게도 붙여봤다가, 이러다가 저러다가, 여러 가지 편집 방법을 고안해냈지. 편집 기술이 급속도로 발전했던 때는 그때밖에 없어. 지금껏 수많은 필름이 불에 타버렸기 때문에 우리가 지금 이렇게 더 좋은 영화들을 볼 수 있게 된 거야. 이건 영화인들이 영화사의 위기를 영화사적 발전으로 이끈 위대한 사례지! 어때? 대단하지? 한솔이는 필름이 불에 타버리든, 편집 기술이 급속도로 발전했든, 어쨌든, 그게 뭔 대수냐는 듯 반응이 시큰둥했다.

3-4

코닥이 필름 생산을 중단했다. 할리우드 영화 제작자들은 필름 릴을 쓰레기통에 버리는 퍼포먼스를 벌였고, 나는 TV로 그 모습을 지켜보며, 그들이 영화제작을 그만두고 행위예술가로 전향한 것인지 뭔지, 대체 왜 저런 행동을 하는 건지 알 수 없어 고개를 저었다. 필름의 종말. 물질은 비물질이 되었다. 디지털 시대의 도래는 불에 타 없어질 위기로부터 영화를 구원해주었지만, 세상을 더욱더 구린내가 나도록 만들었다. 사람들은 디지털카메라를 이용해 더 많은 똥을 쌌는데, 먹는 양이 늘어서 더 많이 싸는 것이었을 뿐, 변비를 해소시킨 것이 아니었다. 찍는 양이 늘어서 영화 생산량이 함께 증가한 것뿐, 더 많은 영화가 탄생하게 된 것은 아니었다.

5-3

걷는 데 지쳐버린 유미 선배는 슬슬 짜증을 내기 시작했다. 음식점 앞을 지나칠 때마다 쩝쩝거리면서 입맛을 다시고는 입술에 침을 바르거나, 오늘은 정말 날도 춥고 참 무간지옥 같은 날이야,와 같은 말을 서슴없이 내뱉었다. 나는 그것이 유미 선배 자기 자신에 대한 조롱인지 아픔에 대한 승화인지 알 수 없었지만, 어쨌든 그런 유미 선배를 위해, 아무래도 냄새가 짙어지는 걸 보니 분명 이 근처에 소 혓바닥을 파는 집이 있는 것 같다고, 조금만 더 걸으면 된다고, 조금만 더 참아보라고, 말했는데 그 말에 유미 선배는 갑자기 화를 내기 시작했다. 조금이 대체 뭔데? 너 조금이라는 게 뭔지 알아? 유미 선배는 갑자기 나를 쏘아붙이기 시작했고, 그건 거의 시비에 가까웠고, 나는 그 시비를 받아주고 싶지 않았으므로, 오랜만에 만나서 왜 그래요 선배,라고 말해보았지만 끝내 너야말로 오랜만에 만난 나한테 왜 그러냐는 말이 되돌아왔다. 유미 선배 말이 모두 맞았다. 나는 오랜만에 만난 유미 선배에게 커피나 한잔하자는 말 대신 소 혓바닥을 찾으러 가자고 했으니까, 지금 이렇게 유미 선배가 짜증을 내는 이유를 얼마든지 이해할 수 있었다.

에릭 로메르 영화를 보고 채식주의자가 된 것만 봐도 알겠다. 너 「녹색광선」 좋아하지? 나는 에릭 로메르 때문에 채식주의자가 된 게 아니라고 말했으나 유미 선배는 그 말을 믿어주지 않았다. 나는 갑자기 속이 울렁거리면서 얼굴이 붉어지기 시작했고, 다행히 눈물 같은 건 흐르지 않았다. 나에 대해 잘 알지도 못하면서 배고프고 다리 아프고 춥다는 이유만으로 내 식습관에 시비를 거는 유미 선배 때문에 나는 조금 억울해졌다. 선배는 제가 왜 채식을 하는지 모르시잖아요, 잘 알지도 못하면서. 내가 힘겹게 말하자, 뭐야, 네가 무슨 홍상수야? 재미없으니까 헛소리 지껄이지 마 새끼야,라는 말이 쉽게 되돌아왔다. 유미 선배 왼손에는 닭고기 살점이 침과 함께 덕지덕지 붙어 있는 나무 꼬챙이가 쥐여 있었고, 나는 그것에 찔릴지도 모른다는 두려움을 느끼며 더 이상 이런 쓸모없는 이야기에 힘을 빼지 않기로 했다. 그렇죠. 저는 홍상수 아니죠. 유미 선배는 나를 째려보며 나지막이, 저 바보 같은 새끼,라고 말했다. 저 바보 아니거든요. 그럼 뭔데? 저요? 나는 바보 아니고 멍청이라고 대답했다. 또 헛소리. 유미 선배는 나무 꼬챙이를 길가에 던져버렸다. 죄송해요. 나는 늘 바보와 멍청이의 유사성과 차이점에 대해 이야기하고 있는 바보 멍청이였다. 그것이 유미 선배를 화나게 만들었는지도 몰랐다. 나는 늘 항상 끝을 생각하지 않고 대화를 시작했다. 막무가내로 아무 말이나 쏟아내다가 엉망진창이 되어버리고, 내가 술을 먹는 게 아니라 술이 나를 먹는 것처럼, 결국엔 내가 뱉고 있는 말이 나를 먹고 있는 상태가 되어버리곤 했다.

우리는 어디에 있는지도 모를 소 혓바닥을 찾다가 세운상가를 지나치고 인사동을 지나치고 어디가 어딘지 모를 곳을 지나치며 우리가 어디로 가고 있는지를 잊었다. 소 혓바닥을 먹기 위해 소고깃집을 찾고 있는 게 아니라는 사실을 뒤늦게 떠올렸을 때, 나는 문득 인생에 대해 깨달았고, 깨달은 것만 같았고, 잠시 뒤에 그 깨달음을 다시 잊었다.

2-3

불현듯, 촬영팀 막내 한솔이가 초조한 눈빛으로 장비를 뒤적거리며 무언가를 찾던 모습이 떠올랐다. 나는 한솔이에게 전화를 걸었고, 그다음에는 촬영감독 정경환에게 전화를 걸었고, 그다음에는 내가 이제 와 되돌릴 수 있는 건 아무것도 없다는 사실을 깨달았다.

정경환의 말에 따르면, 우리가 편의점에서 술을 먹던 그날, 그러니까 유미 선배가 택시를 타고 돌아갔는지 버스를 타고 돌아갔는지 모를 바로 그날, 2회 차 촬영분을 직접 백업하겠다며 내가 정경환에게서 메모리 카드를 받아 갔다고 했다. 기억이 잘 나지 않지만 하여튼 내가 그랬다고 했다. 그리고 그다음 날, 한솔이가 나에게서 메모리 카드를 받아 왔다며 자신에게 메모리 카드를 건넸고, 자신은 그것을 아무런 의심 없이 받았을 뿐이라고 했다.

한솔이 말에 따르면, 자신은 메모리 카드를 잃어버린 건 아닌가 하고 아침부터 장비들을 뒤적거리며 메모리 카드를 찾았는데 아무리 찾아도 메모리 카드가 보이지 않아, 결국 혼날 각오로 정경환에게 메모리 카드가 없어진 사실을 알렸다고 했다. 다행히 정경환은 화를 내지 않았고, 어제 감독이 직접 백업을 한다고 가져갔으니 아마 감독이 메모리 카드를 가지고 있을 거라고 말했는데, 정말 정경환의 말대로 메모리 카드는 내가 가지고 있었다고 했다. 그리고 아무런 의심 없이 나에게 메모리 카드를 받아 정경환에게 건넸고, 자신이 메모리 카드를 잃어버린 게 아니라서 다행이라고 생각했다고 했다.

나는 정경환에게 카메라에 메모리 카드를 넣었을 때 파일이 그대로 있었을 텐데 왜 아무런 의심도 없이 그것들을 삭제했냐고, 왜 삭제해도 되냐고 물어보지도 않았냐고, 일부러 나를 엿 먹이려고 그랬던 거냐고, 화를 냈는데 사실 어떤 식으로 따져봐도 내 잘못이 가장 크다는 사실은 변하지 않았다. 정경환은 나를 믿었다고 했다.

2-4

파일을 날렸다는 사실을 뒤늦게 알아버린 상황 속에서 구더기 사체를 처리하는 일은 엎친 데 덮친 격으로, 구린내는 또 다른 구린내를 부른다는 교훈을 내게 안겨주었다. 나는 내 손으로 직접 구더기 사체를 처리해야만 했다. 나는 그런 끔찍한 일을 하고 싶지 않았지만, 또 그 일은 도무지 내가 스스로 하지 않으면 안 되는 일이었기 때문에 어쩔 수 없이 내가 해야만 하는, 그런 아이러니를 조장하는 일이기도 했다. 나는 고무장갑을 두 손에 끼고 내가 벌인 일들, 그러니까 내 실수 때문에 비롯된 일들을 뒤처리하고 있었다. 나는 마치 내가 싸놓은 똥을 내 손으로 치우는 기분이었고, 그래도 내가 싼 똥을 내가 스스로 치우고 있으니 이건 참 인간적이고 참된 어른으로서의 면모를 보여주는 행동이라고 애써 내 자신을 위로하곤 했지만 역시나 별로 위로가 안 되었다. 오물이 뚝뚝 떨어지는 음식물 쓰레기들을 냉장고에서 꺼낼 때마다 머리가 빙빙 돌았는데, 나는 이 현기증의 원인이 냉장고 냄새인지, 영화를 완성시킬 수 없다는 사실인지, 지나친 피로인지, 알지 못했다. 그렇지만 지금 이 상황에서 내가 할 수 있는 유일한 일이 냉장고 청소뿐이라는 사실은 정확히 알고 있었다. 나는 내가 저질렀던 일들을 후회하다가, 후회하는 일이 고통스러워지면 유미 선배를 원망하고는 했는데, 내가 나 아닌 다른 누군가를 원망하는 일은 지난날을 후회하는 일만큼이나 고통스러운 일이었기 때문에, 결국 나는 어떤 방식으로든 고통스러워져야만 했다. 후회와 원망. 그것은 둘 중 하나를 고를 수 있는 선택 사항이 아니었다. 그날 콘센트를 뽑은 것도 유미 선배였고, 나를 술 먹게 만든 것 또한 유미 선배였다. 그날 유미 선배가 촬영장에 놀러 오지만 않았다면 나는 실수하지 않았을 것이고, 지금 이렇게 내가 싸놓은 똥을 치울 일도 없었을 것이다. 그런 생각을 하면서 유미 선배를 원망하다 보면, 어김없이 원망은 후회가 되어 다시 내게 돌아왔다. 어쨌거나 그날 내가 정신만 잘 차렸으면 될 일이었으니까. 유미 선배가 사다 놓은 박카스 두 박스는 마치 똥을 치우는 나에게 더 열심히 치우라는 듯이 썩지도 않고 내 옆을 지키고 있었다. 나는 박카스 한 병을 땄고, 마셨고, 힘을 내서 더욱더 구역질 나는 것들을 치울 각오로 냉동고 문을 열었다. 고기 썩는 냄새가 습한 공기와 함께 내 코를 찔렀고, 나는 자동적으로 숨을 참게 되었다. 엄마가 사다 준 양념갈비 위에는 곰팡이가 피어 있었고, 삼겹살 위에는 구더기 수십 마리가 힘없이 꿈틀거리고 있었는데 불행인지 다행인지 꽤 많은 구더기들이 밀폐된 냉동고 안에 있느라 이미 죽어버린 상태였고, 그래서 구더기가 들끓는 정도는 아니었지만 나는 썩은 고기와 더불어 썩어가는 구더기들, 그리고 구더기들의 사체까지 처리해야만 했다.

이상하게도 그 후로는 양념갈비나 삼겹살을 볼 때마다, 내 실수에 대한 수치심을 느꼈고, 그러한 이유로 나는 더 이상 고기를 먹을 수가 없다. 처음에는 일시적인 현상일 거라고 생각했으나, 시간이 지날수록, 그러니까 내가 그 수치심을 마음속에 계속해서 묵혀두고 있을수록, 나는 더더욱 고기를 먹을 수 없게 되어가고 있었다.

4-4

누군가 화장실 문을 계속 두드려서 급히 화장실 칸을 나와보니 술에 취해 눈이 풀린 정경환이 서 있었다. 너였냐. 무슨 신생아도 아니고, 똥도 못 참고 뭐가 그리 급해. 내가 장난스럽게 말하는 와중에도 눈이 풀린 정경환은 한껏 진지한 표정을 짓고 있었는데, 원래 술에 취하면 진지해지는 타입인지, 그냥 미친 건지, 어쨌든 그는 진지한 표정을 유지하며 입을 열었다. 너 그동안 촬영 아르바이트하고 지냈다며. 그는 자기가 괜찮은 자리를 알아봐줄 수 있다고 내게 말했는데, 그건 술주정에 가까웠다. 주사에 가깝다고 나는 생각했다. 이어서 정경환은 유미 선배에게도 청첩장을 보냈으니 결혼식에 오면 유미 선배를 만날 수 있을 거라고 말했고, 나는 도대체 이 새끼가 나에게 왜 이런 소리를 하는 걸까, 알 수 없어서 그냥 그러냐고 대답했다. 정경환은 대답 없이 담배를 물고 내 등을 토닥거리며 다시 술집 화장실 안으로 들어갔는데, 나는 왠지 모르게 뒤가 구려서 내가 밑을 닦지 않고 나온 건지 물을 내리지 않고 나온 건지 대체 뭔지 잠시 혼란스러웠다.

집으로 돌아오는 길에 나는 정경환이 내게 일자리를 알아봐준다고 말한 사실과 유미 선배가 결혼식장에 올 거라고 알려준 사실 중에 무엇이 나를 더 수치스럽게 만드는지에 대해 생각했는데, 아무래도 똥간 문 앞에서 정경환을 마주친 게 가장 수치스러운 일이 아니었을까, 그래 그게 가장 수치스럽지, 고개를 끄덕이며 더 이상 내 수치에 대해 생각하지 않기로 했다.

3-5

가끔 결혼식장에서 국수를 먹었다. 뷔페를 먹는 날은 좋은 날이었고, 강남에 있는 결혼식장에 가는 날에는 교통비가 많이 들어도 교통비보다 훨씬 많은 돈을 벌 수 있어서 좋은 날이었다. 나는 결혼식장에서 신혼부부의 새 출발을 축하하며, 그들의 모습을 디지털카메라에 담았다. 나는 카메라 안에 그들의 모습을 담으면서 그들과 관계하고 있음을 느꼈고, 그들과 관계하고 있음을 느끼면서, 그들의 행복에 필요 이상의 책임감을 느끼게 되었다. 그때마다 나는 극영화 감독에서 다큐멘터리 감독으로 전향한 것만 같은 기분을 느꼈는데, 그때마다 내가 공식적으로 감독으로 데뷔한 적이 없다는 사실을 상기하며, 극영화 감독도 다큐멘터리 감독도 되지 못했다는 사실을 자각했다. 디지털은 결혼식 촬영 영상 혹은 다큐멘터리를 촬영하는 데 최적화된 포맷이었고, 나는 세계적으로 유명한 극영화 감독들이 나이를 먹으면서 점점 다큐멘터리에 관심을 가지는 이유를 조금 알 것도 같았다.

촬영 후, 나는 집으로 돌아와 결혼식장에서 촬영한 영상 파일을 편집했다. 결혼식 촬영 영상을 만드는 일은 매우 쉬웠는데, 파이널컷 프로 툴에 영상 파일을 올려두고 신혼부부가 가장 행복해 보이는 순간들을 제외한 모든 부분을 잘라버린 뒤 음악을 삽입하면 되었다. 이때만큼은 학교에서 몇 년 동안 배웠던 비가시 편집법도, 소비에트 몽타주도 중요하지 않았다. 오직 행복만이 중요했다.

결혼식 영상은 신혼부부가 신혼여행에서 돌아오기 전까지 완성하면 되었다. 신혼부부에게 메일로 영상을 전해주고 나면 나는 결혼식에서 촬영한 모든 파일을 삭제해버렸다. 삭제해버리는 것은 일도 아니었다. 만약 그들이 이혼을 하더라도, 지난 영상을 지우는 건 호적에서 서로의 이름을 지우는 일보다 쉬운 일이었다. 오래전 유미 선배와 필름을 불태웠던 날처럼, 원본을 불태우기 위해 공터를 찾아 헤맬 필요도 없었다. 삭제 버튼. 그것 하나면 되었다. 나는 오늘도 또 다른 신혼부부에게 메일로 영상을 전해주고, 삭제 버튼을 눌렀다.

5-4

다들 제가 영화 찍고 나서 실의에 빠져서 대인기피증, 뭐, 이런 걸로, 은둔 생활을 하는 걸로 알고 있는데, 저는 단지 채식주의자가 되었을 뿐이에요. 유미 선배는 지금껏 내가 촬영 이후로 상심하여 극심한 우울증에 걸려 영화 하는 사람들을 피하고 있는 줄 알았다고 했고, 나는 지금껏 유미 선배가 영화를 말아먹은 이후로 상심하여 극심한 우울증에 걸려 히키코모리가 된 줄 알았다고 했다. 유미 선배는 히키코모리가 되었던 건 사실이지만, 그것도 다 지난 일이라고 웃으며 대답했다. 나는 영화 하는 사람들을 피한 적이 없다고 말했고, 그건 정말이었다. 삼겹살에 소주 한잔하자는 약속, 양꼬치에 칭따오 한 병 하자는 약속, 삼합에 막걸리 한잔하자는 약속, 막창에 한라산 한잔하자는 약속, 유산슬에 고량주 한잔하자는 약속, 그렇게 몇 번 약속을 거절했더니, 언제부턴가 아무도 나에게 연락을 하지 않았을 뿐이었다. 아무래도 친구들은 내가 영화를 망친 후 어떤 정신적 충격 때문에 술을 끊고 채식을 시작한 거라고 오해한 모양이었다. 정신적 충격. 가끔 나는 충격이라는 단어에 대해 깊게 생각해보곤 했지만, 그저 깊게 생각할 뿐, 그 심연 끝까지 닿을 만큼 깊게 생각하지는 못한 채, 언제나 깊은 생각 속을 빠져나오곤 했다. 충격. 충격이라면 충격일 수도 있겠지, 하고 나는 생각했다. 충격. 나는 충격을 받은 적이 있었는데, 단지 그 충격이 무엇에 대한 충격인지 알지 못할 뿐이었다. 충격이 여러 번 있었던 것 같기도 하고 한 번 있었던 것 같기도 하고 없었던 같기도 했다.

그래서 너는 뭐 먹고 살아? 유미 선배는 내게 물었고, 나는 그 말이 제대로 된 직업도 없는데 어떻게 밥벌이해 먹고 살고 있냐는 질문인 줄 알고 잠시 움찔했지만, 바로 정신을 차리고, 채식주의자도 알아서 잘 먹고 다닌다고 말했다. 보통 사람들은 내가 채식을 한다고 말하면, 평소 환경 문제에 관심이 있던 사람이든 아니든, 동물 애호가이든 아니든, 그 어떤 사람이든 고기를 안 먹고 어떻게 사냐고 물었다. 그때마다 나는 그들에게 잘 살고 있다고 전했다. 그런 질문에 나는 이미 익숙해져 있었다. 하지만 나는 대답이 성의 없다는 이유로 유미 선배에게 욕을 먹어야만 했는데, 유미 선배의 손에 들린 닭꼬치가 뾰족한 나무 꼬챙이 끝을 드러내며 나를 위협하고 있었으므로 나는 욕을 먹으면서도 반박할 수 없었다. 그런데 아까 지나간 돼지 대가리 보셨어요? 유미 선배는 닭꼬치를 게걸스럽게 뜯으면서, 여긴 원래 대가리들이 많아,라고 대답했다. 저쪽으로 가면 소 대가리, 닭 대가리, 문어 대가리도 있어. 유미 선배는 「무간지옥」을 말아먹은 후로 한동안 우울증에 시달렸는데, 그 이후로 영화판에서 조연출을 하든, 스크립터를 하든, 어떤 식으로든 자신에 대해 수군거리는 사람들과 마주쳐야만 했으므로, 잠시 영화판을 떠나 에버랜드에서 오리 탈을 쓰고 미취학 아동들 앞에서 춤을 추는 일을 했다고 했다. 왜 하필 에버랜드예요? 오리 탈을 쓰면 아무도 나를 못 알아보잖아. 그리고 어린애들은 내가 누군지도 몰라. 정수인이 누군지도 그 아이들한테는 관심 밖의 일이고, 안다고 해도 별로 안 중요해. 좋은 애들이지. 유미 선배는 한 번 더 입을 벌려 이를 드러내 닭꼬치를 물어뜯었다. 나도 한때는 대가리였는데. 유미 선배는 나지막이 말했고, 나는 한때 대가리였다는 유미 선배의 말이 참 의

미심장한 말이라고 생각되어 그 말을 둘러싼 중의적인 의미를 읽어내려 애를 썼지만, 생각하면 할수록 별생각 없이 뱉은 말이라는 생각이 들었다. 그때 마침 우리 앞으로 생선 대가리가 지나갔다. 나는 돼지 대가리에게 연민을 느꼈듯 생선 대가리에게도 연민을 느꼈다. 우리는 생선 대가리를 따라가며, 그것이 참치 대가리인지 연어 대가리인지에 대해 논하다가 결국 생선 대가리가 안내하는 지중해에 가게 되었다.

3-6

나는 전주국제영화제 티켓을 인터넷으로 예매하려다가, 보리스 레만 감독의 「장례식」이라는 영화가 이번 전주국제영화제에서 상영한다는 사실을 알게 되었고, 또 보리스 레만 감독이 상영일에 맞추어 내한한다는 사실도 알게 되었는데, 결과적으로 나는 보리스 레만이 누구인지 몰랐다. 보리스 레만은 네이버에 검색해보아도 그 어떤 정보도 나오지 않았다. 구글에 검색해보아도 별다른 정보가 뜨지 않았는데, 그나마 검색되는 몇 가지 정보들도 모두 프랑스어로 되어 있었기 때문에 나는 그에 대해 알고 싶어도 알 수가 없었다. 내가 그에 대해 알 수 있는 정보는 오직 전주국제영화제 프로그램 리스트에 게시된 사진 한 장이 전부였다. 보리스 레만은 백발의 노인이었다. 보리스 레만은 앞으로 살날이 얼마 남지 않아 보였는데, 그런 나이에 쇠약한 몸을 이끌고 한국을 방문한다고 하니, 어쩌면 이번 방한이 마지막이 될지도 모르는 일이었다. 나는 그가 쇠약한 몸을 이끌고 마지막이 될 한국행 비행기에 오를 거라는 사실과 더불어, 백발의 노인이 「장례식」이라는 영화를 찍었다는 사실에 이끌렸고, 곧바로 표를 예매했다.

영화 「장례식」은 작은 호수 위에 하얀 옷을 입은 보리스 레만이 죽은 듯 가만히 떠 있는 장면에, 내가 돌아왔을 때 나를 반겨준 건 우리 집 개였다,라는 내레이션이 깔리면서 시작되었다. 잠시 후, 개 한 마리가 프레임 안으로 뛰어 들어왔다. 나는 영화의 첫 컷을 보자마자 울어버렸다. 개가 나왔기 때문이다. 영화를 보고 이렇게 진심을 다해 눈물을 흘린 건, 영화 꿈나무 시절 이후로는 처음 겪는 일이었는데, 또 이렇게 영화에 대한 내용 파악도 이뤄지지 않은 상태에서 첫 컷을 보고 울어버린 경우도 처음이어서 적지 않게 당황했지만, 어찌 되었건 나는 눈물이 나는 걸 멈출 수 없었다. 나는 어떻게 개를 보고 눈물 흘릴 수 있었는지에 대해 생각했고, 혹시 내가 아직도 우울증을 겪고 있는 걸까, 나도 모르는 슬픔이 내 안에 잠재하는 걸까, 나는 그냥 울고 싶었던 걸까, 내가 개를 그렇게나 사랑했던 걸까, 별의별 추측을 해보았지만 아무래도 나는 내가 개 때문에 우는 이유를 알 수 없었다.

영화 속에서 보리스 레만은 자신의 죽음을 준비하며 자신이 지금껏 찍었던 영화 필름들을 불태웠고, 촬영 때 입었던 옷도 불태웠고, 개에게 평생 먹을 밥도 줬다. 그는 이 모든 작업을 아주 천천히, 정확하게, 해냈다.

'나는 이제 사라집니다.'

마지막 장면에서 보리스 레만은 카메라를 정확하게 응시하다가 디졸브로 사라졌고, 보리스 레만이 디졸브로 사라진 자리에는 지금껏 보리스 레만이 미처 불태우지 못한 수백 편의 영화 필름들이 남았다.

「장례식」은 죽었던 보리스 레만이 살아생전 자신이 죽어가는 과정을 영화에 담지 못한 것이 후회가 되어, 이승으로 다시 돌아와, 자신이 죽어가는 과정을 영화로 찍고 다시 저승으로 돌아간다는 이야기였다. 나는 어쩐지 웃기지만 어쩐지 슬픈 이 이야기가 마음에 들었다.

2-5

동기들은 졸업 영화제에서 내 영화를 보고, 왜 영화가 시나리오와 다른지, 무슨 내용인지, 그래서 결말이 어떻게 되는 건지에 대해 물어댔다. 나는 내가 겪었던 일들, 그러니까 그 일들을 만든 전조인 나의 실수들에 대해 구구절절 설명하기 곤란스러워서, 아방가르드야,라고 말했다. 아방가르드는 실수를 숨기기에 가장 용이한 단어, 혹은 실패한 영화를 가장 그럴싸하게 포장하는 가장 쉬운 방법 중 하나라고 나는 생각했다. 더군다나 내가 내 멋대로 아방가르드를 정의한다 해도, 아무도 아방가르드를 정의하는 일 따위에 관심을 가지지 않았으므로, 이에 반박할 사람은 아무도 없었다. 장 뤽 고다르 감독도 '아방가르드라고 부르는 것은 사실 아리에르 가르드, 그러니까 다시 말해 후위일 뿐'°이라고 말한 적이 있었고, 내가 장 뤽 고다르의 말을 제대로 이해한 건지 아닌지는 별로 중요하진 않지만, 어쨌든 우리가 아방가르드라고 부르는 것은 사실 전위가 아니라, 실패 이후에 오는 후위의 말인지도 몰랐다. 나는 후위의 말을 입속에 굴리며, 때때로 내뱉고, 내 영화를 아방가르드영화라고 칭하면서 졸업했다. 졸업 이후로 제대로 완성시킨 영화가 없으므로, 그 아방가르드영화는 의도치 않게 나의 마지막 영화가 되었다.

훗날 유미 선배는 전화로 내게 졸업 영화제를 잘 끝냈는지, 뒤풀이는 잘했는지 물으면서 언제 한번 내 졸업 영화를

° 장 뤽 고다르, 『고다르×고다르』, 데이비드 스테릿 엮음, 박시찬 옮김, 이모션북스, 2010, p. 290.

보여달라고 했지만 나는 유미 선배에게 내 아방가르드영화를 보여주는 일이 너무나도 끔찍하게 여겨져 싫다고 말했다. 네가 보여주기 싫다고 하는 걸 보니 네 영화가 어떨지 감이 온다. 그 말은 내 귀로 고스란히 전해져왔다. 그 말을 들은 순간, 나는 유미 선배에게 영화를 보여주지 않고도 영화를 보여준 것만큼의 수치심을 느낄 수 있었다. 내가 했던 말을 정정하며, 얼마든지 내 영화를 보여주겠다는 말을 하기엔 이미 너무 늦었고, 또 그렇게 말할 만한 객기조차 나에겐 없었다. 하여튼 그래서 선배는 요즘 잘 지내요? 나는 급히 말을 돌렸고, 유미 선배는 요즘 장편 시나리오를 쓰고 있다고 했다. 무슨 내용이냐고 물었더니, 검사로 위장한 조직폭력배 보스의 아들과 조직폭력배로 위장한 검사가 주인공인데 서로가 스파이라는 사실을 눈치챌 무렵 갑작스럽게 조직폭력배 보스가 실종되면서 벌어지게 되는 이야기라고 유미 선배는 말했다. 이어 말하길, 보스의 아들은 위장한 검사가 자신의 아버지를 죽였다고 생각해서 복수를 하기 위해 비밀리에 검사를 죽일 계획을 세우고, 신변의 위험을 느낀 검사는 검찰에 도움을 요청하지만 배신당하고 결국 스스로 결백을 주장하기 위해 검찰을 무너뜨릴 계획을 세운다고 했다. 그 이야기를 잠자코 듣고 있던 나는, 이유는 모르겠지만 어쩐지 「무간도」가 떠오르는 것이 찝찝하다고 유미 선배에게 말했는데, 유미 선배는 「무간도」와 얼핏 비슷한 내용처럼 보일 수 있으나 자신이 쓰고 있는 시나리오에는 「무간도」에서는 찾아볼 수 없는 획기적인 설정이 하나 더 있다고 했다. 정체를 알 수 없는 칼잡이가 등장해. 유미 선배는 사실 이 시나리오의 관전 포인트는 칼잡이가 검사 편인지, 보스의 아들 편인지, 누구의 편도 아닌지, 알아맞히는 과정에 있다고 했다. 관객들이 별로 궁금해하지 않을 텐데요. 유미 선배는 감이 없어도 너무 없다며 나를 타박했다. 나는 선배가 하는 일마다 잘되길 바란다고 전했고, 칼잡이가 나오는 「무간도」 비슷한 그 장편 시나리오가 부디 비싼 가격에 팔려서 유미 선배가 돈 좀 많이 벌길, 그래서 삶이 좀 나아지길, 진심으로 기도했다.

4-5

나는 몇 번을 망설이다가 정경환에게 전화를 걸었고, 그때 말한 일자리를 알아봐달라고 말하는 대신 유미 선배의 번호를 물어봤다. 또다시 과거를 들먹거리며 유미 선배 이야기를 할 줄 알았는데, 맨정신이어서 그랬는지 옆에 결혼할 여자가 있어서인지는 몰라도, 정경환은 고분고분하게 유미 선배 번호를 알려주며 아마 요즘 서울아트시네마에서 영사기사로 일하고 있을 거라는 말을 남겼다.

이제 나에겐 유미 선배의 번호가 있었다. 하지만 막상 유미 선배에게 연락을 하려고 하니 겁부터 났고, 그래서 일단은 옷을 입었다. 옷을 입고 나서는 반드시 연락을 하려고 했는데 또 막상 옷을 입으니, 여전히 겁이 났다. 어쩐지 정경환에게 연락을 하는 일보다 유미 선배에게 연락을 하는 일이 더 수치스럽게 느껴졌고, 나는 내 수치심 때문에 겁부터 먹었다는 사실을 어느 정도는 알고, 또 인정하고 있었다. 결국 나는 유미 선배에게 연락을 하지 않은 채 1호선을 타고 서울아트시네마로 향했다. 영사기사로 일하고 있다는 사실을 알았으니, 그곳을 어정거리면 우연히 유미 선배를 마주칠 수 있을지도 모르는 일이었다. 우연히 마주치면 영화를 보러 왔다고 설명하면 되고, 이것도 우연인데 근처에서 커피 한잔하든지 일 끝났으면 술이나 한잔하자고 말하면, 모든 일이 자연스러워질 수 있었다. 나는 그렇게 내 삶을 연출하면서 오랜만에 영화 연출을 하고 있는 기분이 들었고, 그래서 조금 설레기도 했지만, 많은 연출자들이 영화를 찍으면서도 자기가 지금 무얼 하고 있는 건지 대체 이 짓을 왜 하는지 고민하게 되는 것처럼, 나도 내가 왜 유미 선배를 우연히 만나기 위해 애를 쓰는 건지 잠시 고민해보게 되었다.

나는 내가 그리 바보 멍청이는 아니라는 걸, 이제 와 유미 선배에게 다시 증명해 보이고 싶었던 것일까. 유미 선배가 나를 별 볼 일 없는 놈이라고 생각할까 봐 겁을 먹으면서도 내가 그리 별 볼 일 없는 놈이 아니라는 걸 알려주고 싶다는 생각이 들었다. 하지만 아직까지도 그런 생각을 하는 걸 보니 나는 정말 바보 멍청이인 것 같았고, 모든 걸 내려놓고, 유미 선배가 나를 별 볼 일 없는 놈이라고 생각할지언정 한 번쯤은 다시 얼굴을 보고 이야기 나눠봐야 하지 않을까, 하고 생각했다. 그러기 위해서는 더더욱 우연스럽게, 유미 선배가 운명이라고 느낄 만큼 최대한 우연스럽게 우리는 서울아트시네마 앞에서 마주쳐야 했다. 나는 이 우연의 시나리오에 개연성을 만들기 위해 서울아트시네마 홈페이지에 들어갔고, 마침 에릭 로메르 회고전이 열리고 있었으므로 나는 평소 좋아하지도 않았던 에릭 로메르의 회고전 티켓을 예매해야만 했다. 하지만 종로3가역에 도착하니, 정말로 유미 선배를 우연히 만날 수 있을 것 같다는 예감이 몰려왔고, 그 순간 문득 유미 선배가 뭐 하고 지내냐고 내게 물을까 봐 겁이 났다. 나는 지금껏 무얼 하고 지냈는지, 그리고 지금은 무얼 하고 지내는지, 유미 선배에게 어떻게 거짓말을 해야 하는지 궁리했다. 오랜만에 영화 시나리오를 쓰는 기분이 들었는데, 많은 연출자들이 영화 시나리오를 쓰면서 자신의 한계를 느끼고 영화로 만들 수 있는 극적인 경험 하나 없이 심심하게 살아온 자기 자신을 책망하게 되는 것처럼, 나 또한 내 한계를 느끼면서 그동안 참 제대로 해낸 일 하나 없이 살았다며 나 자신을 책망하게 되었다. 나는 사실 좋은 사람이 되고 싶었다. 좋은 사람이 되기에는 모든 게 글러먹었다고 생각되었지만, 어쨌든 나는 좋은 사람이 되고 싶었다.

1-4

한솔이는 자신이 잠시 프랑스에 살 때, 그러니까 벨기에에서 고등교육을 마치고 프랑스 센강 변에서 한가로이 책이나 읽으며 여름을 보내고 있던 그 무렵, 장 뤽 고다르를 만난 적이 있었다고 했다. 그 말을 전하는 그의 한국어 실력이 형편없었기 때문인지는 몰라도, 나는 그가 헛소리를 하거나 자신의 생각을 나에게 잘못 전달하고 있는 거라고 믿었다. 무슨 말 같지도 않은 소리야. 한솔이의 말에 따르면, 그날은 자신이 파리에 있는 중고 서점에서 장 뤽 고다르의 「미치광이 피에로」 DVD를 발견했고, 구입했고, 그래서 행복했고, 그렇게 DVD를 품에 안고 집으로 돌아가는 길에 센강 변 벤치에서 혼자 샌드위치를 먹고 있는 장 뤽 고다르를 만났다고 했다. 당신, 장 뤽 고다르? 자신이 장 뤽 고다르를 알아보자, 장 뤽 고다르는 너무도 놀란 나머지 샌드위치 햄을 길바닥에 흘리고 말았다고 했다. 나는 한솔이가 내게 거짓말을 하고 있는 것인지, 시나리오를 쓰고 있는 것인지, 대체 뭔지 알 수 없었지만, 그래도 꽤 흥미로운 이야기라고 생각되어 일단은 귀를 기울여보았다. 그래서? 계속 이어지는 한솔이의 말에 따르면, 자기가 장 뤽 고다르를 알아보자, 장 뤽 고다르는 장 뤽 고다르가 아닌 척하며 자리에서 일어나 도망쳤는데, 도망치는 꼴을 보아하니 장 뤽 고다르가 분명했고, 그래서 계속 "네 멋대로 해라"라고 외치며 장 뤽 고다르를 따라가니, 장 뤽 고다르는 그런 영화는 찍은 적 없다고 말하고는 여전히 장 뤽 고다르가 아닌 척하면서, 자신을 따돌리려 계속 애를 썼다고 했다. 나는 한솔이가 이 이야기를 하는 도중에 장 뤽 고다르라는 말을 대체 몇 번이나 반복하는 것인지, 세어보진 않았지만, 장 뤽 고다르라는 말을 너무 많이 하는 것 같아서 머리가 아팠다. 어쨌거나 한솔이는 장 뤽 고다르의 이름을 계속해서 반복했고, 장 뤽 고다르의 이름을 반복해서 들은 탓인지는 몰라도, 나는 한솔이의 이야기를 들은 지 얼마 되지도 않아 장 뤽 고다르의 평생 동안의 행적을 시간 순서대로 들은 것처럼 완전히 지쳐버렸다. 하지만 한솔이는 지치지도 않고 계속해서 말을 이어나갔다. 결국 한솔이는 자신을 귀찮아하는 장 뤽 고다르를 위해 장 뤽 고다르가 집으로 돌아갈 수 있도록 길거리 한복판에서 장 뤽 고다르가 아닌가요,라고 말하고는 뒤돌아섰는데 사실은 돌아선 게 아니었고, 돌아서는 척하며 장 뤽 고다르가 집으로 돌아가는 길을 미행했으며, 그렇게 따라간 후에 장 뤽 고다르의 집까지 알게 되었다고 했다. 그렇지만, 집까지 알아냈는데 기분이 좋지 않았어요. 나는 한솔이에게 왜 기분이 좋지 않았냐고 물었는데, 한솔이는 그런 걸 알아서 어디에 쓰냐고, 장 뤽 고다르의 집을 알아낸 후에 갑자기 '앎에 대한 회의'가 몰려왔다고 했다. 나는 그가 어떻게 한국에 온 지 7개월 만에 '앎에 대한 회의'라는 말을 구사할 수 있는지에 대해 의심하면서, 동시에 그가 모든 한국말을 배웠던 이태원 클럽이란 곳은 강남 어학원 밀집 지역 못지않게 학구열이 불타는 곳임을 깨닫게 되었다. 사인이나 받을걸. 한솔이는 자신을 피하는 장 뤽 고다르를 쫓아가기 바빠서 자신의 가방 속에 「미치광이 피에로」 DVD가 있었다는 사실조차 까먹었으며, 장 뤽 고다르가 집으로 들어간 후에야 가방 속에 DVD가 있다는 사실을 깨달았는데, 그 순간 인생이 아무것도 아니라는 것을 깨달았고, 결국 이 허무함이 누벨바그가 영화를 통해 보여주고자 했던 바가 아니었을까, 생각했다고 구구절절 설명했다. 나는 나보다 한국말을 잘하는 한솔이를 보며, 갑자기 얘가 미쳤나, 얘가 왜 이러나, 싶었다. 너 혹시 한국인 여자친구 생겼어? 한솔이는 사실 요즘 걸 그룹 팬클럽 활동을 하고 있다고 했다. 나는 좋아하는 걸 그룹도 없었을뿐더러, 관심도 없었기에, 딱히 이어 할 말이 없었다. 그랬구나. 나는 불을 껐다. 한솔이에게 이만 자자고 말하면서 그에게 이불을 덮어주었는데, 한솔이는 내 눈을 바라보며 따뜻하다고 말했다. 이불을 덮어서 따뜻하다는 건지, 내가 따뜻하다는 건지 나는 알 수 없었다. 한솔이는 어둠 속에서 말했다. 아 참, 제가 센강 변에 다시 돌아갔을 때 비둘기들이 고다르가 길바닥에 흘린 햄을 쪼아 먹고 있었어요. 그 말을 듣고 나니 악몽을 꿀 것만 같았다. 내일 촬영 잘해요 우리. 그 말을 듣고 나니 잠들 수 없을 것만 같았다.

3-7

내가 돌아왔을 때 나를 반겨준 건 우리 집 개였다. 영화가 끝나자, 보리스 레만은 내레이션으로 시작되는 자신의 영화 첫 컷처럼, 상영관에 모습을 드러냈다. 이 순간에는, 내가 돌아왔을 때 나를 반겨준 건 관객들이었다,로 시작되는 내레이션이 필요할 것만 같았다. 예상과 달리 보리스 레만은 전혀 쇠약하지 않았고, 오히려 너무 건강해 보여서 앞으로 50년은 더 살 것만 같았다. 더군다나 천진난만한 미소와 재치 있는 언변으로 순식간에 상영관을 장악했다. 그는 프랑스어를 사용하는 벨기에 감독이었다. 그는 어릴 적 정신병원에 입원했다가 치료 목적으로 영화를 제작하게 되었는데, 영화에 재미를 느껴 병을 완전히 고치게 되었으며, 병원을 나와서는 영화과에 진학했다고 했다. 그 후로 지금까지 5백여 편의 영화를 제작했다고 했는데, 그중에 완성된 것도 있고 미완성인 것도 있지만, 웬만하면 5백여 편 모두 완성작이라고 말하고 다닌다고 했다. 그 이유는 5백여 편을 제작했다고 말한다고 해서 5백여 편을 전부 다 보여달라고 떼를 쓸 관객은 아무도 없기 때문에, 그냥 완성된 영화 몇 편 보여줘도 거짓말인지 아닌지 구별이 안 된다고 했다. 그는 영화를 일기라고 생각했고, 그래서 일주일, 혹은 두 주, 적어도 한 달에 세 편씩은 꾸준히 제작해왔다고 했다. 그는 평생 영화를 혼자 쓰는 일기라고 생각하면서 살아왔는데, 이렇게 국제적인 영화제에 초대받게 될 줄은 꿈에도 몰랐다며, 아까 봤던 그 개처럼 펄쩍펄쩍 뛰었다. 나는 그가 마음에 들었다. 물론 그의 영화도 마음에 들었고, 그래서 그의 차기작을 계속 지켜보고 싶었으나 내가 그런 생각을 하자마자, 보리스 레만은 앞으로 더 이상 영화를 촬영하지 않을 거라고 했다. 하지만 그렇다고 해서 이 영화가 유작이라는 소리는 아니다. 계속 이어지는 보리스 레만의 말에 의하면, 이제 자신은 카메라를 들고 돌아다닐 힘이 없으며 또 촬영을 하러 나가기도 귀찮기 때문에 더 이상 촬영을 하지 않을 테지만, 그 대신 지금껏 편집하지 않은 채, 집구석에 방치해둔 필름들을 모아 하나의 작품으로 만드는 작업에 최선을 다할 것이라고 했다.

5-5

생선 대가리 때문에 지중해에 왔네요. 나는 지중해 횟집 입구 좌판에서 판매되고 있는, 오징어젓, 청어알젓, 새우젓 등등 온갖 젓들을 보며 말했다. 선배는 내게 지중해에 가본 적이 있냐고 물었다. 나는 없다고 말했고, 선배는 있다고 말했는데 처음이자 마지막으로 지중해에 간 것은 3년 전이며, 정수인과 함께였다고 했다. 나는 어째서 유미 선배가 정수인과 함께 지중해에 있었던 것인지 전혀 이해할 수 없었고, 그래서 더 이상 무슨 말을 덧붙여야 할지 몰라, 산낙지는 왜 이리 안 나오는 거냐고 구시렁거렸는데, 그 말이 끝나기 무섭게, 방금 전에 죽은 낙지가 산낙지라는 이름으로 테이블 위에 올라왔다. 끔찍해. 하지만 끔찍한 건 산낙지뿐이 아니었다. 유미 선배는 그때 당시 스캔들이 오보가 아니었다고 했다. 끔찍해. 끔찍해. 끔찍하다. 끔찍했다. 어쩜 이리도 하루가 멀다 하고 끔찍한 일들이 내게 반복되는지, 끔찍한 소식들이 들려오는지, 알 수 없었다. 듣기 싫어요. 왜? 팬픽 쓰지 마세요. 유미 선배는 산낙지처럼 몸을 배배 꼬며 말하는 나를 무시하고 계속 말을 이어나갔다. 유미 선배는 당시 정말로 정수인과 사귀고 있었고, 그래서 사귀지 않는 척을 하느라 팔자에도 없는 연기를 해야만 했다고 지난날을 회고했는데, 나는 그 말을 도무지 믿을 수 없어서, 정수인한테 명예훼손으로 고소당하고 싶지 않으면 뻥 좀 작작 치라고 유미 선배에게 말했다. 진짜야. 진짜인데. 유미 선배는 짧고 뻔뻔하게 말하고는 아무렇지도 않게 산낙지를 입안에 넣고 오물오물 씹었다. 나는 유미 선배가 낙지를 씹는 건지 나를 씹는 건지 헷갈릴 정도로 마음이 괴로웠다. 그런 걸 왜 먹어요! 나는 괜히 산낙지를 씹는 유미 선배에게 시비를 걸었지만 유미 선배는 「무간지옥」을 거쳐오며 해탈의 경지에 오른 듯, 나의 화를 자비로 받아쳤다. 먹을 수도 있지. 나는 도무지 유미 선배 앞에서 좋은 꼴을 보이지 못했다. 그런 적이 있었던가, 생각하면 생각할수록 수치스러운 기억들만 떠올랐다. 그래서 정수인하고는 연락해요? 유미 선배는 고개를 저으며, 영화판에서 누구 하나 죽거나 톱스타들끼리 결혼해야 겨우 다시 만날 수 있을 거라고, 이제 그런 사이라고 대답했다. 유미 선배는 정수인과 자기가 어떻게 만나게 되었는지 궁금하지 않냐고 내게 묻고는, 내가 묻지도 않은 말들을 잘도 해주었다. 꿈에서 소가 내 얼굴을 핥았는데 소 혓바닥 냄새가 났어. 나는 유미 선배가 헛소리를 할 때마다 헛소리라는 걸 알면서도 혹시나 이번만큼은 헛소리가 아니지 아닐까 하는 마음으로 귀를 기울이고 있는 내 자신을 혐오했지만, 이번에도 역시나 유미 선배의 말에 귀를 기울이고 있었다. 그다음 날 정수인이 나한테 진지하게 만나보자고 하더라고. 그러니까 너도 소 꿈 꿔. 그러면 좋은 일이 생길 거야. 나는 유미 선배가 하는 말이 발로 쓴 랩 가사보다 허접하다고 생각하여, 인상을 찌푸렸다. 뭐예요. 소 혓바닥 냄새 맡아봤다는 게 고작 그거예요? 나는 유미 선배가 나를 농락하고 있을지도 모른다고 생각했다. 정수인과 사귄 것도 거짓말일지 모르며, 소 혓바닥 꿈도 모두 다 유미 선배가 지어낸 이야기일지도 모른다는 생각이 들었다. 유미 선배는 대학 시절부터 시나리오를 잘 썼으니까, 술자리에서 이런 이야기를 지어내는 건, 남이 쓴 시나리오를 까는 일보다 쉬운 일일지도 몰랐다.

1-5

유미 선배가 말하길, 이런 날에는 술로 밤을 새워야 한다고 했다. 나는 유미 선배가 평소에 그렇게 클로드 샤브롤을 좋아했던가, 클로드 샤브롤이 죽은 일은 우리에게 어떤 의미가 있으며 앞으로 어떤 영향을 미칠 수 있는 걸까, 생각해보았지만 아무리 생각해보아도 유미 선배는 그냥 술이 마시고 싶었던 것 같았다. 그렇지만 클로드 샤브롤의 죽음을 빌려 나와 술을 먹고 싶었던 것일까. 나는 클로드 샤브롤의 죽음과 우리가 어떤 연관성을 가지고 있는지 알지 못했지만 오늘 밤 유미 선배와 내가 어떤 연관성을 가지게 될지에 대해서는 기대해볼 수 있었다. 기대하고 있었다. 지금의 이자벨 위페르를 만든 건 클로드 샤브롤이야. 나는 지금의 이자벨 위페르를 만든 건 이자벨 위페르의 부모이며, 혹은 프랑스 언론이며, 혹은 이자벨 위페르 자기 자신이라고 대답했는데, 유미 선배는 내 말이 끝나기 무섭게 나를 매섭게 째려보았다. 나는 지금의 이자벨 위페르를 만든 사람이 바로 클로드 샤브롤이라는 사실에는 동의할 수 없었지만, 우리의 만남을 만든 건 클로드 샤브롤이 확실했다. 그럼 지금의 클로드 샤브롤을 만든 건 누구죠? 히치콕이지. 유미 선배가 샤브롤의 이름을 입에 담을 때마다, 나는 이상하게도 샤브레 쿠키가 먹고 싶었다. 샤브레가 먹고 싶었던 이유는 오로지 샤브롤과 샤브레의 이름이 비슷하다는 것뿐이었고, 나는 어떻게 내가 이름의 유사성만으로 샤브롤에서 샤브레까지 생각을 이어나갈 수 있었는지, 또 샤브롤이 샤브레라는 단어를 불러들일 수 있었는지 고민하다가, 샤브레가 더 먹고 싶어졌다. 나는 샤브레가 홍차와 함께 먹어야 제맛이라는 사실을 이미 알고 있었기 때문에 지금처럼 술과 함께 먹을 수 없었으므로, 내일이나 내일모레 먹어야겠다고 결심했다. 그 결심을 하는 동안 샤브롤은 내 머릿속에서 잠시 사라져 있었다.

어쨌든 우리는 클로드 샤브롤이 세상을 떠난 날 을씨년스럽게 술을 마셨고, 술에 취해가며, 클로드 샤브롤의 「미남 세르주」에서 「의식」까지 이어지는 긴 대화를 나눴지만 그 이후의 작품들에 대해서는 논하지 않았으며, 그 이후의 작품들에 대해 논하지 않은 이유는 단지 우리가 너무 취했기 때문이었다. 나는 눈꺼풀에 힘이 풀린 채로 거리를 걸어 집으로 돌아왔다. 그날 유미 선배와 나 사이에는 클로드 샤브롤에 대해 대화를 나눈 것 외에는 아무런 일도 없었고, 어쩌면 클로드 샤브롤에 대해 대화를 나눈 것도 아무것도 아닐지 모르겠지만, 어쨌든 분명한 사실은 그날 유미 선배와 내가 아무런 연관성을 가지지 못한 것처럼, 그날 우리가 마신 한국산 소맥과 클로드 샤브롤은 아무런 연관성이 없었다는 거다. 그 이후로, 유미 선배는 종종 학교에서 마주칠 때마다 내게 클로드 샤브롤의 「거짓말의 한가운데」가 참 좋다며, 꼭 보라고, 마치 그 영화에 투자 자금이라도 쏟아부은 듯 내게 영업을 하곤 했다. 하지만 몇 달이 지나도록 내가 자료를 구하기 힘들다는 변명을 하며 「거짓말의 한가운데」를 보지 않자, 자기가 파일을 구해 왔다며 DVD 한 장을 건네줬다. 나는 유미 선배가 어떻게 「거짓말의 한가운데」 파일을 구해 온 건지, 어떻게 그럴 수 있었는지, 해커인지 뭔지, 알 수 없었지만 어쨌든 잘 보겠다고 말했다.

그날 밤 나는 늘 항상 혼자인 집구석에서 유난히 홀로 남겨진 기분을 느끼며 맥북에 DVD를 넣었다. 폴더 안에는 파일이 하나 있었고, 파일명은 "Au Cœur Du Mensonge"이었다. 나는 문득 유미 선배가 어째서 파일을 USB에 담아주지 않고 DVD에 담아주었는지 궁금해졌다. 왜 그랬을까, 의심스럽긴 했지만 또 한편으로는 선배가 USB가 아닌 DVD에 파일을 담아준 특별한 이유가 있을 거라고 생각하며, 일단 파일을 클릭했다.

5-6

내가 약간 취기가 올라, 오랜만에 만난 유미 선배에게 지난 일들이 억울하지 않냐고 물은 것은 괜한 너스레였다. 유미 선배는 좋은 경험했지 뭐, 하며 어깨를 으쓱했다. 내가 시도하거나 의도했던 건 아무것도 없었어. 유미 선배가 말하길, 자신은 그렇게 이른 나이에 감독으로 데뷔하고 싶다는 생각을 할 만큼 야망이 큰 사람이 아니었고, 애당초 정수인을 캐스팅할 생각도 없었으며, 정수인 같은 톱스타를 캐스팅

하고 싶다는 꿈을 쉽게 가질 만한 처지도 아니었다고 했다. 「무간지옥」의 제목은 원래 "서울"이었으며, 그 시나리오는 그냥 충무로를 몇 년 동안 떠돌던 시나리오들 중에 하나였는데, 자기가 생각해도 그 시나리오는 너무 구린 시나리오라서 자기가 쓰고도 두 번 읽기 싫은 시나리오였다고 했다. 그래서 이 시나리오가 영화화될 수 있다는 생각은 전혀 못 했는데, 어느 날 갑자기 정수인이 그 시나리오를 보고 자신이 꼭 출연하고 싶다며 직접 전화가 온 것이 이 사건의 전말이라고, 유미 선배는 아주 담담하게, 가끔 소주를 한 잔씩 들이켜기도 하면서, 천천히 내게 이야기해주었다. 계속되는 유미 선배의 말에 따르면, 정수인은 「무간지옥」 그러니까 「서울」 시나리오를 읽는 순간, 칼잡이 '아포'가 지금껏 자신이 기다리고 또 기다려온 캐릭터임을 단박에 깨달았으며, 이 역할이야말로 자신을 진짜 배우로 성장시켜줄 그런 캐릭터라고, 그러므로 이 시나리오만큼은 절대 놓칠 수 없다고 말했다고 했다. 뿐만 아니라 정수인은 아포를 추종하는 어둠의 세력들과 검사 역할에 어울릴 만한 친구들이 있다며 캐스팅 디렉터 역할을 자처했는데, 유미 선배는 정수인의 그런 적극적인 태도에 부담감을 느꼈지만 톱스타의 선의를 차마 거절할 수 없었다고 했다. 그리고 그때 그가 유미 선배에게 소개해준 친구들은 모두 몸값이 서울 시내 빌딩 한 채 값을 넘나드는 한류 스타들이었고, 유미 선배는 더더욱 정수인의 그런 적극적인 태도에 부담감을 느끼면서, 이 사태를 어찌하면 좋을지 고민하느라 불면증에 시달렸지만, 다행히도 그들은 소속사의 반대로 결국 이 영화에 출연하지 않는 행운을 얻게 되었다고, 유미 선배는 여전히 남 얘기하듯 말했다. 정수인이 출연하기로 결정된 순간부터는 모든 것이 일사천리였어. 유미 선배는 아무것도 안 하고 그냥 집에서 시나리오나 조금 고치고 짜장면이나 시켜 먹고 책이랑 예능이나 보다가 자다가 영화판 선배 만나서 술 한잔하다가 이케아에서 의자와 서랍 몇 개를 사고 보니, 투자자들이 이 영화에 서로 돈을 쓰겠다고 몰려들어 있었다고 했다. 아무래도 정수인이 출연하니까 투자자들이 이 영화를 중국 시장에 내다 팔아서 크게 한몫 챙기려 했던 속셈인 것 같다고, 내가 생각하는 찰나, 유미 선배는 중국 시장에 내다 팔려고 제목도 "무간지옥"으로 바꾼 거라고 말해주었다. 정수인을 '한국의 양조위'로 만드는 것이 이 영화의 목표였으며, 자기가 이 목표에 동의하든 안 하든 어쨌든 가만히 있어도 영화가 제작되어지고 있는 놀라운 경험을 할 수 있었다고 유미 선배는 또 남 얘기하듯 말했다. 나는 유미 선배의 그런 태도를 이해할 수가 없었다. 이렇게 유미 선배를 다시 만나기 전까지 나는 유미 선배에게 있었던 일들을 내 일처럼 걱정하며 지내온 반면, 정작 유미 선배는 자신의 일을 남 얘기하듯 말했고, 그 모습을 본 나는 안심이 되기보다 오히려 맥이 빠졌다. 유미 선배는 이 영화를 통해 자신이 얻은 건 아무것도 없으며 잃은 것도 아무것도 없지만, 그래도 구태여 행운이라고 말할 수 있는 건 배우 정수인이 아닌 인간 정수인에 대해 알 수 있었던 것뿐이었다고 했다. 가끔 자신이 정수인 인생을 망친 것인지 정수인이 자기 인생을 망친 것인지 생각해보기도 하지만, 아무리 생각해보아도 가진 것 없었던 자신이 망한 것보다는 정수인이 망했으면 더 크게 망하지 않았겠냐고 아무래도 자신이 정수인의 인생을 망친 것 같다고, 유미 선배는 그런 끔찍한 말들을 하고도 깔깔 잘 웃었다.

아무래도 유미 선배는 내 걱정과는 달리 잘 지내왔던 것 같았다. 나는 깔깔 웃는 유미 선배를 보면서 알 수 없는 기분에 휩싸여 적지 않게 당황해버렸다. 나는 지금껏 유미 선배가 행복하길 바랐던 걸까, 불행하길 바랐던 걸까. 혹시 내가 유미 선배의 불행을 그려보며 나 자신을 위로하고 있었던 건 아니었는지, 하는 생각까지 들어 나는 비참해지지 않을 수가 없었다. 유미 선배는 자신의 기억들을 잘 편집해 나아가고 있는 듯 보였다. 매끄럽게, 부드럽게, 자연스럽게. 또는 느리거나 빠르게. 나는 어떻게 유미 선배가 비참한 이야기를 하면서도 그렇게 잘 웃을 수 있는 건지, 자기 자신의 과거를 스스로 자책하고 조롱하면서도 그렇게 즐거워할 수 있는지, 이해할 수 없었다. 걔 영화 망해서 도망치듯 군대 갔잖아. 유미 선배는 그게 가장 마음이 아프다고 했고, 나는 그래서 영화 제목을 잘 지어야 하는 거라고 말하면서 서른이 다 되어 군대에 가는 것이 얼마나 불행한 일인지에 대해 유미 선배에게 자세히 알려주었다. 근데 너는 왜 군대까지 다녀왔는데 그렇게 쓸데없는 소리를 하냐. 유미 선배는 군대 다녀와서 군대 다녀온 얘기하는 게 세상에서 제일 쓸데없는 소리라고 했는데, 어쩐지 내가 군대까지 다녀와서 할 수 있는 말들은 쓸데없는 말들뿐인 것만 같다는 생각이 들어서, 이제 무슨 말을 해야 좋을지, 고민하며 잠시 입을 열 수가 없었다.

POV 2

사람들은 내가 어릴 적부터 세계 여러 나라에서 살았다는 이유로, 아무런 노력 없이 영어와 프랑스어를 배웠다는 이유로, 한국 고등학생들이 입시 전쟁을 치르며 매일 자살을 생각하는 순간에도 유유히 센강 변을 거닐던 시네필이었다는 이유로, 모두 나를 부러워했지만 나는 내 삶을 도무지 사랑할 수가 없었다. 나는 항상 내 삶이 영화「미치광이 피에로」

처럼 돌아가고 있다고 생각했다. 뭐가 뭔지 하나도 알 수 없는 그런 영화처럼, 미치광이 피에로처럼, 정신 나간 것처럼 살고 있다고 확신했다. 내겐 정체성이 없었다. 혹은 너무 많은 정체성이 있었다. 나는 언젠가 영화 속 피에로처럼 얼굴에 폭탄을 두르고, 나 자신을 폭파시켜버릴 것만 같았다. 엉망진창인 나를 폭파시키고, 불꽃 속에서 모조리 태워버리고 싶었다. 하지만 나는 나 자신을 폭파시킬 수 없어서, 매일 밤 불면증에 시달려야만 했다.

내가 편히 잠들 수 있었던 때는 준 형과 함께 있을 때뿐이었다. 준 형이 내게 처음으로 이불을 덮어줬을 때, 나는 금방 잠들 수 있었다. 촬영하는 내내, 준 형 집에 머무르면서 준 형이 하는 이야기들을 듣는 게 좋았다. 나는 내게 중요하지만 재미없는 영화 이야기를 많이 해주던 준 형이 보고 싶다고 생각한다. 가끔 영화를 욕하고, 가끔 영화가 좋다고 생각한다. 그러다가 비트를 만들거나, 랩 가사를 쓰면서 정처 없이 거리를 돌아다닌다. 나는 내가 뭐하는 놈인지 당최 알지 못하므로, 앞으로 내가 뭐가 될지 알지 못했다.

5-7

그런데 영화는 어땠어? 로메르 말이야. 나는 상영관을 나와 유미 선배와 마주치면서 곧바로 잊어버린 에릭 로메르의 「로맨스」를 다시 떠올렸다. 영화가 상영되는 동안 절반은 자고 절반은 졸아서 제대로 본 장면이 없었기 때문에 나는 「로맨스」에 대해 성급히 말할 수 없었고, 그렇다고 해서 유미 선배에게 영화가 상영되는 동안 절반은 자고 절반은 졸았다고 솔직하게 말할 순 없었다. 좋았어요. 재미있었어요. 나는 영화를 보지 않고도 할 수 있는 말을 내뱉었다. 나도 그래. 유미 선배는 에릭 로메르의 영화 중에 「로맨스」가 가장 걸작이라고 말했는데, 그 이유는 가장 못 만들었기 때문이라고 했다. 세상에 어떤 영화감독이 평생 동안 좋은 영화들을 만들어놓고, 어떻게 이런 허접한 영화를 유작으로 만들고 세상을 떠날 수 있냐며, 이 모든 것이 에릭 로메르의 빅 픽처가 아니고서는 불가능한 일이라고 유미 선배는 설명했다. 나는 그게 무슨 말인지 이해할 수 없었는데, 유미 선배의 이야기를 더 듣다 보니 알 것 같기도 했고, 또다시 알 수 없을 것 같기도 했고, 이랬다가 저랬다가, 어쨌든 나는 알 듯 말 듯한 상태로 계속해서 유미 선배의 말에 귀를 기울일 수밖에 없었다. 로메르는 죽기 전에 반드시 날것의 영화를 만들려고 그동안 그렇게 멋진 영화들을 찍어왔던 거야. 술을 많이 먹지도 않았는데, 유미 선배 말을 계속 듣고 있자니 머리가 아파왔다. 나는 유미 선배가 산낙지를 씹느라 잠깐 말을 쉬는 동안, 로메르가 땅속에서 후회할지도 모른다고 말했다. 정말이지, 로메르는 「로맨스」를 찍은 걸 후회했을지도 몰랐다. 특히나 「로맨스」를 고산지대에서 촬영하기로 한 걸 가장 크게 후회했을지도 몰랐다. 그것은 로메르의 실수였고, 그 실수는 로메르가 스스로 자초한 고통이었다. 어쩌면 고산지대를 등산하면서 로메르는 태생적으로 자신에게 주어진 고통보다 더 큰 고통을 자초하며 자신의 죽음을 앞당겼을지도 모른다. 모르는 일이었다. 고산지대를 오르락내리락하느라 고생만 하지 않았어도 더 좋은 영화를 찍을 수 있었을지도 모르고, 「로맨스」의 실패를 만회할 수 있는 영화를 다시 찍을 기회를 얻을 수 있었을지도 모르는 일이었다. 로메르의 실수는 로메르의 죽음보다 오래 남았다. 이 사실을 로메르가 알고 있는지 아닌지는 아무도 알 수 없는 일이었다.

6-1

서울아트시네마에서 「로맨스」를 보는 내내 자거나 졸아서 영화를 제대로 보지 못했으므로, 토렌트로 에릭 로메르의 「로맨스」를 다운 받았다. Full HD 화질인 파일이 있었고, 나는 깨끗한 화면으로 「로맨스」를 감상할 수 있었지만, 자막이 없었고, 자막 없이 영화를 보려고 하니 무슨 내용인지 이해되지 않아서, 영화가 시작된 지 15분도 되지 않아 잠이 들어버렸다. 그렇게 잠들어버리니, 두 번 다시 파일을 열어 보고 싶지 않았다.

에릭 로메르는 자신이 만든 영화의 가치를 알아볼 수 있는 이들에게 영화를 보여주고 싶다고 말한 적이 있었다. 이유는 잘 모르겠지만 어쩐지 나는 내가 에릭 로메르의 영화를 거부하는 것이 아니라 에릭 로메르의 영화가 자꾸 나를 거부하고 있다는 느낌을 받았다. 고로, 나는 그가 만든 영화의 가치를 알아볼 수 없는 사람으로서 그가 영화를 보여주고 싶지 않은 관객 중 한 명인지도 몰랐다. 보통 '관객에게서 외면당한 영화'와 같은 말들은 많이 들어봤지만, 내가 이렇게 '영화로부터 외면당한 관객'이 될 줄은 꿈에도 몰랐다. 나는 끊임없이 「로맨스」로부터 거부당하고 있었고, 그러므로 나는 「로맨스」가 무엇인지 알지 못했다.

5-8

유미 선배는 미이케 다카시 감독이 언제부터 웰메이드 영화를 만들게 되었냐고. 미이케 다카시가 웰메이드를 만들다니, 이거 참 세상 말세라고 말했는데, 흥분하며 말했는데, 나는 선배의 그 말이 올해 들어 내가 들은 말 중에 가장 정답에 가까운 말, 바른 말, 옳은 말, 제대로 된 말, 말 같은 말일지도 모른다고 생각했다. 저도 웰메이드는 시대를 역행하는 짓이라고 생각해요. 유미 선배는 고개를 끄덕거리며, 요즘은 뭐든 중국이 대세라고 말했다. 나는 유미 선배에게 웹영화를 찍기 위해 중국에 간다는 게 정말로 사실이냐, 확정된 것이냐, 묻고 싶었지만 그런 얘기를 또 어디서 듣고 왔냐고 물을까 봐 입을 다물었다. 정경환이 술자리에서 애기해줬다는 사실을 이야기하면, 술자리에서 왜 자기 얘기가 나온 거냐고 물을 것이고, 또 그러다 보면 더 많은 이야기를 해야 할 것이고, 더 많은 이야기, 이런저런 이야기를 하다 보면, 결국에는 쓸데없는 말들을 변명하듯 하다가, 결국엔 내가 유미 선배에게 이런저런 감정들을 느꼈고 어쩌고저쩌고, 이야기하다 보면 여러모로 곤란해질 수 있었다. 요즘은 영화도 메이드 인 차이나로 만들어야 돈을 벌어. 아무리 국뽕 영화가 잘 먹힌다고 해도, 한국 시장만 노리면 안 된다고. 나는 유미 선배 말에 고개를 끄덕였다. 나는 어떻게 이순신이 대한민국 1천7백 만 관객을 극장으로 불러들일 수 있었는지, 그 이유를 전혀 알 수 없었고, 그 이유를 이해하려고 노력하는 모든 시도에서 자살하고 싶은 충동을 자주 느끼곤 했었다. 그러나 삶에 대해 분노할수록 자살은 삼가야 한다는 사실을 나는 늘 상기하고 있었다. 진작 알고 있었다. 나는 굶어 죽은 귀신

보다 분노로 죽은 귀신의 한이 더 오래가는 법이라고 믿었고, 줄곧 믿어왔고, 그래서 분노가 치솟을 때마다 곱게 죽고 싶어 분노를 다스렸지만 어쩐지 한번 끓어 오른 분노를 식히는 건 쉽지 않았다. 그렇죠. 특히나 조선과 대한민국을 구분 못 하는 국뽕은 절대 안 돼요. 유미 선배는 오랜만에 말이 통하는 사람을 만났다며, 생선 대가리를 불러 소주를 한 병 더 시켰다. 선배는 혹시 중국으로 가실 생각 없어요? 중국에서 의뢰가 들어온다거나 한 적 없어요? 유미 선배는 중국에 갈 비행기 푯값이 없다고 했다. 그리고 덧붙여 말하길, 요즘 '메이드 인 차이나'가 대세이긴 하지만 그게 또 얼마나 오래갈지 모른다고, '메이드 인 차이나'도 조금씩 없어져가는 추세라며, 요즘에는 메이드 인 인도네시아나 타이가 많아지기 시작했으니 영화의 미래도 그곳에 있지 않겠냐고 했다. 나는 선배가 중국으로 가지 않는다는 사실에, 한국 땅에서 조금 더 오래 선배를 만날 수 있을지도 모른다는 기대감에, 만약 인도네시아나 태국에 가게 되면 코코넛칩과 말린 망고를 많이 사 오라고 말했는데, 다시 생각해보니 그 말은 중국 가서 호랑이 크림 사 오라는 말과 크게 다르지 않았다. 어쨌든 중국을 가든 인도네시아를 가든 태국을 가든, 유미 선배는 언젠가 어디로든 훌쩍 떠나버릴 것만 같았고, 유미 선배가 한국을 떠날 때 내가 할 수 있는 건 아무것도 없으리란 걸 잘 알고 있었다. 이런 내 심정을 모르는 유미 선배는 웃으며 코코넛칩과 망고를 꼭 사 오겠다고 내게 약속했다.

3-8

훗날 알게 된 사실이지만, 보리스 레만의 「장례식」의 영제는 "On The Art of Dying"이었고, 내가 지금껏 그 영화를 죽음에 관한 영화라고 오해하고 있었음을 깨달았다. 다시 생각해보니, 그 영화는 죽음에 대해 이야기하는 영화가 아니라 영화의 죽음에 대해 이야기하는 영화에 가까울지도 몰랐고, 또 영화의 죽음에 대해 이야기하는 영화라기보다는 영화의 사라짐에 대해 이야기하는 영화에 가까울지도 몰랐다. 나는 디졸브에 대해 생각했고, 디졸브를 통해 사라진 보리스 레만에 대해 생각했으며, 보리스 레만이 사라진 자리에 남아 있던 필름 캔들을 떠올렸다. 미처 편집되지 못한 자투리 필름들, 혹은 편집될 가능성에 놓인 필름들. 나는 그것들에 대해 생각했다.

올해도 보리스 레만은 죽지 않았다. 그의 유작은 아직 만들어지지 않았고, 나는 그의 유작을 기다리고 있는 중이었지만, 그렇다고 해서 그의 죽음을 기다리는 건 아니었다.

5-9

나는 큰길로 나가 택시를 잡았다. 우리는 별다른 말을 하지 않았다. 나는 택시를 기다리는 내내 이대로 유미 선배를 보내기에는 마음이 불편하다고 생각하면서도 유미 선배를 보내지 않는다고 해도 이렇게 어색해진 분위기를 되돌려놓을 자신이 없었기 때문에 택시를 잡으려 계속해서 허공에 손을 흔들었다. 택시 한 대가 멈춰 섰고, 유미 선배가 택시 문을 열었다. 지난 이야기는 역시나 꺼내지 말았어야 했다고, 그렇게 나는 오늘도 추한 얘기들을 하고야 말았다고 생각했다. 나는 우리에게 아무 일도 없었다는 듯 아무렇지 않은 척, 그리고 내 말실수들에 대해 더 이상 마음 쓰지 않는다는 듯, 한껏 웃으며 선배를 향해 손을 흔들었다. 그런데 우리 오늘 원래 뭘 하려고 했던 거지? 택시에 올라탄 유미 선배가 조금은 술에 취한 눈빛으로 내게 물었다. 저 때문에 소혓바닥을 찾고 있었어요. 유미 선배는 잠시 말이 없다가 나지막이, 그게 아니었는데, 말하고는 내일 다시 연락하자며 택시를 타고 떠나버렸다. 나는 떠나는 택시의 뒷모습을 바라보며, 아까 저녁에 본 돼지 대가리를 떠올렸고 또다시 우울해지면서, 오늘도 내 입을 스스로 더럽혔다는 죄책감에 휩싸이면서, 내일 다시 연락하겠다는 말이 진실일지 아닐지는 내일이 되어봐야 알겠지만, 아마 유미 선배는 내게 다시 연락하지 않을 거라고, 연락을 해도 오늘 우리가 한 번쯤 어색해졌다는 사실이 사라지는 건 아니라고, 확신했다.

혼자서 술을 한잔 더 해야만 무사히 잠들 수 있을 것 같았다. 이대로 집에 갈 순 없었다. 나는 다시 지중해로 가려다가, 내가 생선 대가리에게 잠시라도 연민을 가졌던 적이 있었다는 사실이 수치스러워서 생선 대가리를 피해, 포장마차로 갔다. 나는 대가리들을 연민하며 성격 좋은 사람인 척 용기를 얻었던 내 자신을 다시 연민하면서, 지금 이 순간 내가 느끼고 있는 이 수치를 들키고 싶지 않아 더욱더 몸을 움츠린 자세로 소주를 삼켰다. 포장마차 천막 밖으로는 아까 봤던 생선 대가리가 지나가는 게 보였고, 소 대가리, 돼지 대가리, 문어 대가리, 닭 대가리, 온갖 대가리들이 성실하게 전단지를 돌리며 사람들에게 거짓된 문장들을 나누는 모습이 보였다.

6-2

집으로 돌아가는 길에 종로3가역 앞에서 오리 대가리를 만났는데 그 오리 대가리는 유미 선배가 아니었다. 오리 대가리는 두 손을 자신의 대가리에 대고 위로 힘껏 들어 올리면서 이빨 뽑듯 순식간에 자신의 대가리를 뽑아버렸다. 그 순간 나는 이상하게도 조류 인플루엔자에 걸릴 듯하다는 생각에 최대한 접촉을 피하는 게 좋을 것 같다고 판단하며 빠르게 뒤로 몇 걸음 물러섰다. 오리 대가리는 장 뤽 고다르였다. 나는 반가움을 느끼며, 주머니 속에서 「미치광이 피에로」 DVD를 꺼내어 고다르에게 사인을 해달라고 요청했는데, 나는 그게 왜 내 주머니 속에 있는 건지 알 수 없었지만, 딱히 궁금하지 않아서 더 이상 그 문제에 대해 신경 쓰지 않고 계속해서 고다르에게 사인을 요청했다. 내가 평소에 고다르를 좋아했던 것도 아닌데, 아니 오히려 싫어했는데, 내가 왜 그런 고다르에게 사인을 요청하고 있는 것인지, 나 스스로도 이해할 수 없었지만, 어쨌든 나는 그에게 사인을 요청하고 있었다. 고다르는 내게 돈이 많으냐고 물었다. 나는 돈이 없다고 말했고, 그런데 내가 돈이 없다는 걸 어떻게 알았냐고 다시 물었는데, 고다르는 자신은 모르는 게 없다고 말하며 네가 지금 바보와 멍청이의 유사성과 차이점에 대해 생각하고 있는 바보 멍청이라는 사실도 다 알고 있다고 말했다. 나는 소름이 끼쳤다. 고다르는 돈도 없는데 이런 걸 왜 사냐며, 돈이 있어도 이런 건 절대 사지 말라고 말하며 「미치광이 피에로」 DVD를 내게서 빼앗아 바닥에 던졌다. 그러고는 이미 지난 영화들은 잊어버리고 이제는 앞으로의 영화만 생각하라고 내게 충고라며, DVD를 밟기 시작했다. 나는 그러지 말라고 했지만 고다르는 더욱더 열심히 밟았고, 그것을 밟으면 밟을수록 그는 젊어지는 것 같기도 했는데, 젊은 모습이나 나이 든 모습이나 크게 다를 것 없이 비호감이라서 나는 어쩐지 마음이 서글펴졌다. 완전히 젊어진 고다르는 덕분에 조금 더 오래 살 수 있을 것 같다고, 내게 고맙다고 말했다. 이준영이라고 했나? 나는 그런 적이 없었고, 그런 적이 없어서 아무 말도 안 하고 가만히 서 있었다. 고다르는 한국말을 잘했는데, 나는 어떻게 고다르가 한국말을 잘할 수 있는지 알 수 없었지만, 딱히 궁금하지도 않아서 더 이상 이 문제에 대해 신경 쓰지 않고 계속해서 고다르의 말을 들었다. 고다르는 내게 오징어젓갈을 선물해주며, 영화 DVD 살 돈이 있으면 오징어젓갈이나 사 먹으라고 말하고는 다시 오리 대가리를 쓰고 사라졌다.

아침에 눈을 뜨니 싱크대 위에 오징어젓갈 한 통이 놓여 있었다. 오. 징. 어. 젓. 갈. 나는 이제 드디어 야채카레에 오징어젓갈을 올려 먹을 수 있는 날이 왔구나, 내가 조금 더 행복하게 살 수 있겠구나, 잠결에 생각했지만 내가 내 손으로 오징어젓갈을 산 기억이 없었으므로 오징어젓갈의 출처를 알 수 없어 갑자기 등골이 오싹해졌는데, 그 순간 문득 꿈에서 고다르에게 오징어젓갈을 선물 받았던 게 생각나 더욱더 등골이 오싹해졌다. 나는 나의 인생이 호러영화에 가까워지고 있음을 느끼며, 곧 호러영화의 결말처럼 주변 사람들이 죽어나가거나 내가 죽을지도 모른다는 막연한 공포감에 휩싸였다. 내 등골을 오싹하게 만드는 건 그뿐만이 아니었다. 핸드폰 통화 내역을 보니, 부재 중 목록에 모르는 전화번호가 찍혀 있었다. 뿐만 아니라, 어젯밤 내가 정경환에게 전화를 여섯 번이나 걸었던 기록도 남아 있었다. 그것은 공포 그 자체였다. 나는 호러영화를 보다가 심장마비로 사망했다는 사람들을 이해할 수 있을 것 같았다. 하지만 정경환이 어젯밤 내 전화를 받지 않은 건 정말 다행스러운 일이었다. 물론 나는 정경환에게 전화를 건 기억이 없지만, 만약 전화를 걸었다면 정경환에게 욕이라도 퍼부었을 것이다. 그리고 나는 정신을 차리고, 모르는 번호로 전화를 걸었다. 부재중 전화가 찍혀 있어서 그러는데, 누구시죠? 그 번호의 주인은 혹시 택시를 부른 적 있냐고 내게 되물었다. 그제야 나는 내가 느꼈던 공포감으로부터 완전히 벗어날 수 있었다. 아, 그렇군요. 아닙니다. 죄송해요. 제가 전화를 잘못했나 보네요. 오늘 하루도 수고하세요. 급히 전화를 끊었다. 나는 어제 술에 취해 택시를 부르고, 다른 택시를 잡아타고 집으로 돌아왔는지도 몰랐다. 정말 그랬는지도 모르고, 정말 그랬다고 믿어야만 내 마음이 편할 것 같아 그렇게 믿었다.

나는 싱크대에서 양치를 했다. 나는 오늘도 여전히 할 일이 없었는데, 그렇다고 양치를 안 할 순 없었고, 오늘도 여전히 일거리가 없었는데, 그렇다고 정경환에게 연락해서 일자리 좀 알아봐달라는 부탁으로 또 다른 수치를 만들 수 없었다. 어젯밤에는 새로운 영화 시나리오의 내용이 떠올랐던 것 같기도 했지만, 오늘은 아니었다. 아무것도 기억나지 않았다. 내가 이러고 사는 한, 나는 영화 하는 척하는 고주망태 새끼들에게 영화감독 취급을 받는 것도 아니면서 동시에 스무 살 아이들과 함께 맥도날드 패티를 열심히 굽는다 한들 평범한 어른 취급도 받지 못할 나이라는 걸 잘 알고 있었다. 나는 더 이상의 수치를 만들지 않기 위해 여전히 바보와 멍청이의 유사성과 차이점에 대해 고민하는 바보 멍청이로 살 수밖에 없었고, 그렇게 사는 바보 멍청이이기 때문에 또다시 영화를 찍고 싶었고, 영화를 찍는다고 유미 선배에게 알려주고 싶었다. 하지만 유미 선배가 중국에 갈 비행기 푯값이 없듯, 내게도 영화를 찍을 돈이 없었다. 내게 돈이 없다는 건, 어제도 알고 엊그제도 알고 언제나 알고 있었던 사실이었지만 오늘따라 나는 새삼스럽게 서글퍼져서, 오징어젓갈을 먹기 위해 유리병 뚜껑을 열었다. 나는 다시 내가 이 오징어젓갈을 언제 어디서 사 왔는지 떠올리려 애를 썼고, 애를 써도 달라지는 게 하나 없는 내 인생처럼, 나는 여전히 그것을 언제 어디서 사 왔는지 생각해낼 수 없었다. 어쩌면 어젯밤 꿈에 나온 고다르와 오징어젓갈은 어떤 연관성을 가지고 있을지도 몰랐는데, 다시 생각해보니 그 둘의 연관성을 생각하는 일은 오래전 내가 유미 선배와 클로드 샤브롤의 죽음이 어떤 연관성을 가지고 있을까, 생각했던 것만큼이나 쓸데없는 생각이었다. 장 뤽 고다르가 훔친다는 것은 아주 좋은 일이라고 말했듯, 어쩌면 나는 어젯밤 오징어젓갈을 훔쳤을지도 모르고, 내가 술을 먹고 필름이 끊어진 상태에서 오징어젓갈을 훔쳤다는 사실을 알려주기 위해 꿈속에 고다르가 찾아왔는지도 모른다고, 생각을 마무리 지었다. 그러고는 손으로 오징어젓갈을 조금 집어 먹어보았고, 손가락에 묻은 양념을 쪽쪽 빨면서, 양치 전에 먹을걸, 하고 후회했다. 나는 행복에 대해 생각했다. 그리고 시뻘건 오징어젓갈을 바라보며, 내가 딱히 유미 선배에게 용건도 없으면서 유미 선배를 끊임없이 만나고 싶어 했던 이유를 이제는 조금 알 것 같다고 생각했다. 물론 알 것 같았으므로 아직도 잘 모르고 있는 것이나 마찬가지였지만, 어쨌든 그래도 이제는 조금 알 것 같다고 생각하며 스스로를 위로하고 싶었다.

5-10

선배 저 영화 찍을 거예요,라고 내가 말하자 유미 선배는 영화 같은 짓거리는 그만두라고 했다. 나는 내심 유미 선배가 나의 꿈을 응원해주길 바랐지만 그런 꿈같은 일은 내게 없었다. 사실 저 요즘 장편 시나리오도 쓰고 있어요. 유미 선배는 아무런 말 없이 고개를 저었다. 그리고 자기는 꿈이라는 단어가 세상에서 제일 싫다고 말하며 내게 꿈 같은 건 절대 꾸지 말라고 충고했다. 대체 저한테 왜 그런 소릴 하는 거예요? 유미 선배는 영화가 인생의 전부일 때보다, 영화가 인생의 전부가 아니란 걸 깨달은 이후에야 비로소 자신이 더 행복할 수 있었다고 말했다. 그러니까 하지 마 그런 거. 나는 그렇게 말하는 유미 선배를 보며 왜 갑작스럽게 정수인을 떠올린 건지 모르겠으나 어쨌든 정수인을 떠올리며, 유미 선배를 행복하게 만든 사람이 정수인이었을까, 그렇다면 그는 좋은 사람일까, 생각하며 한 번도 만나본 적 없는 정수인에게 질투심을 느끼고는 별다른 이유도 없이 연예인에게 악플을 다는 사람들을 이해할 수 있게 되었다. 그날 술에 취해 백업을 하지 못했다고, 그래서 결과적으로 내 영화는 아방가르드영화가 되어버린 거라고, 알긴 아냐고, 그게 다 선배 때문인 걸 아냐고, 나는 유미 선배에게 말할 수 없었다. 나는 유미 선배에게 하고 싶었던, 혹은 해야만 했던 모든 말을 하지 못했고, 그건 또 다른 의미에서의 말실수였다. 만약 침묵이 단순히 말하지 않음을 의미하는 게 아니라면, 침묵이 말하지 않음을 통해 무언가를 말하고 있는 거라면, 해야 하는 말을 하지 못한 것 또한 말실수가 맞았다. 나는 실수를 반복하고 싶지 않았다. 오늘은 술기운을 빌려서라도 유미 선배에게 지난 일들에 대해 말을 해야겠다고 생각했다. 사실 그때 말이에요. 졸업 영화 찍을 때 말이에요. 내가 한동안 뜸을 들이자, 유미 선배는 네가 자기에게 무슨 말을 하려는지 다 안다고 했다. 그날 네가 나한테 고백했잖아. 언제요? 그날 촬영 끝나고, 밤에. 거짓말 좀 하지 마세요. 유미 선배는 고개를 저으면서, 내가 불쌍한 중생을 구제해 흑역사 하나 덮어준다 생각하고 지금껏 말 안 하고 있었는데, 하고는 그날 있었던 일들에 대해 상세히 말하기 시작했다. 나는 유미 선배가 하는 말에 잠시 귀를 기울였는데, 듣다 보니 귀를 기울일 만한 가치가 있는 얘기는 아닌 것 같았다. 만약 유미 선배 말이 사실이라면, 내가 유미 선배에게 고백한 순간 필름이 끊어져 있었다고 가정할 수밖에 없었고, 만약 필름이 끊어져 있던 게 사실이라면 나는 술에 취해 고백이나 하는 한심한 놈이 맞았다. 내 영화 파일 일부가 사라졌던 그 사건 속에 내 실수가 있듯, 내가 저지른 대부분의 실수들은 필름이 끊어진 시간 속에 있을지도 몰랐다. 그런데 아무리 생각해도 저는 지금 선배가 뻥을 치는 것 같고요, 제가 선배를 좋아했던 게 아니라 선배가 저를 좋아했던 거 아니에요? 그게 아니면 왜 저한테 영화 불태우는 데 같이 가달라고 했어요? 유미 선배는 잠시 말없이 얼굴이 붉어졌다가, 그 시간에 전화를 받는 사람이 너밖에 없었다고 말했는데, 정말로 나를 좋아했던 것이 맞아서 얼굴을 붉힌 것인지, 숨기고 싶은 과거를 내가 아직도 기억하고 있다는 사실에 얼굴을 붉힌 것인지, 나는 알 수가 없었다. 죽었지만 여전히 산낙지라고 부를 수 있을 만큼 꿈틀거리던 낙지는 이제 점점 자신의 죽음을 받아들이듯, 접시 위에서 잠들어가고 있었다. 유미 선배는 더 이상 움직이지 않는 낙지를 배부르다는 이유로 더 이상 먹지 않았고, 나는 채식주의자라는 이유로 더 이상 먹지 않았고, 그렇게 우리는 낙지를 남겨두고 지중해를 떠났다.

6-3

결국 정경환에게 전화가 왔다. 안 받으려다가 받았는데, 역시나 받지 말걸 그랬다는 생각이 들었다. 미친놈아. 새벽에 왜 나한테 전화했냐. 정경환은 이제 결혼할 사람이 있어서 새벽에 아무하고나 막 통화를 하고 그럴 상황이 아니라는 걸 잘 알지 않냐고 했고, 나는 정경환이 내뱉는 생각 없는 말 때문에 졸지에 아무나가 되어버렸다. 나는 딱히 에둘러 할 말이 없어서, 그냥 내가 다 미안하다고 했다. 정경환은 어제 유미 선배를 잘 만났냐고 내게 물었고, 나는 네가 그걸 어떻게 아냐고 반문하니, 그냥 한번 물어본 거라고 했다. 진짜 만났네 이 새끼. 나는 우연히 만났다고 했고, 우연,이라는 말은 원래 유미 선배를 만났을 때 써먹으려고 했던 말이었는데 지금 이렇게 이 새끼한테 써먹고 있을 줄은 꿈에도 몰랐고, 아 인생이란 이런 건가, 꿈에도 모를 일들의 반복인가, 생각하며 어쨌든 유미 선배를 우연히 만난 거라고 한 번 더 강조해서 말했다. 당연히 정경환은 믿어주지 않았다. 어차피 내 말은 거짓말이었기 때문에 정경환이 내 말을 믿어주나 안 믿어주나 그게 그거였지만, 정경환이 지금껏 나를 믿어줬던 적이 단 한 번도 없었던 것 같다는 생각이 이제 와 문득 들어서 어쩐지 서글퍼졌다. 유미 선배 만났는데 중국 안 간대. 태국이나 인도네시아로 갈 거래. 내가 말하니, 정경환은 또다시 나를 믿지 못하고 네가 그걸 어떻게 아냐고 내 말을 의심했다. 코코넛칩이랑 말린 망고 사 온다고 했거든. 정경환은 유미 선배가 코코넛칩과 말린 망고를 사 온다고 하는 걸 보니 아무래도 올리브영에 다녀올 것 같다고 비아냥거렸다. 나는 올리브영이 화장품 가게가 아니냐고 물었는데, 정경환은 혀끝을 차더니 그게 너와 나의 차이이며, 그게 결혼할 사람이 있는 자와 없는 자의 차이라고 말했다. 내가 말귀를 못 알아듣는 것 같아 보였는지, 정경환, 그러니까 정경환 새끼는 '그게 애인이 있고 없고의 차이'라고 또박또박 말했는데 나는 그 새끼가 또박또박 말하든 아니든 뭔 소리인지 이해할 수 없는 건 매한가지라서 그냥 그 말을 씹었다. 뭐라는 거야. 쓸모없는 이야기들이 오고 갔고, 통화를 하면 할수록 쓸모없는 인간이 되어가는 것만 같아 전화를 이만 끊으려고 하던 찰나, 쓸데없는 궁금증이 튀어 올랐다. 근데 너 원래 유미 선배랑 친했냐? 정경환은 대학 시절 유미 선배에게 영화 파일을 삭제하고 필름과 DVD를 불태워버리라고 조언한 이후로 친해졌다고 했다. 계속된 정경환의 말에 따르면, 대학 시절 유미 선배는 지난 과거를 다 잊고 새롭게 태어나고 싶다는 말을 평소에도 자주했고, 정경환은 그 말을 한 번 듣고 두 번 듣고 계속 들으니 도저히 듣기가 싫어서, 그럼 영화를 다 불태워버리지 그러냐고 말했다고 했다. 그 말은 진심 반 농담 반도 아닌 그냥 농담이었는데, 다음날 밤, 유미 선배는 정경환에게 전화를 걸어 지금 자신이 찍은 영화를 불태워버리러 가는데 같이 가달라고 부탁했고, 정경환은 유미 선배가 정신이 나간 것 같다는 생각이 들어 거절했다고 했다. 또 그다음 날 밤, 유미 선배는 지난밤 영화를 모두 불태워버렸고 속이 시원하며 이게 다 네 덕분이라고, 고맙다고, 말했는데 그 이후로 이상하게도 자주 연락하고 지내게 되었다고 했다. 나는 유미 선배가 정경환에게 고맙다고 말하는 모습을, 그 음성을, 고맙다고 말할 때의 그 표정을 상상했고, 그 어떤 시나리오를 쓸 때도 나는 이토록 구체적으로 상상력을 이어간 적이 없었음을 알아차렸지만, 그게 지금 이 상황에서는 별로 중요하지 않았고, 어쨌든 나는 내가 눈으로 직접 본 적 없는 장면을 이렇게까지 구체적으로 상상할 수 있는 인간이라는 사실을, 나의 새로운 재능을 깨달았는데, 그게 지금 이 상황에서는 별로 중요하지도 않을뿐더러 나를 행복하게 만들지도 않았다.

유미 선배가 영화를 불태워버리던 그날 새벽, 공터에 있던 사람은 우리 둘뿐이고, 그날 이후 나는 유미 선배의 수치를 알고 있는 유일한 사람이 바로 나라고, 그렇기 때문에 내겐 침묵으로써 유미 선배를 지켜줄 의무가 있다고 믿었다. '그래도 네가 있어서 정말 다행이다. 준영아, 고마워.' 만약 그 말에 내가 잠시라도 설렘을 느꼈다면, 나는 나를 용서할 수 없을 것만 같았다.

7-1

준 형! 잘 지내고 계시나요? 며칠 전 종로3가에서 유미 선배님을 본 것 같아요. 유미 선배님이 아닐 수도 있지만, 유미 선배님을 봤다고 생각하니 준 형이 생각났어요. 요즘 저는 음악 하는 친구들과 지내요. 음악을 하는 건 아니고요. 우울증이 심각해요.

한솔이로부터 페이스북 메시지가 와 있었다. 한 달 전에 보낸 것이었다. 한솔이의 페이스북 페이지는 게시물이 모두 삭제된 상태였다. 한솔이는 더 이상 페이스북에 바닷가 사진이나 북한산 사진을 올리지 않았다.

나는 한솔이에게 잘 지낸다고 답장을 하려다가, 잘 지내지 않는데 잘 지낸다는 말을 하고 싶지 않아 참았고, 이제야 메시지를 확인했다는 사실을 전하려다가, 이제 와 그런 말을 해봤자 무슨 소용일까 싶어서 다시 참았으며, 우울증이 심각하다는 마지막 문장이 마음에 걸려, 무슨 말을 해야 좋을지 한참을 고민하다가 결국 페이스북을 꺼버렸다. 그런데 유미 선배를 본 것도 아니고 본 것 같다는 건 대체 무슨 말일까. 그리고 유미 선배를 봤다고 생각하니 내 생각이 났다는 건 대체 무슨 말일까.

6-4

딱히 할 일도 없이 밤이 되고, 딱히 할 일도 없이 홍대 거리를 걸으며, 나는 우연히 누자베스 추모 콘서트 포스터를 보았고 누자베스의 죽음을 빌려 유미 선배에게 술이나 한잔

하자고 연락을 하고 싶다는 생각을 또다시 했지만, 유미 선배가 누자베스에 관심을 가질 리가 없다고 판단되어, 포기했다. 이제 우리는 누구 하나 결혼하거나 죽어야 만날 수 있다는 대학 동기들의 우스갯소리처럼, 정말로 유미 선배와 나는 이제 누군가의 죽음을 빌려야만 만날 수 있는 그런 사이가 되어버린 걸까. 클로드 샤브롤이 다시 죽을 수만 있다면 참 좋을 것 같다고 생각했고, 순간 나는 클로드 샤브롤이 다시 살아 돌아올 수만 있다면 참 좋을 거라고, 좋게 좋게, 생각하지 않은 것에 대해 내 파렴치함을 느꼈다. 그러다 문득 나는 유미 선배에게 받았던 「거짓말의 한가운데」 DVD를 떠올렸다. 나는 파일명이 붙어 있던 그 파일을 클릭한 순간을 아직 잊지 않고 있었다. 잊고 있었는데 잊고 있지 않았다는 사실을 깨달았다.

그 파일은 사실 유미 선배의 단편영화였다. 언제 찍었는지 모를 영화였고, 뭘 찍었는지도 모를 그런 영화였는데, 엔딩크레디트에 떠오른 "거짓말의 한가운데"라는 제목만큼은 그럴싸했다. 지금 다시 보면 「무간지옥」보다 더 유미 선배를 부끄럽게 만들지 모를 그 영화는 아직도 DVD에 담긴 채 여전히 내게 남아 있었다. 유미 선배는 그날 미처 그 DVD를 불태우지 못했다는 걸, 잊은 걸까, 잊지 않았으면서도 잊은 척하는 걸까. 나조차 그때 당시에는 이 DVD를 불태워버리지 못했다는 사실을 떠올리지 못했다. 원본은 이미 삭제되었거나 불타버렸겠지만, 복사본은 여전히 내게 남아 있었다. 유미 선배가 자신이 찍은 영화들을 모조리 불태워버리는 걸 지켜본 나는 그 DVD가 여전히 내게 남아 있다는 사실을 그 누구에게도 말하지 못할 것이다. 이건 내가 유미 선배를 다시 만나게 된다 하여도 마찬가지였다.

7-2

유미 선배는 정경환의 결혼식장에 오지 않았다. 나는 정경환의 결혼식에서 박수를 치고 5만 원짜리 뷔페 음식을 먹었는데, 정경환이 결혼한다는 사실이 배가 아팠던 건지는 몰라도 편의점 도시락을 먹은 듯 속이 좋지 않았다. 맛도 없었다. 그날 나는 집으로 와서 화장실에 한참 동안 앉아 있었는데, 이상하게도 화장실에 앉아 있는 동안 유미 선배가 생각났다. 화장실에서 똥을 싸면서 유미 선배를 생각했다는 이유로 나는 이유를 알 수 없는 죄의식을 느꼈지만, 생각을 쉽게 멈출 수 없었다. 나는 다시 배를 움켜쥐었다.

POV 3

택시 안에서 준영이에게 전화를 걸어보려 했지만, 내 핸드폰은 이미 배터리가 없어 전원이 꺼진 상태였다. 나는 택시 기사에게 핸드폰을 빌려 준영이에게 전화를 걸어보았다. 준영이는 전화를 받지 않았다.

나는 택시에서 내렸다. 나는 준영이가 술에 취해 전화를 받지 못하는 것인지, 핸드폰을 잃어버린 것인지, 아리랑치기라도 당한 건 아닌지, 걱정이 되어 다시 종로3가 쪽으로 향했다. 취기가 올라와 걸을 때마다 머리가 어지러웠지만, 나는 준영이를 꼭 다시 만나야 한다고 생각했다. 술에 취해 하는 생각인지는 몰라도 나는 꼭 그래야 한다고 생각했다. 나는 오래전 준영이가 술을 먹고 내게 고백했었다는 사실을 영원히 비밀로 했어야 했다고 생각했다. 술에 취해 하는 생각인지는 몰라도 나는 꼭 그래야 한다고 생각했다. 다시 돌아가 준영이에게 아까 내가 한 말은 모두 뻥이었다고, 거짓말을 해야겠다고 생각했다. 술에 취해 하는 생각인지는 몰라도 나는 꼭 그래야 한다고 생각했다. 나는 생각을 많이 했다. 나는 종로3가로 걸어가는 내내, 생각을 많이 했다. 나는 준영이가 아직 그곳에 그대로 있을 거라고 생각했다. 준영이는 이미 종로3가를 떠났을지도 모르는 일이었지만, 이상하게도 내게는 준영이가 아직 거기에 남아 있을 거란 막연한 확신이 있었다. 나는 막연한 확신에 대해 생각했다. 준영이가 아직 그곳에 그대로 있을 거라는 막연한 확신, 준영이가 아직 영화를 포기하지 않았을 거란 막연한 확신, 그리고 우리가 언젠가 좋은 영화를 만들게 되리라는 막연한 확신, 영화를 계속하는 한 우리가 언젠가 어디선가 다시 만나게 되리라는 막연한 확신. 나는 어떻게 이렇게 막연하게 확신할 수 있는지에 대해 생각해보았지만, 아무리 생각해보아도, 답을 내릴 순 없었다. 지금 내가 준영이를 다시 만나기 위해 할 수 있는 일은 종로3가를 열심히 돌아다니는 것뿐이었다. 그리고 오늘 내가 찾아 헤매던 것은 소 혓바닥이 아니었을지도 모른다고, 나는 준영이를 찾아 헤매며 생각했다.

준영이는 서울극장 앞에서 오징어젓갈 통을 끌어안고 누워 있었다. 얼핏 그 애는 울고 있는 것 같기도 했다. 나는 준영이가 왜 오징어젓갈 통을 끌어안고 저기에 있는 건지, 저런 건 어디서 살 수 있는 건지, 알 수 없었다. 나는 준영이에게 한 발, 한 발, 천천히 다가갔다.

6-5

며칠 뒤 유미 선배에게서 전화가 왔다. 유미 선배는 필름이 끊겨 그날 밤 기억이 없다는 진부한 레퍼토리를 일삼으며, 혹시 그날 자신이 실수한 거 없었냐고 내게 물었다. 너랑 그 횟집에서 나와서 택시를 탄 것까지는 기억이 나는데 말이야. 나는 유미 선배가 어제 언제부터 필름이 끊겼는지, 그래서 어디까지 기억하고 있는 건지, 알 수 없었다. 있죠. 실수한 거 있어요. 어쩌면 필름이 끊겨 기억이 나지 않는 건 유미 선배의 거짓말일 수 있었지만, 정수인과 사귀면서도 사귀지 않는 척 팔자에도 없는 연기를 잘해냈던 것처럼, 지금 내게도 연기를 하고 있는 걸지도 몰랐다. 유미 선배는 자신이 무슨 실수를 했는지 자세히 말해달라고 계속 떼를 썼고, 나는 싫다고 했다. 이유는 없었다. 그냥 싫다고 했다. 그러고 싶어서 그랬다. 그렇게 말했다. 나는 그날 선배가 내게 실수한 게 없다는 걸 알면서도, 실수한 게 있다고 말했다. 어쩌면 실수는 유미 선배가 아닌 내가 했을지도 모르는 일이었지만 나는 유미 선배가 내게 실수한 게 있다고 말했다. 대체 무슨 일이 있었는데. 선배가 두 번 묻고 세 번 다시 물었고, 나는 당황해서 말을 더듬다가 곧 말실수를 할 것만 같았다. 하여튼 있어요, 그런 게.

5-11

거대한 소 대가리가 혀를 날름거리며 종로3가를 걷고 있었다. 나는 분명히 그것을 봤다. 나는 시야가 흐릿해짐을 느끼며 이렇게 잠들거나, 어쩌면 이대로 죽을지도 모른다고 생각했는데 만약 내가 죽지 않고 살아난다면, 다시 살 수 있다면, 그런 기회가 다시 주어진다면, 거대한 소 혀를 가진 괴물이 종로3가에 출몰하는 고어영화를 찍어야겠다고 다짐했다. 아직 죽지 않은 누벨바그 감독들을 생각하다가 장 뤽 고다르에 대해 생각했고, 그가 죽기 전에 나는 그 고어영화를 반드시 완성시키겠다고, 끝을 보겠다고, 실수 없이, 이번만큼은 절대 실수 없이, 반드시 그렇게 하겠다고, 생각하며 주먹을 꽉 쥐었다. 나는 아직 촬영도 되지 않은 영화를 어떻게 편집할까, 미리 고민해보기도 했다. 저 멀리, 유리문에 비친 내 모습이 보이는 것만 같았고, 그 유리문은 서울극장 입구인 것 같았지만 그게 서울극장 입구이든 아니든 그건 지금 내게 별로 중요하지 않았고, 유리문에 비친 내 모습은 얼핏 짐승이 되어가는 것만 같았고, 그래서 걱정이 되었지만, 한때 나도 대가리였는데, 말하던 유미 선배를 떠올리며, 설령 내가 지금 짐승이 되어갈지언정 이것 또한 한때에 불과하다고, 나 스스로를 위로할 수 있었다.

유미 선배는 클로드 샤브롤이 죽던 날 술을 마셨고, 그날은 비가 올 듯 말 듯 눅눅한 밤이었다. 아마 그랬던 것 같다. 장 뤽 고다르가 죽는 날에는 술 마시기 딱 좋은 날씨였으면 좋겠다고 생각하며, 나는 여전히 소 혓바닥 냄새를 느끼고 있었다. 그 냄새가 내 입에서 나는 냄새일지도 모른다는 공포와 함께, 나는 입을 벌렸다.

야! 일어나! 정신 차려! 정신 차려!

어디선가 익숙한 목소리가 들려오는 것 같았고, 그건 내 목소리가 아니었고, 어쩌면 유미 선배의 목소리일지도 몰랐으나 나는 유미 선배를 택시에 태워 보냈다는 사실을 기억하며, 이번만큼은 그것을 정확히 기억하며, 다시 어디선가 들려오는 익숙한 그 목소리에 귀를 기울였다.

임시 스케치 선

한 줄에서 시작한다.

X

X는 사랑할 수 없었다. X는 사랑할 수 없어서, 말 그대로 사랑을 할 수가 없었다. 사랑을 할 수 없어. X는 X에게 말했고, X는 X에게 말하지 않았다. X는 사랑할 수 없다는 말을 더 이상 사랑하지 않는다는 말로 이해했고, 오해했고, 그래서 X가 자신을 더 이상 사랑하지 않는다고 생각했다. X는 X가 자신을 이해해주길 바랐다.

X

돌담. 길. 일방통행. 천막. 국수 먹는 사람. 일회용 그릇. 넥타이 무조건 천 원. 손잡고 걸어가는 연인. 무지개색 파라솔. 미숫가루 냉커피 꿀차. 간판. 종로 자전거. 늘어선 자전거들.

신발들. 빈티지. 사슴 조각. 지구본. 가죽 가방. 최고 맛있는 옛날 국밥집. 서울 동묘공원. 골목. 사고팝니다. 거리에 전시된 오디오와 스피커. 시디와 엘피판. 바닥에 쌓인 박스. 쌓인 옷. 청바지. 수많은 옷 더미. 모자. 수많은 옷 더미 속에서 모자를 찾아낸다. 모자는 발견된다. (...)는 발견된다. 발견되기 전에는 발견되지 않았다. 발견되지 않은 채 있다.

×

아까 오는 길에 연인을 봤어. 연인이 아닐지도 몰라. 뭐랄까, 그냥 둘. 연인처럼 보이는 둘일지도 몰라. 둘이니까, 연인처럼 보였던 걸지도 몰라. 서로를 빤히 바라보고 있더라. 아주 화난 표정으로, 아무런 말도 없이. 침묵이 그렇게 무서운 건지 나는 몰랐어. 그 둘은 오늘 헤어지려고 저러는 걸까. 나는 그 둘이 무서워서 그 둘을 빠르게 지나쳤는데, 내가 그 둘을 빠르게 지나칠 때도 그 둘은 서로만 보고 있더라. 그 사람들 눈에는 내가 안 보여. 문득, 내가 살아 있는 게 맞나 싶었어.

×

나는 말하지 않았다. 너도 말을 하지 않았다. 그게 헤어지자는 말은 아니었다. 우리는 계속 말을 하지 않았다. 침묵. 침묵하기 전에, 우리는 말하고 있었다. 네가 말했고 내가 말했다. 너도 나도 말했는데 너도나도 말한 건 아니었다. 너도 말했고 나도 말했다. 말을 했다. "(...)" 그 말은 내 입에서 나온 말로, 나도 내가 왜 그런 말을 했는지 알 수 없는 말이었다. 무심코 튀어나온 말, 그 말. 언젠가 한 번쯤, 내가 생각했던 말이었다.

X

X는 내가 정신이 나갔다고 했다. 그런 말을 하다니, 정말 미친 X라고 했다. X는 내게 너무 충동적이라고 했고, X는 내게 너무 이기적이라고 했다. X는 잘한 일이라고 했다. 무심코 튀어나온 말이야말로 진짜 네가 하고 싶었던 말이라고 했다. X는 X에게 더 늦기 전에 그 말을 취소하라고 했다. X는 X에게 네가 왈가왈부할 일이 아니라고 했다. X는 X의 말이 맞는 말이라고 했다. 갑자기 X와 X가 싸운다. X와 X가 싸우고 있다. X와 X는 나 때문에 싸우고 있다. 아니다. X와 X는 서로 늘 싸우고 싶어 했지만, 지금껏 싸우지 않았을 뿐이다. X와 X는 지금 나를 구실로, 싸우고 있다. X와 X는 지금 내 이야기를 하고 있고, 내 이야기를 하는 것 같다가, 내 이야기가 아닌 이야기를 하고 있다. 결국 자기들이 하려던 이야기를 하고 있다. X는 X와 X가 싸울 때, 여기서 이러지 말고 나가서 싸우라고 했다. X는 X에게 그게 할 소리냐고 했다. X는 X에게 그게 할 소리냐고 했다. 둘이 똑같이 말했지만, 둘은 서로 다른 말을 하고 있다. 그 사이, X와 X

가 계속 싸우고 있다. X와 X는 싸우고, X와 X도 싸우고 있다. 나는 오늘 있었던 일에 대해 말했을 뿐인데, X와 X가 싸우고 있다. X들이 싸우고 있고, 서로에게 XXX 또는 XX라고 말하고 있다. X만이 나를 위로하며, 술이나 한잔 받으라고 했다. X가 제일 나쁜 X이다.

X

X는 가진 게 아무것도 없다고 생각했다. 자책했다. 집, 자동차, 학력, 직업, 돈, 외모, (...) 지식, 추억, 기쁨. X는 자신이 불우하다고 생각했다. X는 진부한 방식으로 불우했다. X는 자신이 불우하다고 생각했지만, 그는 그가 가진 불우함만으로 고유해질 수 없었다. X는 이런 식으로 불우하고 싶지 않다고 생각했지만, X는 계속 그런 식으로 불우했다. 언젠가 X는 책을 읽었다. 우리 세 사람 가운데, 한 사람은 사라져야 합니다. 나는 그 한 사람이 되려는 겁니다!° X는 성장이 멈추기 전, 책 속에서 마음에 드는 구절을 발견했고, 자신이 사라져야 한다고 생각했다. 그러는 게 좋을 거라고 생각했다. 가끔 X의 아버지는 술에 취해 X에게 사랑한다고 말했다. 가끔 X의 애인은 X에게 사랑한다고 말했다. 가끔 X는 멜로영

° 요한 볼프강 폰 괴테, 『젊은 베르테르의 슬픔』, 박찬기 옮김, 민음사, 1999, p. 179.

화를 봤다. X는 그런 식으로 사랑을 이해했고, 오해했고, 그래서 불우했다. 불우해서, 더 이상 사랑할 수 없었다. X는 사랑할 수 없어서, 말 그대로 사랑을 할 수 없었다. 사랑을 할 수 없어. X는 말했지만 X는 계속 사랑했다. 이상하게도, 자꾸만 그렇게 되었다.

X

그 모자는 흐물흐물해서, 바닥에 내던져질 때마다 흐물흐물해져서, 딱히 어떤 모양이라고 말하기 힘든 모자였다. 그것이 바닥으로 떨어졌다. 그것은 종종 바닥으로 떨어진다. 그것이 바닥에 떨어져 있을 때, 그것은 술을 먹고 쓰러진 사람처럼 생겼다.

X

가끔 너랑 동묘에 가면 즐거웠다. 가서 딱히 하는 일은 없었지만, 그래도 즐거웠다. 우리는 그곳에서 구제 옷을 사거나 사지 않을 수도 있었다. 수많은 옷 더미. 너는 그 속에서 너의 마음을 이끄는 모자를 발견했다. 언제 어디에서 만들어졌는지 알 수 없는 모자. 태그가 없는 모자. 출처가 없는 모자. 근본이 없는 모자. 우리가 방금 전에 마셨던 커피값보다도 싼 모자. 적당히 두꺼운 실로 짠 모자. 봄과 가을에 쓰기 좋고, 여름에 쓰기에는 조금 더워 보이고, 겨울에 쓰기에는 조금 추워 보이는 모자. 내 눈앞에 보이는 모자. 파랑, 초록, 자주, 노랑, 크림색이 뒤섞인 모자. 또는 짙은 파랑, 짙은 초록, 밝은 자주, 원색에 가까운 노랑. 그러나 언제나 크림색이 가장 문제다. 크림색 또는 상아색 또는 옅은 황갈색 또는 옅은 베이지색이 있는 모자. 여러 가지 색이 뒤섞여 있어서, 결국에는 아무것도 아닌 색의 모자. 파랑 모자를 샀다고, 말할 수 없게 만들어버리는 모자. 입을 다물어버리게 만드는 모자. 우리의 눈앞에 있는 모자. 우리가 바라보고 있는 모자. 우리가 바라보도록, 거기 가만히 있는 모자. 네가 그걸 사겠다고 해서 내가 그걸 사주겠다고 했다.

×

그 모자는 10년 전쯤 프랑스의 한 공장에서 만들어졌지만 판매되지 못한 채 물류 창고에서 오랜 시간을 보냈을 것이다. 오랜 시간을 보내지 않았다면, 그 모자는 미국의 한 공장에서 만들어졌을 것이다. 만들어졌지만, 만들어지자마자, 버려졌을 것이다. 버려져서 한국으로 왔을 수도 있지만, 버려지기 전에 한국에 왔을 수도 있다. 버려지지 않기 위해 한국에 왔을 수도 있다. 모자는 한국이 처음이다. 처음이 아니라면, 모자는 한국말을 쓰는 사람에 의해 만들어졌을 것이다. 그때까지만 해도 모자는 모자로서 살아갈 줄 알았을 것이다. 만약 모자가 모자로 살아가지 못한다면, 모자는 더 이상 모자가 아닐지도 모르지만, 모자는 여전히 자신을 모자라고 주장할 것이다. 모자는 모자이기 위해 최선을 다한다. 최선을 다하고 있다. 최선을 다하고 있을 수도 있다. 그럴 수도 있다는 말이다.

×

사실 나는 일을 하지 않아서 좋았는데, 일을 하지 않아서 좋은 건 일을 하지 않는다는 점이었다. 일을 하지 않아도 된다는 점이었다. 일을 하지 않아서 좋은 점은 그게 다고, 그게 다지만, 그걸로 충분했다. 정말이지, 나는 일을 하지 않아서 좋았지만, 가끔 내가 일을 하지 않는 것이 아니라 일을 하지 못하는 거라는 생각이 들 때는 좋지 않았다. 일을 안 해서 좋지만 일을 안 해서 좋지 않은 날들이 이어졌다.

×

창가. 빛. 거리. 빛. 신호등 불 켜지고, 걸어가는 사람들. 교차한다. 신호등 불 꺼지고, 멈추는 사람들. 차들. 교차한다. 지속적인 교차. 일교차. 날씨가 좋았고, 날씨가 좋지 않았다. 해. 구름. 바람. 달. 별. 잠시 벤치에 앉았다. 앉아 있다가 앉아 있었다. 건물을 빠져나오는 사람들이 있었다. 가로등 불빛. 건물. 창가. 불빛. 아직도 켜져 있다. 그렇게 많은 사람들이 건물을 빠져나왔는데, 아직도 그 안에 누군가 더 있다. 아마 그런 것 같다. 일을 하고 싶었고, 일을 하기 싫었다. 벤치에 앉아 있다가, 벤치에 앉아 있지 않았다. 낮이었고, 밤이었다. 애인을 만났다. 애인이 아닌 사람을 만났다. 누군가 만났을 것이다.

X

우리는 일주일에 한두 번 만나서, 함께 버거킹에서 와퍼를 먹거나 맥도날드에서 빅맥을 먹었다. 먹고 나서, 우리는 또 먹었는데, 우리가 먹고 나서도 또 먹었던 건 밥 배 따로 있고 후식 배 따로 있다는 말에 근거했다. 말 때문에 우리는 먹었고, 먹을 수 있었다. 우리는 스타벅스에서 프라푸치노를 먹으며 별을 모았다. 별을 열두 개 모으면 무료로 한 잔을 더 먹을 수 있었다. 우리는 프라푸치노를 먹고 별을 모으면, 그 별로 다시 프라푸치노를 먹었는데, 사실 나는 별로 먹고 싶지 않았다. 그때만큼은 그랬다는 말이다. 물론 나도 프라푸치노를 좋아했지만, 그래서 늘 먹었지만, 그래도 별로는 별로 먹고 싶지 않았다. 내가 별로 먹고 싶지 않다고 말하면, 너는 별로 먹고 싶지 않은 내 마음을 이해해주지 않았다. 너는 프라푸치노를 또 먹기 위해서 늘 항상 프라푸치노를 먹는 거라고 말했고, 나는 가끔 그게 말이 되는 소리라고 착각했다. 너는 나하고 있을 때만 프라푸치노를 먹는다고 했다. 다른 사람과는 먹지 않는다고, 오직 나를 기억하기 위해서 프라푸치노를 먹는 거라고, 그렇기 때문에 우리는 함께 프라푸치노를 먹어야만 한다고 말했다. 너는 내가 프라푸치노를 먹지 않을까 봐, 말 같지도 않은 말로 계속 나를 설득했다. 너는 계속 프라푸치노 프라푸치노 말했고, 먹었다. 계속 말했고, 먹었다. 나는 네가 계속 프라푸치노 프라푸치노 말하는 걸 들었고, 네가 프라푸치노 프라푸치노 말하는 걸 듣다 보면, 네가 하는 말이 말 같지도 않게 들렸다. 너에게는 쓸데없는 집착, 그러니까 이상한 집착이었다. 너는 뭔가 하나에 꽂히면 그것밖에 안 보이는 사람이었다. 나는 네가 대체 언제까지 프라푸치노 프라푸치노 하며, 프라푸치노 같은 소리를 하고 앉아 있을 것인지 궁금했다. 나는 한번 궁금한 게 생기면 알 때까지 속이 풀리지 않는 사람이었다. 우리가 헤어진 이유가 생각났다. 그것은 가끔 생각난다. 우리는 잘 맞지 않는다. 우리는 헤어졌고, 헤어져서, 다시는 헤어질 수 없었다. 이제 우리는 그럭저럭 잘 지내고 있다. 우리는 돈도 별로 없으면서, 너무 잘 먹고 다녔으며, 너무 잘 먹고 다녔음에도 집으로 돌아갈 시간이 되면 어김없이 다시 허기가 졌다. 집으로 돌아갈 시간이 되면, 우리는 늘 같은 걸 느끼고 있었다. 배고파. 응, 배고파. 먹고 또 먹어도 허기가 진다는 점에서, 우리는 잘 맞았다.

X

X는 애인과 잠만 자면서 애인을 사랑한다고 했다. X는 애인과 자는 게 재미없지만 그래도 애인을 사랑한다고 했다.

X는 애인을 사랑하지 않는다고 했다. 애인. X는 사랑하는 사람을 사랑하지 않는다고 했다. X는 사랑하는 사람하고만 자고 싶다고 했고, X는 자다 보면 사랑하게 되는 거라고 했다. X는 사랑한다고 생각하면 그때부터 사랑하게 되는 거라고 했고, X는 지금껏 그 누구도 사랑한 적이 없다고 했다. 아마 그런 것 같다고 했다. X는 사랑 같은 건 없다고 했고, X는 모든 곳에 사랑이 있다고 했다.

X

너는 사랑하는 만큼 사랑하게 되는 거라고 했다. 네가 나를 사랑하지 않은 건, 네가 나를 사랑하지 않았기 때문이라고 했다. 사람은 사랑하는 만큼 사랑하게 되어 있다고 했다. 사랑을 하고 싶으면 사랑을 하라고 했다. 말했다. 나는 사랑을 하고 싶었다.

X

헤어진 다음 날, 만났다. 헤어진 다음 날이 아닐 수도 있다. 헤어지자고 말한 적이 없으므로, 우리는 헤어진 적이 없을지도 모른다. 다음 날, 만났다. 다시 만났는데, 우리는 처음 만난 사람들처럼 만났다. 밥을 먹었다. 커피를 마셨고, 영화를 봤고, 동묘를 걸었다. 꿈이 아니었다. 꿈이 아니라서, 나는 지난밤 꿈 이야기를 했다. 꿈 이야기 말고, 다른 이야기를 할 수도 있었을 것이다. 예를 들면, X와 X가 싸웠던 이야기. 그런 이야기를 할 수도 있을 테지만, 그런 이야기를 하지 않을 수도 있을 것이다. 그런 이야기를 하지 않는다면, 꿈 이야기를 할 수도 있을 것이다. 나는 꿈 이야기를 하고 있다.

×

너는 종종 그 모자를 썼다. 종종 쓰다가, 점점 더 자주 썼다. 그 모자는 내가 너에게 사준 모자였고, 너는 그 모자가 마음에 든다고 했다. 쓰면 쓸수록 마음에 든다고 했다. 말했다. 파란색 모자. 아니, 파란색 모자라고 할 수 없는 모자. 말할 수 없게 만들어버리는 모자. 입을 다물어버리게 만드는 모자. 내 눈앞에 있는 모자. 네 머리 위에 모자. 내가 바라보고 있는 모자. 내가 바라보도록, 거기 가만히 있는 모자. 너는 그 모자가 좋다고 했다. 너는 그 모자가 자기 자신의 시그니처가 될 거라고 했다. 나는 맥도날드 시그니처 메뉴를 먹어본 적이 있냐고 너에게 물었다. 너는 말을 하지 않았다. 짜증이 나서 그랬을 것이다. 너를 짜증나게 하려고 한 말은 아니었다. 계속. 너는 말을 하지 않았다. 계속. 말을 하지 않는다. 계속된다. 말을 하지 않기 전에, 너는 말했다. 너는 그 모자가 마음에 든다고 했다. 쓰면 쓸수록 마음에 든다고 했다. 내가 마음에 든다는 말은 아닐 것이다.

×

자기소개서. 나에 대해 한 줄 두 줄 쓰다가, 쓰기 싫어졌다. 내가 너무 뻥을 치고 있는 것 같았기 때문이다. 혹은 뻥이 너무 뻥 같았기 때문이다. 또는 뻥을 뻥 같지 않게 쓸 만큼, 글을 잘 쓰지 못했기 때문이다. 나에게는 글재주가 없었다. 아니, 쓸 게 없었다. 아니다. 쓸 게 없는 거나 글재주가 없는 거나 그게 그거다. 아니. 둘 중 하나일 것이다. 어쩌면 둘 다일 것이다. 제기랄. 다음 주까지 자기소개서를 써야 했지만, 나는 뻥만 치고 있었다.

X

X는 X를 사랑해서 X에게 모든 걸 다 주고 싶다고 했다. X는 X를 사랑하지만 X에게 모든 걸 다 줄 수 없다고 했다. X는 X를 사랑해서 X에게 모든 걸 다 주지 않는다고 했다. X는 X를 사랑해서 X에게 모든 걸 다 준다고 했다. X는 X에게 모든 걸 다 주기 위해 더 많은 것들을 가져야 한다고 했고, X는 X에게 모든 걸 다 주기 위해서 반드시 더 많은 것을 가질 필요는 없다고 했다. X는 X에게 그저 자기 자신을 다 주면 된다고 했고, X는 가진 게 없어서 X에게 줄 게 없다고 했다. 심지어는 자기 자신조차.

X

모자를 잃어버렸구나. 모자를 잃어버린 X에게 말했다. X는 슬펐다. 아니, 슬픈 것 같았다. X는 반드시 모자를 찾고야 말겠다고 했다. X는 전단지를 만들겠다고 했고, 나는 X가 전단지 같은 소리를 하고 있다고 생각했다. X는 이대로 모자를 잃어버릴 수 없다고도 했다. 이미 잃어버린 모자를 되찾으면, 잃어버리지 않은 모자가 되는 걸까. X는 이미 잃어버린 모자를 가지고 이대로 잃어버릴 수 없다고 말하고 있다. 말을 하고 있다가, 어느새 말을 하고 있었다. 이대로 잃어버릴 수 없다고. X는 모자를 서서히 잃어가는 것처럼 말하고 있다. X는 그렇게 말하고 있지만, X는 이미 모자를 잃었다. 잃어버렸다. 아마 그럴 것이다. 이대로 잃어버릴 수 없다고, 말할 처지가 아니었다. 아마 그럴 것이다.

X

모자를 찾습니다. X월 X일 X시경.
공원 부근에서 모자를 잃어버린 것 같습니다.
파란색에 여러 가지 색이 섞인, 니트 버킷햇.
저에게는 아주 소중한 모자입니다.
모자를 찾아주신 분께는 사례금을 드리고자 합니다.
제가 모자를 찾을 수 있도록 도와주세요.

X

너는 모자를 찾기 위해 전단지를 만들었다고 했고, 나는 네가 전단지 만드는 소리를 하고 있다고 생각했다. 네가 전단지에 쓴 글을 진지하게 읽어줄 사람이 있을까. 누가 장난을 치는 거라고 생각할 텐데. 나는 조금 더 말이 되는 소리를 써야 한다고 했다. 모자를 찾는 이야기 말고, 조금 더 제대로 된 이야기. 파란색에 여러 가지 색이 섞인, 니트 버킷햇. 너는 이 부분이 말이 되지 않는다고 했다. 아무래도 사진을 첨부하는 게 좋을 것 같다고 했다. 소중한 모자. 나는 그 부분이 더 말이 되지 않는다고 했다. 너는 내 말을 잠자코 듣더니, 역시나 사진을 첨부하는 게 좋을 것 같다고 했다. 너는 모자를 찾다가, 갑자기 모자 사진을 찾기 시작했다.

×

내가 사는 동네에는 작은 뜨개방이 있었다. 나는 늘 항상 그곳을 별 생각 없이 지나쳤다. 그 모자. 동묘에서 구제로 산 모자는 동묘에서 두 번 다시 구제로 살 수 없었다. 똑같은 제품을 똑같은 곳에서 찾을 수 없었다. 너는 모자를 찾을 수 없으면, 새로 뜰 거라고 말했다. 너에게는 쓸데없는 집착, 그러니까 이상한 집착이 있었다. 너는 뭔가 하나에 꽂히면 그것밖에 안 보이는 사람이었다. 이번에 너는 네가 잃어버린 모자에 꽂혀 있었다. 나는 작은 뜨개 방 앞에 있었다. 늘 항상 그 앞을 별 생각 없이 지나쳤는데, 네가 모자를 잃어버린 이후로 별 생각 없이 지나칠 수 없었다. 나는 생각을 하고 그곳을 지나쳤다.

×

끔찍하다는 말을 알게 되다니, 끔찍했다. 갑자기 끔찍하게

외로웠다. 우울하다는 말을 알게 된 이후 줄곧 우울했다. 블루가 우울하다는 말이라는 걸 알게 된 이후 블루만 보면 우울해졌다. 세상에. 세상에 블루가 너무 많았다. 그것은 너무하게도 너무나 많다. 바다 블루 셔츠 블루 바지 블루 모자 블루 지하철 의자 시트 블루 머리카락 블루 돌고래 블루 포카리 스웨트 블루 문라이트 블루 하늘 블루. 오늘 하늘을 올려다보다가 낮달을 봤다. 사실은 어제도 봤고 엊그제도 봤다. 발견했다. 저건 낮달이야. 네가 내게 낮달을 알려준 이후, 내가 낮달을 알게 된 이후, 낮달을 더 자주 보게 되었다. 나는 낮을 보고 달을 보았다. 볼 수 있었다. 사실 낮에는 별도 있어. 보이지 않는 건 낮별이야. 너 참, 낮별 같은 소리를 한다. 외로움 불행 좌절 절망 자책 자괴 혐오 (...) 환멸 공허 회의 분노 파멸 실망 (...) 행복 즐거움 기쁨 희망 소망 꿈. 가끔 그런 말들이 뒤섞여, 할 말을 잃었다. 아무것도 안 보였다. 저거 봐, 낮별이야. 별 이상한 소리를 다 하고 있네.

×

모자를 뜨기 위해서는 실과 코바늘이 필요했다. 한 줄의 실과 하나의 코바늘. 원형 뜨기. 바늘 넣고 실 감고 바늘 빼고 엮고 바늘 넣고 실 감고 바늘 빼고 엮고 (...) 반복하기. 파랑 초록 자주 노랑 크림색. 모자를 만들기 위해서 더 많은 실이 필요했다. 더 많은 노력이 필요했다. 더 많은 시간이 필요했다. 더 많은 정성이 필요했다. 필요한 게 너무 많아서, 대체 무엇인 필요한지 자꾸만 까먹었다.

×

내가 모자를 준다면, 내가 만든 모자를 너에게 준다면, 너는 이렇게 말할 수도 있을 것이다. 설마 나를 위해 모자를 만든 거야? 너는 모자를 쓰며, 이렇게 생각할 수도 있을 것이다. 내가 너를 사랑한다고. 네가 그렇게 생각하지 않는다면, 너는 이렇게 말할 수도 있을 것이다. 이게 모자냐? 그렇게 묻고, 모자가 뭐 이렇게 생겼냐고 다시 물을 수도 있을 것이다. 모자가 뭐 이렇게 생겼어? 너는 뭐 이렇게 생긴 모자를 쓰며, 이렇게 생각할 수도 있을 것이다. 뭐 이렇게 생긴 게 모자냐고. 이것은 절대로 모자가 아니라고. 너는 내가 만든 모자를 보고 모자가 아니라고 모자를 오해할 수도 있을 것이다. 너는 뭐든 할 수 있을 것이다. 나는 아직 다 완성되지도 않은, 얼핏 모자같이 생긴 모자를 보며 생각하고 있다. 모자가 아닌 모자 같은 모자. 나는 얼핏 보며 얼핏 생각하고 있다. 얼핏 말할 수도 있을 것이다.

×

저는 한번 궁금한 게 생기면 알 때까지 늘 알고 싶어 합니다. 저는 호기심이 많아서, 어릴 적에 세탁기를 망가뜨려 집 안을 물바다로 만든 적이 있었고, 제 머리카락에 본드를 묻혀서 삭발을 했던 적이 있었습니다. 저는 커서도 호기심이 많아서, 애인에게 이것저것 꼬치꼬치 묻다가 싸운 적이 있습니다. 언제까지 싸워야 하지. 싸우고, 싸우고 또 싸우다가, 계속 싸울 것 같아서 헤어진 적이 있습니다. 아니, 싸울 때 했어야 할 말을 싸우지 않을 때 해버려서 헤어진 적이 있습니다. 아니, 헤어진 적이 없습니다. 헤어진 것 같았던 적은 있습니다. 그러니까 저는…… 나는 쓰다가, 쓰기를 멈췄다. 왜 그런 말을 했을까. 너에게 하려고 했던 말도 아니었는데, 진심도 아니었는데, 내가 왜 그랬을까. 모르겠다. 쓸 수 없다. 자기소개서 같은 건, 아무래도 쓸 수 없는 것이다. 늘 알고 싶은 게 많다는 건, 늘 모르는 게 많다는 것이고, 늘 모르는 게 많다는 건 늘 허기져 있다는 게 아닐까. 나는 먹고 싶었다. 말하며, 먹고 싶었다. 너는 나하고 있을 때만 프라푸치노를 먹는다고 했다. 다른 사람과는 먹지 않는다고 했다. 오직 나를 기억하기 위해서 프라푸치노를 먹는 거라고 했다. 나는 네가 계속 프라푸치노 프라푸치노 말하는 걸 듣고 싶었다. 별을 모으고 싶었다. 별을 보고 싶었다. 집으로 돌아갈 때, 집으로 돌아가고 싶지 않았다.

X

X는 너와 만나서 대체 무얼 하냐고 물었다. 우리는 뭘 좀 먹어. X는 고개를 갸우뚱하더니, 그게 전부냐고 물었다. 나

는 그렇다고 대답했다가, 곧 대답을 취소했다. 뭘 좀 마셔. X는 고개를 갸우뚱하더니, 그게 전부냐고 물었다. 좀 걸어. 동네나 동묘. 걸을 수 있는 곳 어디든. X는 고개를 갸우뚱하더니, 우리 둘이 도대체 무슨 사이냐고 물었다. 나는 딱히 할 말이 없었다. 딱히 할 말이 없었기 때문이다.

X

너는 모자를 찾는 사람이었다가 모자 사진을 찾는 사람이 되었다. 그러나 너는 이제 모자 사진을 찾은 사람이 되었다. 너는 내게 모자 사진을 보냈다. 사진 속에 동묘라는 말은 없지만, 너는 동묘에 있다. 이것은 내가 찍은 사진이며, 내가 찍은 사진 속에 나는 없지만 나는 동묘에 있다. 너는 모자를 쓰고 있고, 나는 너에게 보낼 문장을 쓰고 있다.

X

X는 X와 헤어지는 게 두렵다고 했다. X는 모든 만남에는 끝이 있는 거라고 했고, 그렇게 때문에 사랑할 수 있을 때 더 열심히 사랑해야 한다고 했다. X는 X의 말에 동의하며, 언젠가 모든 것이 끝나기 때문에 지금 이 순간이 중요한 거라고 했다. 아무것도 끝나지 않으면, 지금 이 순간은 아무런 의미도 없는 거라고 했다. X는 아무것도 끝나지 않는다고 했다. 끝나는 건, 나일 뿐이라고 했다. X는 X에게 술자리에서 너무 골치 아픈 이야기는 꺼내지 말라고 했는데, 옆에

있던 X가 더 골치 아픈 이야기를 꺼냈다. X는 X와 헤어지면 그대로 죽을 거라고 했다. X는 X에게 그럴 수 있다면 어디 한번 그래보라고 했고, X는 X에게 그러지 말라고 했다. X는 X가 사랑을 책으로 배워서 저러는 거라고 했다. X는 화를 내지 않았다. X는 X와 헤어졌을 때, 모든 걸 잃어버린 기분이었다고 했다. X는 X와 헤어졌을 때, 의외로 덤덤했다고 했다. X는 사랑이 아무것도 아니라고 했다. X는 말하지 않았다. X는 아까부터 계속 혼자 술을 마시고 있다. X는 사랑 이야기 따위는 그만하고 싶다고 했고, X는 사랑을 그만하고 싶다고 했다. X는 아까부터 계속 혼자 술을 마시고 있다.

X

한 줄에서 시작했는데,
이제는 더 이상 한 줄이 아닌 것 같다.
그렇다고 한 줄이 아닌 건 아니다.

X

X

꼬이고 꼬이며 꼬여서 꼬이고 꼬이며 꼬여서 꼬이다가 완전히 꼬여버려서 풀고 풀며 풀어서 풀고 풀며 풀어서 풀다가 완전히 풀려버려서 다시 꼬이고 꼬이며 꼬여서 꼬이고 꼬이며 꼬여서 꼬이다가 완전히 꼬여버려서 풀고 풀며 풀어서 풀고 풀며 풀어서 풀다가 완전히 풀려버려서 다시 꼬이고 꼬이며 꼬여서 꼬이고 꼬이며 꼬여서 꼬이다가 완전히 꼬여버려서 풀고 풀며 풀어서 풀고 풀며 풀어서 풀다가 완전히 풀려버려서, 다시.

×

×는 (...)해서 사랑할 수 없었다. ×는 사랑을 할 수 없어서, 말 그대로 사랑을 할 수가 없었다. 사랑을 할 수 없어. ×는 말했기 때문에 계속 사랑했다. 그럴 수 있었다.

×

×는 아무에게도 연락이 없었다고 했다. 전단지를 그렇게 많이 붙였는데도, 연락이 없었다고 했다. × 같은 것들이라고 했다. 일주일이 지났는데도 아무에게도 연락이 없어서, 전단지를 떼러 갔다고 했다. 전단지를 떼러 갔다가, 전단지를 보고 있는 ×를 만났다고 했다. ×의 이름은 ×라고 했다. ×는 ×의 모자를 실제로 본 적이 없었지만, 꼭 모자를 찾길 바란다고 말했다고 했다. 그날 ×는 ×와 말을 많이 했고, 나눴고, 즐거웠다고 했다. ×와 잘 맞는 것 같다고 했다. 그 말을 듣고 있자니, 갑자기 × 같은 마음이 든다. 나는 본 적도 없는 ×가 미워진다. 나도 내가 갑자기 왜 이러는지 알 수 없다. 그

저 X 같은 마음이다.

X

X는 X를 사랑한다고 했다. 술에 취해서 한 말이었다. X는 X가 책을 읽어서 저 모양 저 꼴인 거라고 했다. 책으로 사랑을 배워서 저 모양 저 꼴인 거라고 했다. 그래도 X는 X가 모범생이라고 했다. X는 X가 모범생이지만, 사랑은 잘 모른다고 했다. X는 거리에서 사랑을 배웠다고 했다. 거리에서 사랑을 발견했고 사랑을 응시했고 사랑을 알게 되었다고 했다. 자랑했다. 사랑. 그저 그렇게만 말했고, 무엇을 봤는지 말해주지 않았다.

X

아까 오는 길에 커플을 봤어. 커플이 아닐지도 몰라. 뭐랄까, 그냥 둘. 그저 둘. 커플처럼 보이는 둘일지도 몰라. 둘이니까, 커플처럼 보였던 걸지도 몰라. 귀엽더라. 사랑하는 것 같았어. 한 명은 요상한 모자를 쓰고 있었고, 한 명은 사진을 찍어주고 있었어. 이상하게도 그 사람들이 기억나. 생각나. 내가 그들을 보고 있었는데, 그 사람들 눈에는 내가 안 보여. 문득, 내가 살아 있는 게 맞나 싶었어.

X

뜨개질을 하고 있다. 네가 잃어버린 모자를 만들려고. 모자를 만들고 있어. 모자를 만들지만, 그것은 아직 모자가 아니고. 뜨개질을 하고 있다. 모자라고 하기에는 뭐하지만, 나는 뜨개질을 하고 있고, 모자가 아니라고 하기에도 뭐하지만, 나는 뜨개질을 하고 있다. 자기소개서를 써야 하지만, 그런 건 뒷전이고 뜨개질을 하고 있다. 네가 잃어버린 그것을 만들고 있다. 아니, 그것은 아직 그것이다. 아직은 모자가 아니다. 나는 뜨개질을 하고 있어. 네가 잃어버린 모자를 만들려고 모자를 만들고 있어. 나는 아직 있지도 않은 것에 대해 말한다. 아니, 모자일 수도 있는 것에 대해 이야기한다. 아니, 그런 말을 할 수도 있을 것이다.

X

X는 모자를 잃어버렸고, 잃어버려서, 찾고 있다. 그러므로 그 모자는 아직 잃어버리지 않은 모자와 아직 찾지 못한 모자 사이에 있는 모자인데, X는 그것을 만들기 위해 뜨개질을 배웠다. X는 뜨개질을 했고, 뜨개질을 하다 보니 뜨개질을 왜 하고 있는지 알 수 없었고, 뜨개질을 왜 하고 있는지 알지 못하면서도 뜨개질을 했고, 뜨개질을 하다 보니, 어떤 패턴이 생기고 꼬임이 생기고 면이 생기고 형태가 생기고 촉감이 생기고 감정이 생겨서, 그것이 모자임을 알아차렸다. X는 모자를 뜨고 있었고, 모자를 뜨다 보니 왜 모자를 뜨고 있는지 알 수 없었고, 왜 모자를 뜨고 있는지 알지 못하면서도 모자를 뜨고 있었고, 모자를 뜨다 보니, X의 눈 X의 동묘

X의 걸음걸이 X의 구부정한 어깨 X의 버릇 X의 성격 X의 음성 X의 말 X의 X와 X와 X와 (...) X와 X가 떠오르며, 아, 아참, 그래. 알게 되었다.

X

밤이었고, 이제 집으로 돌아갈 시간이었다. 시간이 흘러서 시간이 자꾸 흘러서 일단 네 손을 잡았다. 낮이 아니었고, 낮별을 보고 싶었다. 낮별을 기다리고 싶었다. 우리가 별을 다 모았나. 아니, 아직. 아직 네 손을 잡고 있었다. 허기가 진다는 점에서, 우리는 잘 맞았다. 오늘은 집에 가지 말까. 말했다. 왜. 그냥. 그냥 뭐. 그냥 오늘은 집에 가지 말까. 왜. 그냥. 하고 싶은 말이 뭐야. 음, 그러니까. 오늘 나랑 잘 거야? 그럼 좋지만, 아니. 그럼? 할 말이 많아. 뭔데? 한마디로는 못해. 시간이 좀 필요해.

X

노력 시간 정성 애정 희생 희망 환희 영광 (...) 감사 행복 기쁨 슬픔 아픔 우울 절망 파멸 파괴 궁지 위기 갈등 자책 (...) 약속 성실 정직 순수 지혜 앎 삶 인생 시작 끝 탄생 허무 무(無) 표류 회귀 반복 욕망 질투 의심 분노 경멸 증오 착각 환상 (...) 이해 오해 오만 갈증 공포 수치 치욕 후회 선택 (...) 동정 연민 기억 뇌리 체험 발견 기다림 아름다움 영원 정지 (...) 아우라 발화 실천 행동 사물 몸 말.

×

이게 뭐야.
모자야 네 모자.
모자라고 하기에는
모자란데. 그래도 내가 널 위해
만들었어 모자란 모자.

×

×는 ×를 기다리고 있다. 뭘 좀 먹거나 마시거나, 동네나 동묘를 걷기 위해, 아직은 가만히 서 있다. (...) 저 멀리. 점 점 점. 점점, 오고 있다. 점. 가까이. 처음에는 점 같아 보였는데, 점점 다가오니까 점이 아닌 것 같아 보인다. 오고 있다. (...) 쓰고, 오고 있다. 모자를 쓰고 오고 있다. 모자라고 하기에는 뭐하지만 모자라고 하기에 뭐한 모자를 쓰고, 오고 있다. 모자를 썼으니 ×일 수도 있다. ×는 ×가 ×인지 궁금하다. 궁금하지만, 모자에 대해서는 도무지 말할 길이 없다. ×에 대해 말할 길이 없다. 길을 따라, 오고 있다. 길이 있어서 다행이다. 점 점 점. 점점. 선이 된다. 면이 된다. 네가 보인다. 이제야 사랑을 말할 차례다.

사운드 클라우드

Tin Foil

아. 오. 어. 우.

옹알옹알.

허튼소리. 우스갯소리. 왈왈. 재깔이거나 재잘거리다.

웅얼웅얼. 웅성웅성. 우당탕.

Phonograph°

애플 에어팟을 샀는데 자랑할 데가 없었다. 뭐, 자랑하려

° '소리, 목소리'를 뜻하는 그리스어 포노phone와 '글씨를 쓰다'를 뜻하는 그래포grapho의 합성어.

고 산 건 아니었지만 사고 보니 자랑이 하고 싶어졌다. 애플 에어팟. 이런 걸 누가 쓰나 싶었는데 결과적으로 내가 쓰고 있었고, 쓰다 보니 자랑이 하고 싶어졌다. 자랑. 하고 싶으니 해야겠다. 오늘 사장님을 만나면 자랑을 해야겠다. 물론 자랑이나 하려고 레코드 가게로 가는 건 아니었지만, 나는 가고 있었다. 버스를 타고 가고 있었고, 버스 타고 가는 내내, 음악을 들었다. 모타운 사운드. 원한다면 뭐든 들을 수 있었다. 지금 당장. 마빈 게이를 듣거나 코모도스 듣거나 템테이션스를 들을 수도 있었지만, 오늘은 오랜만에 스티비 원더° 를 들었다. 스타벅스. 크리스마스 전구. 반짝반짝. 뿔 두 개 순록. 루돌프 사슴 코. 붉은색 포인세티아. 연인들. 파리바게트. 트리에 달린 솔방울 장식. 대롱대롱. 홍대. 다음 정류장은 홍대입구역입니다. 기계음. 멈춰 서는 버스. 신호등 빨간불. 파란불로 바뀌며, 횡단보도 건너는 사람들. 삼삼오오. 미소. 바라보다가 창문을 열었다. 찬바람. 겨울 냄새. 코끝이 시리다. 나는 내가 처분한 음반을 다시 살 수 있을까.

° 「One Little Christmas Tree」, 1967.

Graphophone

약속이 취소되었다. 수철이의 마음을 이해하고 싶었지만, 그래도 이건 해도 해도 너무하지 않나 싶었다. 두 번 생각해도 이건 해도 해도 너무하지 않나 싶었는데, 세 번 생각해도 이건 해도 해도 너무한 일이라서, 나는 어떤 식으로든 수철이를 이해할 수가 없었다. 아, 이런 씹새끼를 정말. 야, 세상에 갑자기 이러는 법이 어디 있어. 나는 욕을 내뱉는 것 이외에는 어찌할 수 없었다. 너는 진짜 어쩔 수 없는 새끼야, 별로다 너. 내가 말하니, 수철이는 그건 이미 자기도 알고 있다고 했다. 그리고 이어 말하길, 클럽에 갈 생각을 하니 갑자기 죄책감이 든다며 시험이 얼마 남지 않았다고, 어제도 알고 엊그제도 알고, 나도 알고 자기도 아는 그런 재미없는 이야기를 하고는 전화를 끊어버렸다.

Gramophone

plate 우리는 노량진 경찰 학원에서 만났다. 수철이는 일찍이 대학을 자퇴하고 군대를 다녀온 후, 경찰 시험에 인생을 걸겠다며 노량진에 왔다. 나는 2학년을 마치며 군 휴학을 했고, 몇 개월 실컷 놀다가 입대할 예정이었으나, 부모님의 권유에 못 이겨 시험을 준비하게 되었다. 당시 부모님의 생각은 이랬다. 어차피 너는 대학교를 졸업하면 경찰 공무원 시험을 준비할 것이니, 입대 전에 경험 삼아 공부를 해두라는 것. 물론 나는 싫다고 했다. 하지만 말만 잘 들으면 전역 후에 아우디를 사주겠다는 부모님의 말에 나는 난생처음으로 말 잘 듣는 착한 아들이 되어, 노량진에 갔다. 나의 목표는 시험 합격이 아니라, 아우디였으므로 열심히 공부할 필요 없이 그저 시간만 때우면 됐지만 수철의 경우는 달랐다. 내가 매일 어뮤즈 타운에서 철권 게임을 하며 상대편 유닛을 이기기 위해 동전을 탕진하는 동안, 그는 전국에 있는 수십만 공시생들을 이기기 위해 치열하게 공부하며 시간을 탕진했다. 그런 그가 내게 건넨 첫마디는 이랬다. 너를 보면 마음이 편해져. 나는 그가 갑자기 내게 그런 말을 하는 이유를 알지 못했으나, 별로 친하지도 않은 내게 그런 말을 하는 그가 제정신이 아닌 것 같아서, 마음에 들었다. 그는 매일같이 눈이 퉁퉁 부어 있었고, 그건 매일 밤새 공부를 했거나 울어서 그런 것만 같았는데, 이유야 어찌되었든, 나는 부은 눈을 게슴츠레 뜨고 수업을 듣는 그의 얼굴을 보며, 저 새끼 참, 개불같이 생겼네, 하며 즐거워했다. 함께 있으면 재미있는 일이 있을 것만 같았다. 그래서 그에게 자주 말을 걸었다. 밥 먹었냐. 노량진 수산시장 가봤냐. 개불 봤냐. 해삼, 멍게, 개불 중에 먹고 싶은 거 있냐. 수철이는 대체로 내 말을 씹었고, 나는 그가 내 말을 씹는 이유를 어느 정도 알 것도 같았으나, 그래도 계속 말을 걸었다. 나는 할 말이 없어도 말을 했고, 할 말이 있으면 말을 더 했다. 술 먹고 싶지 않냐. 오늘은 공부하기 싫지 않냐. 맥도날드 갈래? 맘스터치 갈래? 왜 대답 안 해줘? 응? 수철이는 내가 불쌍해 보인다 싶을 때쯤, 그러니까 아주 가끔, 대답을 해주기도 했는데, 그 대답은 한결같았다. 정말 네가 있어서 다행이야. 마음이 편해져. 나는 그 말이 좋아서 그에게 밥을 사주기 시작했다. 우리는 함께 밥을 먹으면서 친해졌는데, 나중에 친해지고 나서 그는 내게 이렇게 말을 했다. 너같이 공부 안 하는 새끼들을 보면 마음이 놓여. 내가 아무리 시험을 망친다고 해도 너보다는 잘 볼 거 아니야. 그는 매일 나긋나긋한 목소리로 내 면상에 대고 욕인지 뭔지 알 수 없는 말들을 했고, 나는 그게 너무 웃겼다. 너는 진짜 또라이야. 어떻게 그런 무심한 표정으로 그런 말을 해? 내가 묻자, 그는 대꾸할 가치도 없다는 듯, 내 말을 무시하고 책을 펼쳤다. 그렇게 반년이 지나고 나는 입대했다. 그는 내가 상병이 될 때까지 경찰 시험에 합격하지 못했다.

disc 어차피 합격 못 할 거면서. 클럽이나 가지 새끼. 나는 쓰레기봉투 쌓인 전봇대 아래서 담배에 불을 붙이며, 김수철 개새끼, 하고 생각하려다가, 지금 이 시간에도 고시원에 처박혀 공부하고 있을 수철이가 안타까워, 김수철 개새끼, 하고 생각하지 않았다. 그 대신, 나는 이제 어디 가지, 하고 생각했는데, 생각하면서도 이제 어디로 가야 할지 알지 못하는 내가 안쓰러워, 내가 지금 누굴 걱정하고 그럴 때가 아니라는 걸 깨달았다. 나는 나를 걱정할 때였다. 나를 걱정하는 게 맞았다. 나는 갈 곳이 없었고, 갈 곳이 없었으므로, 담배 연기 뿜으며, 내가 갈 수 있는 곳과 갈 수 없는 곳에 대해 생각했다. 생각했기에, 나는 내가 혼자서 클럽에 갈 수 없다는 걸, 거듭 깨달아야만 했는데, 그건 별로 좋은 깨달음이 아니었다. 나는 내가 빡빡이라는 걸 거듭 상기하면서, 내가 혼자라는 걸 거듭 상기하면서, 빡빡이 혼자 클럽에 갈 만큼의 용기가 내게 있는지 자문하면서, 서글퍼지다가, 서글퍼지지 않으려는 노력 끝에, 담배를 다 피워버리고야 말았다. 골목길은 어스름해져가고 있었다. 곧 해가 지려나 보다, 내가 생각할 때, 정말로 해가 지고 있었다. 나는 이대로 휴가가 끝날까 봐 두려워졌다. 그렇게 기다리던 휴가였는데, 막상 휴가를 나와 보니 할 게 없었다. 입대 이후, 나는 내가 할 수 있는 일들을 하나둘 까먹어가고 있었다. 갈 수 있는 곳들은 휴가를 나올 때마다 하나둘 사라졌다. 나는 이제 어디로 가야 할까. 이제 어디로 갈지 정하려면, 지금 내가 어디에 있는지를 알아야 했는데, 나는 그런 것부터 모르고 있었다. 모르고 있어서, 어디로 갈지 모르겠다. 어스름하다가, 이내 어두워진 골목길. 가게 하나. 간판 불 하나가 들어왔다. 노란 간판, 검은 글씨. 더 레코드. 이 골목에 가게라고는 그곳뿐인 것 같았는데, 그런 점에서 나는 그곳이 마음에 들었다.

SP

살면서 이해할 수 있는 것보다 이해할 수 없는 게 더 많았지만, 그중에서도 내가 가장 이해하기 어려웠던 건, 그의 말들, 그가 내게 했던 말들이었는데, 정말이지, 나는 그가 내게 하는 말을 듣고 있자면, 들으면 들을수록, 당최 무슨 말을 하는지 알 수 없고 이해할 수 없어서 반드시 골치 아파져야만 했고, 뭐, 물론 처음부터 그의 말을 듣는 게 괴로웠던 것은 아니었지만, 아니, 오히려 처음에는 그가 내게 하는 말들, 그의 말들, 알아들을 수 없는 그의 말들, 이해할 수 없는 그의 말들이 내 호기심을 자극하고 그랬지만, 나는 그가 내게 하는 말을 듣고 있자면, 들으면 들을수록, 당최 무슨 말을 하는지 알 수가 없고 이해할 수가 없어서, 그 말들을 이해하지 못하는 내가 이상한 건지 그가 이상한 건지를 고민하다가, 결국에는 둘 다 이상한 인간들이라는 결론에 이르러, 이러다가 정말 미쳐버리겠다고, 미쳐버리기 전에 그와 헤어지고 싶다고, 생각하면서도 나는 그와 헤어질 수 없었고, 그와 헤어질 만한 이유가 충분하면서도 헤어질 수 없는 게, 나로서는 도무지 이해할 수 없고 이해할 수 없다가, 이해하려 하면 할수록 더욱더 이해할 수 없어져서, 근데 내가 이런 걸 이해하고 그래야 되나, 내가 정말 그러고 살아야 되나, 이해가 안 되는 걸 이해하려고 애쓰면서 살아야 하나, 하고 생각했고, 생각에 빠져, 생각에 휘말려, 생각에 허우적거릴 때, 그는 이런 내 복잡한 마음을 아는지 모르는지, 뻔뻔하게도, 내 앞에서 음악에 대해 주절주절 이야기했고, 그가 그렇게 주절주절 이야기하는 건, 그가 재즈 콘트라베이스 연주자였기 때문이었을 테지만, 그가 재즈 콘트라베이스 연주자든 아니든, 어찌되었든, 아, 내가 하려던 생각은 그게 아니고, 뭐였더라, 하고 내가 다시 생각할 때, 그때, 그때도 그는 내게 말하고 있었고, 그 말들은 대충 이런 내용, 그러니까, 한꺼번에 여러 명이 독립적으로 서로 다른 멜로디를 연주하면서도 전체적으로는 하나의 큰 흐름을 가지는 폴리포니, 즉 다성 음악에 대한 이야기, 그런 이야기였고, 이어 말하길, 사실 폴리포니는 흑인음악을 설명하기에 불충분하다고, 역사적으로 보면, 폴리포니란 유럽식 음악 이론에서 만들어진 개념이고, 따라서 구전 음악인 흑인음악은 유럽식 음악 이론에 맞춰 설명되어질 수 없다고, 유럽식 12음계 악보로는 흑인음악의 복잡한 리듬 체계를 정확히 표현할 수 없다고, 악보에 영원히 표시될 수 없는 음이 있다고, 영원히 표시될 수 없는 음을 연주하고 싶다고, 그는 그런 지루한 말들을 구구절절 말하면서, 내게 말할 기회는 주지 않은 채, 말하고 계속 말하고, 이쯤 되면 내가 이 이야기를 왜 계속 듣고 있나 싶고, 화성학이니, 대위법이니, 그런 이야기 계속, 계속 이어지고 나는 계속, 계속 듣고 있고, 계속, 계속 듣기만 하다가는 이 이야기가 영원히 끝나지 않을 거란 걸 직감하여, 나도 무슨 말이라도 하게 해달라고, 제발, 제발, 그렇게 해달라고, 이해할 수 없는 말을 듣고만 있을 바에 이해할 수 없는 말을 주고받고 싶다고, 너 혼자만 계속 말하느냐고, 세상에 그런 법이 어디 있냐고, 나도 말 좀 하자고, 내가 말하려고 하자, 그는 흑인 음악이 서로 주고받는 형식의 콜 앤드 리스폰스라고 말했다.

LP: SIDE A

Track 1 문을 열자, 들릴 듯 말 듯, 아주 작게 들려오는 음악 소리. 재즈. 작은 가게 안. 눅눅한 벽과 마룻바닥 냄새. 시디와 엘피판. 음반들. 빼곡. 낡은 검정색 가죽 소파. 소파에 누워 핸드폰을 만지작거리고 있는 사람과 그의 싫증 가득한 표정. 그 사람 옆, 소파 옆, 카운터. 카운터에서 책 읽고 있는 사장님. 털모자와 짧은 턱수염이 인상적. 책에 너무 집중한 탓인지, 원래 성격이 그런 것인지, 이 가게의 콘셉트인지, 뭔지, 사장님은 손님이 들어와도 인사조차 해주지 않는다. 가게 한쪽 바닥에 세워진 커다란 첼로. 내가 그것을 볼 때, 소파에서 벌떡 일어나 내게 말하는 사람. 그거 제 거예요. 졸지에 도둑으로 몰린 것 같은 기분. 어찌할 바를 몰라서, 내뱉는 아무 말. 기타가 엄청 크네요. 아무렇게나 내뱉은 아무 말 때문에 기타가 되어버린 첼로. 이런 건 어디서 사요? 아무렇게나 내뱉은 아무 말 때문에 당황해서 또다시 아무렇게나 내뱉은 말은 아무 말. 나의 오지랖. 당황한 기색을 감추려 아무 말이나 지껄였는데, 아무렇게나 지껄인 말은 진짜 아무 말. 당황. 당황스럽다고 해서 이대로 뛰쳐나갈 수도 없는 노릇. 정적. 침묵. 우리의 침묵 속에서 점점 커지는 것만 같은 음악 소리. 재즈. 그건 아마 기분 탓. 침묵을 깨고 싶다는 생각. 생각할 때 이어지는 침묵. 침묵을 깨는 그의 말. 그거 기타가 아니라, 콘트라베이스인데. 어색하게 고개를 끄덕이는 나. 진열대 앞으로 몸을 돌리는 나. 진열대에서 손에 잡히는 대로 이것저것 꺼내는 나. 시디 음반 한가득. 그것들을 카운터 위에 올려둔다. 무언가를 사야만 이곳을 나갈 수 있을 것 같은 기분. 아, 근데 이거 뭐지. 의심이 불쑥. 자본주의 시대에 태어나 지금껏 수도 없는 강매 놀음에 놀아났던 호갱이었던 나. 그걸 잘 알지만, 그래도 이런 식의 신종 강매는 또 처음이라고 생각한다. 어딘지 모르게 찝찝한 기분. 그제야 읽던 책을 내려놓고 나를 보고 활짝 웃는 사장님. 웃음 뭐지. 이 웃음. 자본주의 미소. 서비스. 민간 사회를 이런 식으로 경험하고 싶지 않은 나. 빡빡이 나. 이놈의 징글징글한 세상. 곧 돈을 뜯길 예정. 그때 콘트라베이스 주인이 끼어든다. 모타운 좋아하세요? 템테이션스 좋죠. 그가 말하지만, 나는 템테이션스가 뭔지 모름. 아무래도 그는 뭔가를 좋아하는 모양. 맥락을 짚어야 한다. 나는 그가 하는 말의 맥락을 짚기 위해 노력하고, 그는 엘피판을 사장님에게 건네며 말한다. 저 이거 듣고 갈래요. 그는 소파에 앉는다.

(bridge)

돌아가는 턴테이블. 뭐 해? 내게 묻는 사장님. 네? 되묻는 나. 묻고 되묻기. 뭐 하느냐고. 네? 뭐 하느냐고 묻잖아. 네? 묻고 되묻기 반복. 맥락을 짚어야 한다. 뭐 해? 네? 맥락을 짚을 수 없다. 앉아. 네. 복종하는 나. 군바리 나. 나는 소파에 앉는다. 그 사람 옆자리에 다소곳이 앉는 나. 저는 미도리라고 해요. 고도리는 알지만 미도리는 모르는 나. 오늘따라 아는 게 아무것도 없는 나. 아, 예. 아주 작게 들려오던 음악 소리 사라지고, 사라지면, 새롭게 시작되는 또 다른 음악소리. 그 사람, 미도리는 나지막한 목소리로 속삭인다. 제가 좋아하는 음반°이에요. 아, 예, 그러시구나. 그와 소파에 나란히 앉아, 듣는 음악. 어지럽다. 잠이 올 것만 같은 이상한 기분. 졸림. 홀림.

Track 2 새벽, 뒤늦게 수철이에게 전화가 왔다. 씹새끼야, 휴가 나온 친구를 이런 식으로 먹이냐. 나는 전화를 받자마자 화를 냈지만, 곧이어 이어지는 수철이의 말을 듣고는 화를 내기도 귀찮아졌다. 수철이는 하루 종일 고시원에 앉아 있었지만 공부가 하나도 되지 않았으며, 이럴 바에 그냥 클럽에 가서 기분이나 풀고 올 걸 그랬다고 했다. 풀긴 뭘 풀어. 문제나 풀어. 나는 말했고, 그는 내게 이제 그만 화를 푸는 게 좋을 것 같다고 조언했다. 야, 이제 화내기도 귀찮다. 아, 근데 너 모타운이 뭔지 아냐? 그는 모타운이 아마 노량진 고시 타운 같은 것일 거라고 했다. 그럼 템테이션스는? Temptations? 그는 느끼한 발음으로 내게 되묻고는, 아 그게 뭔지 알겠어, 모타운은 고시 타운이 아니라 어뮤즈 타운이야, 그리고 그곳은 템테이션으로 가득 차 있지,라고 말했다. 그리고 고백하길, 그는 항상 어뮤즈 타운에 가고 싶은 유혹에 시달린다고 했다. 나는 놀라서 되물었다. 너 정말이야?

° Miroslav Vitous, 『Purple』, 1970.

지금껏 왜 말 안 했어? 나랑 같이 갔으면 좋았잖아. 그는 유혹은 멀리하는 것이 좋다고, 결국 지금 우리가 이렇게 통화를 오래하는 것 또한 자신에게는 유혹이나 마찬가지라고, 너 같은 놈을 멀리하고 싶다고, 말하고는 급히 전화를 끊었다. 나는 그가 한 번만 더 자기 할 말만 하고 전화를 끊어버리면, 그땐 정말 핸드폰을 부숴버리든지 김수철을 부숴버리든지 해야겠다고 다짐했고, 다짐한 후, 인터넷 검색 창에 모타운과 템테이션스를 검색해보았다. 곧이어, 나는 두 가지 사실을 알게 되었는데, 하나는 수철이와 내가 나눈 대화가 쓸모없는 대화였다는 사실이었고, 또 다른 하나는 오늘 구입한 음반들을 레코드 가게에 두고 왔다는 사실이었다.

Track 3 복귀. 다시 일상이 시작되었다. 매일 아침 애국가를 들으며 하루를 시작하고, 그저 연병장을 뛰는 삶. 짬밥을 먹을 때는 별생각이 없다가, 산 너머로 지는 해를 바라보면 별생각이 다 드는 삶. 때때로 보랏빛 석양이 지는 날도 있었고, 그런 날에는 레코드 가게에서 들었던 음악이 귓가에 맴도는 것 같았다.

(bridge)

수철이에게 전화를 걸었다. 어쩐지 군대 밖에서나 안에서나 내가 하는 일이라고는 수철이와 통화를 하는 것뿐이라는 생각이 들어 기분이 좋지 않았지만, 그래도 어쩔 수 없었다. 여전히 다람쥐 쳇바퀴 도는 기분이야. 내가 왜 너랑 또 통화를 하고 있지. 내가 말하니, 그는 자기가 할 소리를 내가 하고 있다며 투덜거렸다. 오늘 뭐 했어. 땅 팠지. 어제는 뭐 했는데. 삽질했지. 말하다 보니, 한숨이 절로 나왔다. 땅을 파라고 해서 땅을 파면 다시 땅을 메우래. 땅을 메우면 땅을 다시 파래. 내가 계속 징징거리자, 원래 군대에서는 아무런 생각을 못 하도록 아무런 생각 없이 일만 시키는 거야,라고 수철이가 위로 같지도 않은 위로를 해주었다. 그리고 덧붙여 말하길, 생각이란 걸 해봤자 결국 탈영 아니면 자살이라고 했다. 그렇지만 나는 여전히 생각을 많이 해. 내가 땅을 파고 메우면서 하는 생각은 땅을 파고 메우는 것 같은 생각들이야. 나는 내가 말하고도 무슨 말인지 모를 그런 말들을 계속했으나, 수철이는 그런 말들을 듣고도 내게 화를 내지 않았다. 공부를 하면 잊어버리고 또 공부를 하면 또 잊어버리는 그런 건가. 그는 갑자기 혼자 진지해졌다. 나는 그가 혼자서 진지해질 때, 거의 미쳐버릴 것 같았지만, 이번에는 나도 진지한 얘기를 한번 꺼내보았다. 야, 근데 있잖아. 나 사랑에 빠진 것 같아. 그는 내가 사랑에 빠진 게 아니라 웃기고 자빠진 거라고 했다. 야, 진짜야. 나 지금 진지해. 나는 그에게 지난 휴가 때 레코드 가게에서 있었던 일들에 대해 이야기했다. 미도리, 우리가 함께 들었던 음악에 대해 이야기했다. 음, 진짜 웃기고 있군. 군대까지 가서 별 지랄을 다 하는군. 그는 합격하지 못하는 공시생과 사랑에 빠진 군인 중에 누가 더 불쌍한지 알고 있냐고 물었다. 나는 조금 짜증이 나서, 누가 더 불쌍한지는 모르겠으나 어쨌든 그 문제가 시험에 꼭 나오길 바란다고 말했다. 그리고 너는 그 문제를 풀지 못하고 불합격 처리될 거야. 불. 합. 격. 알겠냐. 내가 놀리니, 그가 갑자기 울먹이기 시작했다. 시발, 짜증 나. 나는 그가 우는 시늉을 하는 게 짜증 났다. 군인 새끼, 짜증 나. 사랑이라니 시발. 수화기 너머에서는 우는 소리가 계속해서 들려왔다. 그는 정말로 울고 있는 것 같았다. 야, 뭐야. 너 진짜 우냐? 그는 한동안 말이 없었고, 나는 그대로 계속 수화기를 든 채, 그가 울음을 그칠 때까지 기다려주었다. 잠시 후 그는 울음을 그치고 아주 담담한 목소리로 말했다. 울면 뭔가 달라질 줄 알았는데 이제 또 학원 갈 시간이다, 안녕.

LP: SIDE B

Track 1 문을 열자, 들릴 듯 말 듯, 작게 음악 소리가 흘러나왔다. 여전했다. 한 달 만에 다시 찾은 그곳은 여전했고, 사장님도 여전했다. 그분은 여전히 카운터에서 책을 읽고 계셨는데, 다가가 다시 보니 그분은 책을 읽는 게 아니라, 손에 책을 든 채 잠을 자고 있는 거였다. 저기요. 저기요, 사장님. 나는 사장님을 깨웠고, 그제야 사장님은 슬며시 눈을 뜨더니 나를 보았다. 안녕하세요. 나는 공손하게 인사했고, 그분은 다시 눈을 감으셨다. 뭐지. 그분은 눈을 감고 있었다. 뭐야, 뭐 이런 사람이 다 있어. 예비군 끝났다고 군인 무시하는 건가, 하고 내가 생각하는 순간, 그분은 다시 눈을 뜨며, 졸음이 너무 쏟아져서 그랬다고 미안하다고 말했다. 시디 찾으러 온 거야? 그때 너 두고 간 거. 어떻게 아셨어요? 저 여기 한 번밖에 온 적이 없는데, 저를 기억하세요? 사장님은 모타운이 뭔지 모르는 것 같은 애가 모타운 음반을 한가득 사서 기억한다고 했다. 나는 웃었고, 이제는 모타운이 뭔지 알고 있다고 했다. 사장님은 안다고 말할 때야말로 가장 모르고 있는 상태인 거라고 했다. 그럼 뭔지 알려주세요. 사장님은 카운터를 뒤적거리다가, 내가 두고 간 시디 음반들 중 하나를 꺼냈고, 그것을 시디플레이어 안에 넣었다. 경쾌한 리듬이 흘러나왔다. 누구의 음악인지 알 수 없었으나, 나는 흥겨운 박자에 맞춰 고개를 끄덕거렸다. 오, 좋네요. 사장님은 슬픔이 느껴지냐고 물었다. 슬픔요? 잘 모르겠는데요. 사장님은 그럼 이제 너는 모든 걸 알고 있는 거라고 했다. 이상한 사람이라고, 나는 생각했다. 너를 보면 마음이 편해져. 문득 수철이가 처음으로 내게 말을 걸던 순간이 떠올랐다. 음악을 들으니 마음이 편해지네요. 나는 음악을 더 듣기 위해 소파에 앉았다. 그날처럼. 그 사람, 미도리는 없었지만, 그날처럼. 잠이 올 것만 같은 이상한 기분. 졸림. 홀림. 나는 그곳에서 몇 시간 동안 음악을 들었다. 설마 나는 그를 기다리고 있는 걸까. 그날 내가 이곳으로 왔듯, 그도 이곳으로 와주길 바라며. 그가 이곳에 있었듯, 내가 이곳에 있었다. 나는 계속 음악을 들었고, 음악을 듣는 동안, 문은 한 번도 열리지 않았다.

Track 2 나는 홀로 가게를 나왔다. 사장님은 그곳에 혼자 남겨졌고, 나는 그곳에 혼자 남겨진 사장님에 대해 생각했다. 다음 손님이 오기 전까지 사장님은 지루한 시간을 보낼 것이라고, 그리고 손님이 오면, 홀로 침묵하던 긴 시간 동안 묵혀두었던 말들을 손님에게 할 것이고, 그 말들은 이상한 말들일 것이며, 대부분의 손님들은 사장님이 이상하다는 이유로 그곳을 다시 찾지 않을 것이라고, 결국 사장님은 또다시 혼자 남겨지게 될 거라고, 나는 생각했다. 이상한 말을 하는 사람들은 외로운 사람이야, 하고 생각할 때, 또다시 수철이가 생각났다. 그는 어제 내게 고해성사를 했는데, 자기는 지난밤 노량진에 온 지 3년 만에 처음으로 술을 마셨고,

술에 취해 고시원으로 돌아오다가, 크린토피아[○] 앞에 세워져 있는 입간판을 발견하고는 그것을 집으로 가져왔다고 했다. 큰 죄를 저지른 것마냥 하루 종일 괴로웠다고 했다. 나는 그에게 대체 가만히 잘 서 있는 입간판을 왜 가져온 거냐고, 드디어 미쳐버린 거냐고 물었다. 그는 아름다워 보여서 그랬다고 했다. 자기도 미적 기준이라는 게 있는 사람이라고 했다. 나는 그가 공부를 하기 싫지만 공부 말고는 딱히 할 일이 없어서 지금 나한테 이렇게 뻥이나 치고 있는 거라고 생각했다. 와, 이거. 이거. 아름다운 이 땅에 금수강산에 단군할아버지 터 잡으신[○○] 남산에서 남산타워를 뽑아 오고도 남을 새끼네. 내가 말하자, 그는 단군 할아버지 하늘에서 노하실 소리 좀 그만하라고 했다. 더군다나 단군 할아버지 터 잡으신 곳은 남산이 아니라 만주이며, 내게 꼴통이라고, 단군할아버지가 얼마나 허탈하겠냐고, 단군 할아버지가 홍익인간 뜻으로 나라를 세운 의미에 대해 다시 생각하게 된다고 말했다. 그리고 이어 말하길, 남산에서 남산타워를 뽑아 오는 건 자신의 능력 밖의 일이라서 꿈도 꾸지 않는다고 했다. 아, 이 새끼 오늘따라 헛소리가 과하네. 내가 말하니, 그는

○ 코인 세탁소.

○○ 박문영 작사·작곡, 「한국을 빛낸 100명의 위인들」, 1991.

아직도 술이 덜 깬 것처럼 혀가 계속 꼬인다고 했다. 이상한 소리만 하는 수철이가 이상하게도 외로워 보였다. 그래서 나는 사장님에게 수철이를, 수철이에게 사장님을, 소개시켜주면 좋을 것 같다고 생각했다.

LP 미니어처

나는 후임에게 시디플레이어를 빌려 매일 밤마다 모타운의 음악을 듣기 시작했음. 모타운의 음악을 듣고, 모타운에 대해 알아가기 시작했는데, 뭔가 조금씩 알아갈 때쯤, 나는 내가 후임에게 시디플레이어를 빌린 게 아니라 빼앗은 거라는 사실도 알게 되었음. 내가 꼰대인가, 그런가, 정말 그런가 싶어서, 다음 날 나는 후임을 피엑스로 불러 냉동 음식 파티를 열어주었음. 치킨너겟 하나 입에 물려주고 달래주고 그랬음. 이거 초코파이 아니고 치킨너겟이야. 알지? 물론, 후임은 파이든 너겟이든 그런 건 난 잘 모르겠고 시발 새끼 시디플레이어나 내놓으라고 생각하겠지만, 후임이 어떻게 생각하든 그건 내가 알 바 아니었음. 내가 선임이고, 그가 후임인 게 중요했음. 맛있게 먹어라. 토닥토닥. 나는 치킨너겟 하나로 죄책감에서 벗어날 수 있었고, 그래서 마음 편히 음악을 들을 수 있었음.

(push)

스티비 원더의 『Talking Book』(1972)을 실컷 들었음. 스티비 원더라면, 나도 예전부터 좀 알고 있었음. 그렇지만 나는 그의 대표곡을 몇 곡을 알고 있었을 뿐, 이렇게 앨범 하나를 통째로 들어본 적은 처음이었음. 시디플레이어로 음악을 들어본 적도 처음이었음. 이렇게 들어보니, 이렇게 듣는 것도 신선했음. 그것은 마치, 군대에 와서 화장실 바닥을 치약으로 닦을 수 있다는 사실을 알게 된 것만큼이나 신선한 충격이었음. 민트 치약. 쿨한 느낌. 스티비 원더는 나보다 몇십 년이나 일찍 태어난 사람이었지만, 그의 음악은 늘 새롭게 느껴졌음. 나는 귀에서 이어폰을 빼고 생각했음. 과거는 익숙하고 현재는 지루하며 미래는 새롭다,라는 표현은 잘못된 표현이 아닐까. 과거는 새롭고 현재는 지루하며 미래는 익숙하다,라는 표현이 오히려 정확한 표현이 아닐까, 하고 생각했음. 군대에 오니 생각만 많이 하게 되었다고, 또 생각했음. 그리고 곧이어 나는 놀라운 사실 하나를 발견했는데, 그건 이러나저러나 현실은 지루하다는 거였음. 나 좀 천재 같음.

(push)

'모타운 좋아하세요? 템테이션스 좋죠.' 템테이션스의 음악°을 들으며, 그가 템테이션스가 좋다고 말한 이유에 대해 생각했는데, 다시 생각해보니, 나는 그가 템테이션스를 좋아하는 이유에 대해 생각한 것이 아니라, 템테이션스가 좋다고 말하던 그의 모습을 생각했던 것이었음. 그러나 더 깊이 생각해보니, 나는 템테이션스가 좋다고 말하던 그의 모습을 생각했던 것이 아니라, 그게 아니라, 그를 생각했던 것이었음. 나는 그를 생각했고, 그에 대해 생각했음. 계속 생각했음. 생각하면 생각할수록 부질없는 생각이라는 생각을 지울 수가 없었음. 음반이 플레이어 속에서 계속 돌고, 돌고.

CD: Compact Disc

수화기 너머로, 한숨 소리가 들렸다. 수철이는 미래가 막막하다고 말했다. 나는 그런 그에게, 우리는 의외로 미래에 대해 많은 것을 알고 있을지도 모르며, 우리가 의외로 미래에 대해 많은 것을 알고 있을지도 모른다는 사실을 우리만 모르고 있을지도 모른다고 말했다. 그는 생각해보니 정말로 네 말이 모두 맞으며, 자기는 이번 시험에 또 떨어질 거라고 했다. 그래, 너는 떨어지고, 나는 전역을 하겠지. 그리고 부모님은 내게 아우디를 사줄 거고 나는 그걸 타고 노량진 거

○ 「Papa Was a Rolling Stone」, 『All Directions』, 1972.

리를 달릴 거야. 내가 말하니, 그도 말했다. 경기 침체는 더 심해질 거고, 너는 기름값이 없어서 아우디를 얼마 못 타겠지. 만수르도 너 같은 놈은 도와주지 않을 거야. 그가 말하니, 나도 말했다. 청년 실업률도 앞으로 더욱더 오르겠지. 우리는 평생을 경쟁만 하다가 죽게 될 거야. 내가 말하자, 그는 열심히 살지도 않은 놈이 열심히 산 놈처럼 말한다고 했다. 그리고 그는 이어 말했다. 요즘 의료 기술이 발달해서 죽는 일도 쉬운 일이 아니야. 우리는 150년까지도 살 수 있대. 150년 안에 전쟁도 테러도 그 어떤 비극도 목격하지 않고 사는 게 가능할까. 나는 서른도 되기 전에 이미 못 볼 꼴을 너무 많이 봤어. 시력이 마이너스야. 나는 네 시력이 마이너스 시력이 된 건, 네가 텔레비전과 컴퓨터 모니터를 너무 많이 봤기 때문이라고 말했다. 이에 그가 답하길, 비극은 늘 언제나 텔레비전이나 컴퓨터 모니터 화면 속에 있었다고 했다. 나는 UHD TV가 두려워. 그가 말했고, 나는 그래도 살 수만 있다면 UHD TV를 사고 싶다고 말했다. 그는 UHD TV로 남의 땀구멍까지 보고 사느니, 아무것도 안 보고 사는 쪽이 나을 것 같다고 했다. 야, 너 내가 왜 공부하는 줄 아냐? 나는 공부하는 게 좋아. 책을 펼치면 글자만 보이고 아무것도 안 보이거든. 그는 너무 진지했고, 나는 그의 진지한 말을 들어줄 만큼 진지한 사람이 아니라서 그의 진지한 말을 진지하게 듣고 앉아 있기가 힘들어서, 그에게 라식 수술을 추천하며 말을 마무리 지었다. 하지만 그래도 그가 걱정되긴 했다. 그건 그가 진지한 말을 너무 진지하게 했기 때문이었다. 그런데 너 혹시 요즘 힘드냐? 그는 지루하다고 했다. 그럴 땐 음악이라도 들어봐. 음악을 들으면 덜 지루해지거나 덜 외로워질지도 몰라. 이왕이면 신나는 음악을 들어봐. 너도 모타운을 들어봐라. 기분 전환 될 거야. 나는 그에게 그런 말들을 하고 전화를 끊었다.

(push)

며칠 뒤, 그는 네 말대로 음악을 들어보았는데, 들을 때는 지루하지 않고 기분이 한결 나아졌지만, 다시 공부를 하기 위해 음악을 끄면 음악을 듣기 전보다 더 죽고 싶어진다고 말했다. 그리고 또 죽고 싶어질 때가 있는데 그건 바로 이렇게 너와 헛소리를 주고받을 때라는 것이었다. 그럼 음악을 끊지 말고 계속 들어, 등신아. 우리는 전화를 끊지 않고, 계속해서 서로에게 말했다. 나는 미도리가 보고 싶다고 했고, 미도리는 초록색이라고 했다. 그는 군대에 깔린 게 초록색 아니냐고, 세상에 깔린 게 초록색인데 뭐가 또 그리 보고 싶냐고 말했다. 그의 말을 듣고, 나는 주변을 둘러보았다. 초록색 산 아래 초록색 군복을 입은 군인들이 이 땅에 없는 행복을 찾아 발버둥 치는 모습이 보였다. 나는 세상 어디든 미도리가 존재하고 있음을 느꼈다. 미도리. 세상에. 세상이 전부 미도리야. 나 또한 미도리를 입고 있어. 그는 한국인이 실생활에서 일본어를 남용하는 것은 좋지 않다고 했다. 조또. 나는 네가 조또 나를 미치게 만든다고 했고, 그는 미칠 수 있는 건 아마 행운일 거라고 했다.

Single Album

행운. 말년 휴가를 나왔다가 우연히 다시 그를 만나게 되었을 때, 나는 행운이라는 말을 비로소 이해하게 되었다. 동서울 터미널. 미도리. 분명 그가 맞았다. 그는 매표소 앞에서 티켓을 들여다보고 있었다. 어떻게 내게, 그에게 다가가 알은척을 할 용기가 생겼는지 모르겠지만. 저기, 안녕하세요. 어느새 나는 그에게 인사를 건네고 있었다. 이끌림이라는 게 이런 걸까. 말을 할까 말까, 생각하기도 전에 말을 하고 있는 것. 말을 나누고 싶은 마음이 생각을 앞지르는 것. 그의 이름을 부르고, 그와 눈을 마주치고 싶은 마음. 미도리?

(bridge)

연푸름. 그는 내게 자신의 진짜 이름을 알려주었다. 미도리는 예명이며, 재즈 콘트라베이스를 연주하면서 지내고 있다고 했다. 푸름 씨 만나니까, 온 세상이 다 푸르네요. 나는 그에게 말했고, 진심이었다. 미도리라는 이름도 좋아요. 미도리샤워 마시고 싶어지는 이름이니까. 그는 고개를 저었다. 싱어송라이터 요조는 다자이 오사무의 소설 『인간 실격』에 나오는 요조이고, 저는 무라카미 하루키의 소설 『상실의 시대』에 나오는 미도리예요. 나는 소설을 안 읽어서, 그가 한 말 중에 알아들을 수 있는 말이 없었다. 그러나 나는 그의 이름이 문학적이라고 말해주었다. 그는 문학적이라는 게 도대체 무슨 말인지 모르겠다고 했다. 사실 나도 문학적이라는 말이 대체 무슨 말인지 잘 몰랐는데, 이제 와 솔직하게 말할 수가 없어서, 그냥 아는 척했다. 아름다운 거죠. 그는 아름다움도 도대체 무엇인지 모르겠다고 했다. 가끔 알 것 같을 때도 있지만, 알 것 같은 느낌은 그리 오래가지 않는다고, 그러니까 결국 모든 것이 잘 알지도 못한 상태에 머물러 있는 것만 같다고 했다. 나는 그가 하는 말이 무슨 말인지 잘 알지도 못한 상태에 머물러 있었다. 그렇지만, 그럼에도 불구하고 나는 그와 있는 시간, 그러니까 그와 이렇게 이야기를 나누는 시간이 좋았다. 나중에 『상실의 시대』를 읽어보세요. 미도리의 말을 듣고 싶어질 거예요. 왜냐면 와타나베만 계속 말하거든요. 그때 버스가 시동을 걸었다. 그가 내게 뭐라고 말했으나, 버스 엔진 소리가 너무 컸기 때문에 그가 뭐라고 말하는지 내 귀에 하나도 들리지 않았다. 네? 방금 전에 뭐라고 하셨어요? 내가 묻자, 그가 답했다. 『상실의 시대』의 원래 제목이 "노르웨이의 숲"이라고요. 비틀스 노래에서 가져온 제목이에요. 그러므로 음악은 언젠가 소설이 될 것이라고 했다. 나는 고개를 끄덕이며 그의 말을 들었다. 그런데 하루키가 누구죠? 졸부 스웨그가 있는 일본 소설가예요. 스웨그? 나는 고개를 갸우뚱했지만 이내 그 말을 이해했다. 아, 스웨그. 그렇다면 문학이랑 힙합이랑 무슨 연관이 있는 거예요? 그는 스웨그가 원래 셰익스피어의 희곡에서 처음으로 언급된 말이고, 그러므로 문학은 언젠가 힙합이 될 것이라고 했다. 오, 스웨그. 그게 바로 문학인가요? 내가 묻자, 그는 스웨그가 스웨그지 스웨그가 무슨 문학이냐고 하면서, 그냥 한 소리라고, 웃자고 한 소리도 아니고 그냥 한 소리라고, 그냥 한 소리를 가지고 뭘 그리 진지하게 받아들이고 그러냐고, 정말 웃긴 사람이라고 말하고는 웃었다. 나도 웃었다. 웃음, 끊어지지 않는 웃음. 모든 게 이대로 지속될 수 있다면 좋을 것 같았다. 조금 더 길게, 조금 더 오래, 조금 더 그렇게 오래, 그와 이야기를 나누고 싶었지만.

(bridge)

그럴 수 없었다. 나는 버스를 타고 떠나야 했고, 떠나야 했으나, 떠나고 싶지 않았다. 나는 이대로 버스를 놓치고 싶었다. 놓쳐버릴 수만 있다면 그러고 싶었고, 얼마든지 그러고 싶었으나, 얼마든지 그럴 수 없었다. 그때 그가 말했다. 버스 놓치셨으면 좋겠어요. 그가 내 생각을 말해주었으므로, 나 대신 말해주었으므로, 앞으로 그가 하는 모든 말은 내 생각이 될 것만 같았다. 그는 말했고, 그가 말했으므로, 분명 새로운 일이 벌어지리라고. 우리 또 만날 수 있겠죠?

Special Album(For Midori)

Track 1 푸름 씨 만나니까, 온 세상이 다 푸르네요. 우연히 그를 다시 만났던 날, 그가 내 이름을 듣고 했던 말이다. 그날 그는 레코드 가게에서 우리가 처음 만났던 날에 대해 이야기했다. 미도리라는 이름을 처음 들었을 때 고도리는 알지만 미도리는 무슨 뜻인지 몰랐다고, 어쩐지 미도리는 닭도리탕을 떠올리게 하는 이름이라서 배가 고프게끔 만들었기 때문에 배가 고플 때마다 내 생각을 했다고. 그는 과장되게 말했고, 그 과정에서 자신의 무지를 드러내기도 했는데, 그런 점에서 그는 내게 관심이 있는 것 같았다. 그가 하는 말들은 대부분 실없는 소리들이었지만, 이상하게도 나는 그게 싫지 않았다. 심지어 웃음이 조금 나오려고도 했다. 입을 꾹 다물고 웃음을 참아보았지만 결국에는 웃어버렸다. 웃음. 생각해보니, 오랜만이었다. 이렇게 웃는 게 도대체 얼마

만인지. 사실 그 무렵 나는 어떤 권태감에 찌들어 있었다. 어쩐지 미쳐버릴 것만 같았고, 미쳐버릴 이유가 없음에도 미쳐버릴 것만 같은 기분. 딱히 미쳐버릴 이유가 없음에도 미쳐버릴 것만 같은 기분 때문에 미침. 권태는 삶을 통째로 무의미하게 만들었다. 더 살아서 뭐하나 싶었지만, 지금 죽어서 뭐하나 싶기도 했다. 살기도 싫고 죽기도 싫은 상태. 모든 게 싫었지만, 모든 걸 싫어하는 내가 가장 싫은 그런 날들. 매일 같은 날들. 지속되다가, 그를 만났다. 그를 만나 웃게 되었다. 우연히, 예고도 없이.

(bridge)

며칠 뒤, 그는 내게 전화를 걸어 한껏 진지하게 분위기를 잡고 말했다. 사실 휴가 때마다 레코드 가게에 갔다고. 그냥 가고 싶어서 간 거였는데, 돌이켜 생각해보니 그곳에서 우리가 다시 만나기를 내심 기대하고 있었던 것 같다고. 기상청 날씨와 군인의 말은 믿지 않으시겠지만, 저도 이제 곧 전역을 하니 앞으로는 지금 제가 하는 말을 믿게 되실 거예요. 그는 단호했다. 나는 그가 또 헛소리를 하고 있는 거라고 생각했고, 그래서인지 헛웃음이 나오려고 했는데, 그 순간, 갑자기 창문 밖에서 빗소리가 들리기 시작했다. 세상에, 비가 내렸다. 세상에, 그런 말을 하시다니. 예수님 같네요. 전역하시면 꼭 예수님 머리를 하세요.

EP Album

Track 1 전역 후 부모님은 내게 아우디를 사주지 않았다. 부모님의 말은 이랬다. 내가 군대를 간 사이에 집안 사정이 나빠졌다는 것이었다. 그런 아버지는 차를 제네시스로 바꾸셨고 어머니는 해외로 산악회 여행을 떠나셨다. 나는 왜 자식에게 거짓말을 하느냐고 부모님에게 소리를 지르는 패륜을 저질렀는데, 패륜을 저지르고도 별다른 죄책감을 느끼지 못했으므로, 정말이지, 나란 인간은 패륜아가 맞았다. 이어 아버지 말씀하시길, 네가 입대할 당시 자기가 끌던 자동차가 소나타였는데 너에게 아우디를 사줄 리가 있냐고, 생각을 좀 하고 살았으면 좋겠다고 하셨다. 그러나 지금은 자기가 자동차를 제네시스로 바꿨으니, 네가 경찰 시험에 합격하여 자신을 기쁘게 해준다면 꼭 아우디를 사주겠다고 하셨다. 아버지, 근데 우리 집 잘 살지 않나요? 생각 없는 놈에게 아우디를 사줄 만큼 잘 살진 않으니 집안 사정에 대해 생각을 좀 하고 살았으면 좋겠다고 하셨다.

Track 2 나는 예수님 머리를 하기 위해 열심히 머리를 길렀는데, 막상 머리를 길게 기르고 보니 마츠다 류헤이 같아 보여서 기분이 좋았다. 수철이는 마츠다 류헤이가 일본 배우이고, 어쩐지 네가 예전부터 조또라는 단어를 자주 쓰는 걸 보아하니 친일파가 틀림없다고, 자기는 반드시 경찰이 되어서 친일파를 청산할 것이라고 했다. 오호, 너에게 그렇게 큰 꿈이 있었어? 그런데 꿈은 꾸라고 있는 거지 이루라고 있는 게 아냐. 나도 내가 무슨 말을 지껄이고 있는지 모르겠다고 생각하며, 계속 지껄였다. 그리고 그가 말했다. 사실 내 꿈은 친일파를 청산할 것이라고 말하는 거야. 오, 그럼 너는 이미 꿈을 이뤘네? 그래, 나는 꿈을 이룬 자야. 나는 그에게 말장난하지 말라고 했다. 우리는 누가 먼저 말장난을 시작했는지에 대해 따지고 들기 시작했다. 이게 다 네 머리 때문이라고. 아니, 네가 먼저 친일파 얘기를 꺼냈잖아. 너 같은 놈은 전역하지 말았어야 돼. 어허, 너 어디서 그렇게 심한 말을 배웠냐. 그런 말 배우려고 노량진에서 하루 종일 공부 하냐. 아씨, 너 죽고 싶냐. 나는 그에게 말했다. 우리는 결국 언젠가 죽게 되어 있다고, 죽는 건 우리가 이룰 수 있는 유일한 꿈일지도 모른다고. 이에 그는 죽는 것도 쉬운 일이 아니라고 자기가 예전에 말하지 않았느냐고, 왜 했던 말을 또 하게 만드냐고, 내게 거듭 말하며, 예전에 했던 말을 또 하고 또 하고 그랬다. 아, 그런데 마츠다 류헤이는 재일 교포잖아. 내가 말하자, 그는 마츠다 류헤이가 재일 교포인 게 너랑 무슨 상관이냐고 내게 말했다. 그리고 그가 이어 말하길, 우리와 상관있는 진짜 큰 문제는 바로 친일파 청산 문제이며, 이에 버금가는 또 다른 문제는 네가 너 스스로 마츠다 류헤이를 닮았다고 생각하는 데에 있다고 했다.

Track 3 수철이는 어뮤즈 타운에 가자고 했다. 나는 늘 수철이와 어뮤즈 타운에 가고 싶었고, 그래서 늘 수철이에게 어뮤즈 타운에 가자고 했지만, 이렇게 막상 수철이가 어뮤즈 타운에 가고 싶다고 말하니, 내가 공시생 하나를 망쳐놓은 것만 같다는 생각이 들었다. 너는 안 돼. 가지 마. 그는 왜 안 되냐고 내게 물었다. 너라도 공부를 해야지. 너도 공부 안 하면 되겠냐. 내가 말하자, 그는 수능 본 지가 언제인데 아직도 자기한테 공부하라 마라 하는 사람이 있냐고 했다. 성질이 난다고 했다. 생각해보니, 자기는 아직도 고졸이며, 졸업한 지는 꽤 되었지만, 아직도 자기 자신이 학생처럼 느껴질 때가 많다고 했다. 나 요즘 이지 이Eazy-E를 들어. 그는 말했고, 나는 곧 경찰이 될 놈이 갱스터 랩을 들어도 되겠냐고 말했다. 그는 곧 경찰이 될 놈으로 영원히 살 바에 차라리 갱스터가 되는 게 나을 것 같다고 했다.

(Mono)

죽도록 일해서, 값비싼 물건을 사도 그보다 비싼 물건은 어디든 있었다. 나는 자꾸만 무언가 사고 싶어 했고, 샀고, 후회했다. 사고 보면 결국 아무것도 아니었다. 어쩌면 애초에 내가 가지고 싶었던 건, 이런 게 아니었을지도 모른다는 생각. 사는 행위만으로 살 수 없었다. 무언가 사기 위해서는 반드시 무언가를 팔아야 했지만. 내게는 팔 게 없었다. 잘 팔리는 음악, 그게 뭔지 알 수 없었다. 콘트라베이스를 살 수 있었지만 음악은 살 수 없는 것이었다. 나는 늘 값을 매길 수 없는 것들을 사고 싶었다. 세상 가장 무용한 것을 가지고 싶었다.

(Mono)

어떤 애가 와서, 몇 시간 동안 앨범만 고르고 있고 도통 나가지 않는 거야. 근데 아무리 손님이라도 그렇지. 늘 반가운 건 아니거든. 나도 혼자 조용히 음악 들으면서 책을 읽고 싶을 때가 있다고. 그 애가 한참을 구경만 하다가 엘피판 하나를 고르더라. 이제 가려나 보다 했는데, 갑자기 그걸 들고 소파에 앉는 거야. 뻔하지. 날씨가 하도 더워서 에어컨 바람 쐬려고 뭔가 사는 척하는 거겠지. 내가 한두 번 당해본 게 아니야. 이제 그만 가라는 의미에서 말을 걸었지. 혼자 왔냐고 물었어. 그랬더니 이따가 친구가 올 거래. 뭐 하는 친구냐고 물었더니, 좋은 친구가 올 거라는 거야. 그리고 한참이 지나서 진짜로 어떤 애가 왔어. 둘이 뭐라 뭐라 말을 하더라. 딱 봐도 처음 보는 사이였어. 그 애가 나한테 뺑을 쳤던 거야. 근데 뭐랄까, 그냥 둘이 친해졌으면 좋겠다고 생각했어. 둘 다 평일 오후에 이렇게 돌아다니는 걸 보니, 어지간히 할 일이 없는 애들이구나 싶었거든.

(Mono)

시험이라는 게 참 지긋지긋하지만, 그래도 시험이 없는 것보다는 시험이 있는 게 낫다는 생각도 들어. 어떤 면에서 보면, 시험이라는 게 참 정확하잖아. 반면, 막연한 목표들도 있지. 잘하고 싶다. 잘 살고 싶다. 꿈을 이루고 싶다. 행복해지고 싶다. 그런 건 도대체 어떻게 이룰 수 있는 건지 모르겠어. 시험은 그냥 시험만 통과하면 되잖아. 그게 힘들어도, 그냥 참고 하면 되잖아. 나는 어릴 때 늘 잘 살고 싶다고 생각했거든. 행복해지고 싶었어. 재미없는 얘기를 하나 하자면, 우리 아버지 알코올중독자야. 매일 밤마다 술에 취해서 어린 나를 앉혀놓고 했던 얘기를 하고 또 했지. 나는 듣는 게 너무너무 지긋지긋해서, 차라리 아버지가 똑같은 말은 다른 방식으로 계속 해줬으면 좋겠다고 생각했어. 아버지 입을 틀어

막을 수 없다면, 그게 최선이었으니까. 그렇게 계속 괴롭힐 거면, 좀 새로운 방식으로 괴롭히라고 시발. 그렇지만 술 취한 사람이 뭘 알겠어. 근데 소름 끼치는 건 뭔 줄 알아? 나는 나만 그렇게 사는 줄 알았는데, 우리 아버지 같은 인간이 세상에 너무 많은 거야. 나는 집에서 보는 아버지를 영화에서 보고 소설에서 보고 드라마에서 또 봐야만 했어. 의외로 우리 아버지는 흔해빠진 인간이었던 거지. 이게 말이 돼? 도대체 누가 그들에게 술을 가르쳤을까. 이건 비극이야. 존나 진부한 이야기지? 그래서 말 안 하려고 했어. 아휴. 어쨌든, 올해는 시험이나 잘 봤으면 좋겠다.

Studio Album

▶ 모든 게 시작되었다. 새롭게, 다시. 노량진 생활도 다시 시작되었다는 점만 빼면, 어쨌든 무언가 시작된다는 건 좋은 일이었다. 시작되어서 좋은 일들 중에 가장 좋은 건 역시나 사랑이 시작되는 일이었다. ▶▶ 네가 살고 있는 망원과 내가 살고 있는 노량진은 지하철로 이어져 있었고, 나는 지하철을 타고 망원과 노량진을 오고 가며 하루하루를 이어갔다. ▶▶ 우리는 망원동 빵집에서, 상수동 카페에서, 때때로 선유도에서 만났다. 한강을 따라 걸었고, 때때로 여의도 빌딩 불빛

이 보이는 쪽으로 계속 걸었다. 걷는 내내, 대화는 이어졌고 대화가 이어지면 아무리 오래 걸어도 다리가 아프지 않았다. 걷다 보면, 우리는 늘 멀리 와 있었다. 우리가 어떤 말로 대화를 시작했으며 어쩌다가 여기까지 오게 되었는지, 그런 건 걸으면서 모두 잊어버렸지만. 그럼에도 우리는 늘 함께 멀리까지 갔고, 함께라면 더 멀리까지 갈 수도 있었다. ▶▶ 하루에 머리카락은 0.4밀리미터 정도 길어진다고 한다. 한 달이 지나면 1.2센티미터 정도, 1년이면 14센티미터 정도. 어느새 내 머리카락은 귀를 덮을 정도가 되었다. 머리를 기르면 기를수록, 그러니까 시간이 흐르면 흐를수록, 나는 너를 더 사랑하게 되었다. 내 머리 길이만큼 사랑해. 나는 종종 그렇게 말했고, 그럴 때마다 너는 어처구니없다는 듯이 웃었다. 나는 너를 웃기려고, 과장하여 말했다. ▶▶ 너는 크리스마스 선물로 내게 스티비 원더의 음반을 주었다. 『In Square Circle』(1985). 나는 턴테이블이 없어서 음악을 들을 수 없다고 그에게 말했는데, 그는 들으라고 사준 게 아니라고 말했다. 그럼 이걸 왜 주는 거야? ▶▶ 날이 추워지면서부터 우리는 더 이상 걷지 않았다. 추위를 피해, 따뜻한 곳에서 만났다. 클럽 '에반스'에서 만났고, 이따금 이태원 '올 댓 재즈'에서 만나 이름을 알 수 없는 와인을 마셨다. 수많은 사람들 속에서 어깨동무를 한 채. 술을 얼마 마시지 않고도 취하는 날이 있었고, 아무리 마셔도 취하지 않는 날이 있었다. 정신없이, 뒤죽박죽, 사람과 음악이 섞여 있는 곳에서도 우리는 서로를 잃지 않았다. ▶▶ 너는 술에 취해 내게 말했고, 나는 네가 하는 말을 들었다. 재즈클럽에 처음 갔던 날을 잊을 수 없어. 뭔가, 한꺼번에 뒤섞여 있는, 뭐랄까, 한꺼번에 엉켜 있는 그런 모습. 사람이 진짜 많았거든. 기침 소리. 환호. 휘파람. 와인 잔 깨지는 소리. 쩝쩝. 술주정하는 소리. 박수. 피아노. 래그타임. 정말로 정신이 하나도 없었는데, 이상하게도 그게 좋더라. 너의 말은 계속 이어지고 ▶▶ 어긋나고 ▶▶ 이어지고, 막 뱉기 시작한 말, 막 뱉은 말로 되받기. 막말. 주고받기. 싸우기. 화해하기. 반복하기. ▶▶ 너랑 자고 나면 죽고 싶어져. 네가 침대에 누워 천장을 보며 말했고, 나는 되물었다. 그거 칭찬이야? 그는 칭찬도 아니고 칭찬이 아닌 것도 아니며, 그냥 아무 말도 아니라고 했다. 너는 왜 아무 말도 아닌 말을 나한테 하냐. 내가 우습냐. 너는 무슨 말을 그렇게 해. ▶▶ 서로의 잘잘못을 따지기. 그냥 따지기 ▶▶ 말실수. 미안했다. 마음에도 없는 소리를 하고 마음이 아팠다. 원망스럽게 나를 보는 눈, 때때로 증오 가득한 눈. 너의 눈을 보면 마음이 찢어질 것 같았지만. ▶▶ "네가 싫어서 그런 건 아니야." 끝내 하지 못한 말. ▶▶ 이제 우리는 헤어지게 될까. 언젠가는 그렇게 될 것이다. 그렇다면, 정말로 그럴 수밖에 없다면, 나는 그와 아주 천천히 헤어지고 싶었다. 그렇다면, 정말로 그럴 수밖에 없다면, 결말을 유예하는 방식으로 결말까지 가고 싶었다. 시간을 아주 길게, 느리게, 늘어뜨리고 싶었다. 그게 최선이라면, 최선을 다하는 데 최선을 다하고 싶었다. 나는 그렇게 생각했지만, 늘 그렇듯, 생각대로 되는 일이 없었다. 시간은 아주 길게, 느리게, 늘어지지 않았다. 늘어지는 건 우리일 뿐이었다. 그뿐이었다. 우리는 늘어지고, 늘어지고, 싸움이 지루해져가고. ▶▶ 끝, 이별. ■

Repackage

미도리. 그는 퉁퉁 부은 얼굴로 내 앞에 앉아 있었다. 그렇게까지 부은 얼굴은 처음 보는 것 같았다. 그가 낯설었다. 나는 그에게 밤새 울었냐고 물었고, 그는 아니라고 했다. 나는 그에게 그럼 밤새 공부를 했냐고 물었고, 그는 아니라고 했다. 어쩐지 그에게 안 좋은 일이 있는 것만 같아서, 마음이 편하지 않았다. 너를 보면 마음이 편해져. 갑자기 그가 말했고, 나는 그 말이 언젠가 들어본 적이 있는 말 같다고 느끼다가, 이내 수철이가 떠올랐다. 너 설마 김수철이냐. 그는 아니라고 했다. 그가 '아니'라고 말했기 때문에, 나는 그의 말을 믿어야만 했다. 그는 자신을 미도리라고 소개했고, 그가 자신을 그렇게 소개했기 때문에, 나는 그의 말을 믿어야만 했다. 문득, 미도리의 진짜 이름은 연푸름이 아닐지도 모른다는 생각이 들었다. 왜 이렇게 얼굴이 부었어. 무슨 일 있어? 그는 내가 자신을 알아보지 못할 때까지 계속 얼굴을 바꿀 거라고 했다. 나는 그게 대체 무슨 말이냐고 했지만, 그는 자기 할 말만 했다. 이제 네가 아는 나는 더 이상 없을 거야. 나는 슬퍼졌다. 나는 슬퍼져서, 그에게 내가 지겨워졌냐고 물었다. 그는 자기 자신이 지겨워진 건지, 네가 지겨워진 건지, 잘 모르겠지만, 이제는 그런 걸 생각하는 것도 지겨워졌다고 했다. 사실 터미널에서 버스 놓치셨으면 좋겠다고 한 말은 그냥 해본 말이었어. 그냥 한 말에 갑자기 네 눈빛이 바뀌는 걸 봤고, 그 눈빛은 너무도 느끼한 눈빛이어서 왠지 모르게 내 인생이 망할 것만 같은 예감이 들었어. 전역 후에 네가 나를 찾아와 사귀자고 말했을 때 네 짧은 머리카락을 봤고, 그 짧은 머리카락이 예수님 머리가 되면 헤어져야겠다고 생각했어. 나는 그게 대체 무슨 소리냐고 했지만, 그는 진실만을 고백한 것이라고 했다. 나는 우리가 같이 늙고 끝내 같이 죽었으면 좋겠다고, 그게 우리가 할 수 있는 유일한 일이라고 말했다. 아니, 틀렸어. 우리가 할 수 있는 일은 매일 싸우고 매일 화해하는 일뿐이야. 우리가 할 수 있는 건 반복뿐이야. 너 우리가 이틀에 한 번씩 싸워온 걸 알고 있어? 나는 그게 그렇게 지겨우면 이제 하루에 여러 번 싸우자고 했다. 싸우는 게 그렇게 지겨우면 싸우는 데 리듬을 주자고 했다. 싱커페이션. 센박, 여린박. 오우 예. 어디 한번 서로가 서로를 당겨보자고 했다. 그렇게 말하니, 갑자기 신이 났다. 갑자기 나는 어깨춤을 추고 있었다. 그는 나를 한심하게 바라보았다. 여린박, 센박. 오우 예. 나는 계속 춤을 추고 있었고, 춤을 출 때마다 머리가 내 뺨을 때렸다. 이럴 줄 알았다면, 머리를 기르지 않았을 거라고 생각했다. 후회했다. 춤을 멈출 수가 없었다. 머리카락은 계속 내 뺨을 후려치고 있었다. 그는 계속 나를 한심하게 바라보았다. 너는 머리를 너무 많이 길렀어. 지금 네 머리는 재즈도 리듬 앤 블루스도 아니야. 너는 거의 로큰롤을 넘어서고 있어. 이러다가 너는 곧 레드 제플린이 될 것만 같아. 록 스타와는 헤어져야겠어. 나는 화가 나서 대답했다. 맥락 없이 말하지 마! 뺨을 치는 머리카락 때문에 말을 하기가 힘들었다. 그는 사람이 만나고 헤어지는 데, 대체 무슨 맥락이 있고 개연성이 있어야 되느냐고 반문했다. 우리가 왜 만났고 왜 헤어지는지에 대해 의미를 따지고 들지 마. 운명론자 새끼야. 너는 억지로 사건의 개연성을 만들고 우리의 만남과 헤어짐에 의미를 부여하면서 사랑 이야기를 만들고 싶었던 것뿐이야. 꿈 깨. 나는 여전히 춤을 추고 있었고, 머리카락은 여전히 내 뺨을 치고 있었고,

이게 꿈이라면 이제 그만 깨어나고 싶었다. 나는 네 사랑 이야기나 만들어주자고 존재하는 게 아니야. 너를 위해 사는 게 아니야. 그러니까 부디 너도 너를 위해 살아. 나는 용기를 내어 힘껏 말했다. 닥쳐 미도리! 더 이상 아무 말도 하지 마! 그는 정말로 더 이상 아무 말도 하지 않았다. 툭, 하고 말이 끊어졌다. 눈이 떠졌다. 눈을 떠보니, 내 옆에는 아무도 없었다. 꿈이었다.

Tribute Album

스티비 원더는 시리타 라이트와 결별한 후, 『Talking Book』을 발표했다. 나는 그와 헤어진 후, 우리가 헤어진 이유에 대해 생각했다. 그러다가 우리가 만난 이유에 대해 생각했다. 운명. 인연. 우연. 그런 것들에 대해 생각했다. 나는 왜 노량진에 오게 되었으며, 왜 여기까지 와서 공부도 안 하고 이러고 살게 되었는지. 부모님은 왜 내게 아우디 이야기를 꺼냈으며, 나는 왜 별로 갖고 싶지도 않았던 아우디를 가지려고 애를 쓰게 되었는지. 어째서 아우디를 가지지 못했는지. 그러면서도 왜 그것을 가지려고 더 노력하지 않았는지. 아우, 시발. 부모님은 내게 왜 그러고 사냐고 했다. 나도 내가 왜 이러고 사는지 알고 싶었고, 그걸 알기만 하면 이러고 살지 않을 수도 있을 것 같았다. 나는 내게 벌어질 일들보다 이미 벌어진 일들을 더 궁금해했다. 모든 게 우연이었겠지만, 나는 그걸 알면서도, 매사 어떤 이유를 필요로 하고 있는 것 같았다.

iPod

나는 기도했다. 미도리 발바닥에 모기 물리기를. 새 신발을 신고 길 가다 껌을 밟기를. 새똥을 맞는 행운이 너에게 있기를. 비 올 때 우산이 없고, 우산을 사면 비가 그치기를. 나는 기도했다. 부천시청역을 갈 때, 온수행을 타기를. 금정역으로 갈 때, 사당행을 타기를. 약속 시간에 늦을 것 같아서, 택시를 탔는데 택시를 타고서도 지각하기를. 나는 진정으로 기도했다. 내 옆에 있던 수철이는 진지한 표정으로, 그건 소박한 소원이니 아마 신께서 들어주실 거라고 말했다. 나는 그 말에 용기를 얻어 다시 기도했다. 중고나라에서 사기당하기를. 수철이는 진지한 표정으로, 그건 범법 행위이니 기도를 그런 식으로 해선 안 된다고 했다. 나는 그 말에 정신을 차리고 다시 기도했다. 영화관에서 영화 볼 때 클라이맥스 부분에서 오줌 마려워라. 수철이가 이어 말하길, 그건 저주가 아니기 때문에 괜찮다고 했다**.mp3**

졸업을 유예하고, 다시 노량진 고시원으로 들어간 나. 합격하지 못하면 학교로 돌아갈 나. 돌아갈 구석 하나 만들어 놓는 것이, 내 인생의 전부인 나. 돌아갈 곳이 없는 것보다는 있는 것이 나아. 청년실업자보다는 공시생이 나았으며, 공시생보다는 휴학생이 나았고, 휴학생보다는 그냥 학생이 나아. 학생이 제일 좋은 직업이라고 생각하는 나. 고학력자들이 계속해서 늘어나는 이유를 알 것도 같다. 매일 학원과 고시원을 오고 가며 공부를 하는 나. 이제 어뮤즈 타운은 가지 않는 나. 나는 군대에서 매일 땅을 파고 다시 땅을 메웠던 것처럼, 노량진에서 공부를 하고 잊어버리고 또 공부를 하고 또 잊어버리기를 반복. 반복하는 나.**mp3**

하루는 수철이의 고시원에 놀러 갔다가 크린토피아 입간판이 세워져 있는 걸 보고 경악해버렸다. 수철이가 했던 말이 모두 사실이었기 때문이다. 와, 이 새끼. 진짜였잖아. 나의 생활 OK. 정장 한 벌 5천 원. 그는 언젠가 반드시 크린토피아에 가고 싶다고 했다. 그곳은 토머스 모어도 미처 상상하지 못한, 티끌 하나 없이 깨끗한 나라일 것 같다고 했다. 가고 싶으면 가라. 나 아까 오는 길에도 크린토피아 많이 봄. 그는 그곳에 갈 수 없다고 했다. 자신의 주머니에 5천 원이 있지만, 정장 한 벌이 없어서 크린토피아에는 갈 수 없다고 했다. 나는 정장 한 벌도 없이 살고 있어. 너 결혼해도 나 결혼식 못 가. 정장이 없어서. 나는 그에게 궁상맞은 소리를 하고 앉아 있다고 했다. 젊은 놈이 젊은 놈답지 못하게 패기가 없다고 했다. 그는 나를 패버리고 싶다고 했다. 그리고 그는 나를 패지 않고, 이어 말했다. 그는 입간판을 주워 온 이후 계속해서 죄책감을 느끼기 위해 그것을 버리지 않고 놔두었다며, 죄책감은 공부를 하는 데 도움이 된다고 했다. 이거 볼 때마다, 내가 공부 안 하고 술 퍼마신 게 생각나. 공부를 하면 죄를 씻는 기분인데 공부하는 곳에 입간판이 있으면 아무리 죄를 씻어도 또다시 죄책감을 느끼기 때문에, 또다시 죄를 씻기 위해 또다시 공부를 할 수 있다고 했다. 나는 무슨 죄책감을 그렇게까지 느끼며 사느냐고 물었고, 그는 네가 예수님 머리를 하고 그런 걸 물으니 정말 예수님 같아 보인다고 했다. 나는 아니라고 했다. 그럼 정말로 마츠다 류헤이가 되어버린 거야? 나는 레드 제플린이 되었다고 했다. 그리고 다시 본론으로 돌아와서, 지금 저기에 서 있는 저 입간판은 너의 절제 능력이 아니라, 너의 숨겨진 양아치 기질을 보여주고 있다고 말했다. 그는 입간판을 발로 걷어찼다. 입간판이 쓰러졌다. 오호. 양아치. 이게 너의 본모습이다. 이제야 너의 숨겨진 폭력성이 드러나기 시작한 거야. 아무래도 너는 경찰이 되기 전에 범죄자가 될 것 같다. 나는 그를 잔뜩 놀리고는 킥킥거렸는데, 그는 킥킥거리지 않았다. 그리고 그는 쓰러진 입간판 쪽으로 다가가, 입간판을 다시 세우며, 사는 게 아무리 어려워도 자기 자신을 바로 세우고 살 것이라고 말했다. 쟤가 오늘 왜 저러나. 나는 이게 무슨 맥락도 없는 퍼포먼스인가, 어리둥절하여 이내 할 말을 잃었다. 내가 할 말을 잃자, 그는 할 말을 더 했다. 야, 누구나 경찰이 되는 것보다 범죄자가 되는 게 쉬워. 그러니까 너도 조심해. 너 자신을 너무 믿지 말라고. 나는 잠시 생각에 잠겼고, 이내 갑자기 내 자신이 두려워졌다. 나도 내가 무슨 짓을 할지 알 수 없었다. 무지가 두려웠다. 두려워서, 괜히 갑자기 화를 내고 싶었다. 김수철, 너 내가 크린토피아에 신고한다. 그는 자수하겠다고 했다. 그는 갑자기 입간판을 들고 문 밖으로 나가려고 했다. 시발, 갑자기 어디 가. 그는 크린토피아에 자수하러 간다고 했다.**wma**

예수님이니, 마츠다 류헤이니, 뭐니, 이제 다 그만두기로 했다. 나는 사는 게 지루하다 못해, 지긋지긋해졌다. 지난 몇십 년 동안 하루 세끼씩, 3만 끼가 넘는 밥을 먹고 살아온 걸 생각하고 있자면, 밥 먹는 것도 지긋지긋하게 느껴졌다. 변화를 주고 싶었다. 머리를 짧게 잘랐다. 요즘은 병지 컷 뭐 그런 게 유행이라고 했다. 1998년 월드컵에서 김병지는 골대로 날아오는 축구공을 보며, 이미 먼 미래를 본 거야. 그 사람이야말로 우리에게 필요한 선구자야. 미용실 바닥에는 까만 머리카락들이 서로 엉켜 뒹굴고 있었다. 내 옆에 있던 수철이는 네가 다시 군대로 가버릴 것만 같아,라고 내게 말했는데, 생각해보니, 입대 전 내가 머리를 자를 때에도 그가 내 옆에 있었다. 그런 끔찍한 소리 하지 말고 좋은 말 해줘. 할 말 없는데. 그냥 지금 할 수 있는 말을 해. 그는 잠시 망설이더니, 내 방에 크린토피아 입간판 대신 너를 세워놓고 싶다고 말했다. 이 시발새끼야, 아무런 말도 하지 마. (**지원하지 않는 오디오 코덱**)

그는 미용실을 나오면서, 어른이 되면 자기 인생이 용수철처럼 하늘로 튀어 오를 줄 알았다고 했다. 나는 그게 무슨 재미도 없고 의미도 없는 헛소리냐고, 닥치라고 했는데, 그는 닥치지 않고 이어 말했다. 용수철이 늘어졌다고. 자기는 탄력을 잃고 영원히 고시원에서 늘어져갈 것이라고 했다. 그 말을 들으니 재미는 없어도 의미는 있는 말인 것 같았다. 나는 그에게 네 인생이 하늘로 튀어 오르지 못한 이유는 네가 용수철이 아니라 김수철이기 때문이라고 말하며 그에게 용기를 주려고 했는데, 그 말을 들은 그는 그 말이 아주 재미도 없고 의미도 없는 말이라며, 너한테 그런 소리나 듣자고 평생 동안 김수철로 살아온 게 아니라고 했다. 너한테 그런 소리를 들을 바에 개명을 하는 게 나을 거라고 했다**.mp3**

나 사실 에어팟 샀다. 그는 내게 실망이라고 했다. 이어폰이 멀쩡하게 있는데 왜 에어팟을 샀냐고 했다. 쓸데없는 데 돈을 썼네. 나는 원래 사람은 누구나 항상 쓸데없는 데 돈을 쓰는 거 아니냐고, 만약 쓸데없이 돈을 쓰지 않는 방법을 알고 있다면 제발 나에게 알려달라고 했다. 그는 그나마 먹는 데 돈 쓰는 게 현명하지 않냐고 했고, 나는 지금 돈이 똥이 되는 과정에 대해 말하는 거냐고 되물었다. 그렇게 되묻고 나니, 배가 고팠다. 배가 고프다고 했다. 정말이지, 나는 말하는 데 온 힘을 다 써서, 배가 고팠다. 그도 배가 고프다고 했다**.wma**

나는 이제 더 이상 시디플레이어로는 음악을 듣지 않았고, 모타운 음악에도 관심이 없었다. 이제 정말 모든 게 끝난 것 같았다. 하지만 레코드 가게에서 샀던 음반들은 여전히 방 한구석에 쌓여 있었다. 여전히. 여전히, 나는 노량진에 있었다. 여전히, 좋지 않았다. 여전히. 그건 좋지 않았다. 나는 쇼핑백 안에 음반들을 차곡차곡 채워 넣었다. 그가 선물해줬던

스티비 원더의 음반도 함께 넣었다.mp3

Boombox

사장님 말에 따르면, 붐박스의 탄생은 젊은 흑인들을 광장에 모이게 만들었다고 했다. 붐박스를 여기저기 들고 다니며 도시에 소음을 일으키는 것이 그들의 할 일이었다고 했다. 비트에 맞춰 시끄럽게 떠들고, 떠들고, 떠들고, 계속 떠드는 것이 그들의 할 일이었다고 했다. 거리를 시끄럽게 만들고 어수선하게 만들며, 모든 흑인을 문제아로 낙인찍는 사람들을 골탕 먹였다고 했다. 걔네는 멀쩡하게 돌아가는 엘피판도 앞뒤로 움직여서, 일부러 잡음을 만들었다고 했다. 그게 바로 지금의 스크래칭이며, 그게 바로 그들의 분노와 슬픔이라고 했다. 그리고 고백하길, 사실 자기는 디제이가 되는 것이 꿈이었다고 했다.

Walkman

골목. 간판 불. 하나, 둘, 셋. 불빛들. 상점들로 빼곡한 거리. 간판들. 미용실. 카페와 카페. 카페 창문 너머로, 보이는 사람. 찻잔. 책을 읽는 사람. 길가에 버려진 쓰레기 더미. 빈

티지 옷 가게. 편의점에서 담배를 사서 나오는 사람과 개를 산책시키는 사람. 코커스패니얼. 이자카야. 메로구이와 사케. 멜론 차트. 크리스마스 캐럴과 힙합과 발라드가 뒤섞여 들려온다. 나는 그 거리를 계속 걸었고, 걷다가, 카페 창문에 비친 나를 보았다. 스타일. 너무 많은 게 변했다. 같은 거리를 걸어도, 매일 무언가 조금씩 달라졌다. 노란 간판. 검은 글씨. 나는 그곳을 찾으려고 노력했다. 더 레코드. 예전에 이 골목에 있는 가게라고는 그곳 하나뿐이었는데. 너무 많은 게 변했다. 기억만으로 무언가를 찾는 게 불가능하다고 느껴질 정도로.

카세트테이프

A 문을 열자, 종소리가 들렸다. 실버 벨. 트럼펫, 색소폰. 마룻바닥. 등유 난로 냄새. 물이 끓는 주전자. 사장님의 털모자. 카운터 위에 늘어놓은 귤껍질. 귤의 냄새. 쳇 베이커와 스탄 게츠. 윈터 원더랜드. 사장님의 익숙한 목소리. 오랜만이네. 너 머리 잘랐구나. 잘 어울리네. 네, 잘랐어요. 여기 되게 많이 변했네요. 오는 길에 보니까, 뭐가 많이 생겼어요. 사장님은 그렇지 않아도 골목에 뭐가 많이 생겨서 땅값이 무진장 비싸져서 집세만 오르고 쫓겨나기 직전이라고 말

했다. 김광석, 아이유, 빛과 소금, 비틀즈, 산울림, 라디오헤드. 한쪽에는 카세트테이프들이 진열되어 있었고, 그것들은 아직 포장지가 벗겨지지 않은 새것들이었다. 아, 이것 좀 봐봐. 어스 윈드 앤드 파이어, 야마시타 타츠로, 핑크 플로이드, 드렁큰 타이거. 사장님은 카세트테이프를 새로 들여왔다며 내게 자랑했다. 요즘은 이런 것도 파세요? 그럼, 다 파는 거지. 요즘은 사람들이 이런 걸 찾더라. 앞으로 사람들이 더 많이 찾을 것 같아. 나는 진열된 카세트테이프를 한참 동안 바라보았다. 어쩐지 과거와 현재와 미래가 뒤섞이고 있는 것 같았다. 사장님, 저는 이거 팔러 왔어요. 나는 쇼핑백을 카운터 위에 올려놨다. 중고 음반을 중고로 팔면 다시 중고 음반이 되는 건가요. 내가 묻자, 한번 중고는 영원한 중고라고 사장님이 답했다. 사장님은 미안하지만 돈은 챙겨줄 수 없다고 했고, 나는 괜찮다고, 돈이 필요해서 음반을 파는 것이 아니라, 단지 집 청소를 하고 싶었던 것뿐이라고 했다. 사장님은 고개를 끄덕였고, 그 마음 자기도 잘 안다고 했다. 나도 원래는 내가 어릴 때 모은 음반 다 팔아치우려고 이 가게 시작했거든. 중학생 때 처음으로 N.W.A.의 음악 듣고 음반을 모으기 시작해서, 고등학생이 되었을 때는 이미 걷잡을 수 없게 되었어. 진짜 내가 가진 모든 걸 다 털었다고. 처음에는 힙합만 모았는데, 어느새 로큰롤을 지나서 모타운을 지나서 뉴올

리언스재즈까지 가버렸어. 그의 표현에 따르면, '돌아올 수 없는 강을 건넜다'라고 했다. 그는 너무 멀리 가버린 사람이었다. 사장님이 말하는 동안, 나는 가게 안을 천천히 훑어보았다. 그곳에는 수많은 음반들로 가득했는데, 그것들은 시대와 장르별로 정리되어질 수 없었다. 그곳에서 원하는 걸 찾으려면, 순전히 우연에 기댈 수밖에 없었고, 그럴 수밖에 없었지만, 그곳에서 원하는 걸 찾다 보면, 뜻밖의 행운이 있을 수도 있었다. 행운이 없다면, 다음 기회에. 모든 것이 블루스에서 시작되었던 거야. 블루. 푸르른 것들. 그럼, 사장님은 끝에서 시작으로 가셨네요. 거꾸로 가셨네요. 사장님은 고개를 끄덕이며, 자기가 어릴 때부터 청개구리 기질이 있었다고 했다. 나 어릴 때부터 진짜 말 안 들었거든. 사실 나는 사장님에게 하고 싶은 말이 있었고, 말 안 듣는 사장님이지만, 내 말은 들어주길 바랐다. 저기요, 사장님. 사실 저 턴테이블이 없어서 이 음반 들어본 적 없어요. 나는 쇼핑백 안에서 스티비 원더의 음반을 꺼내어, 사장님에게 건넸다. 『In Square Circle』의 보라색 케이스. 마지막으로 들어보고 싶어요. 사장님은 엘피판을 턴테이블 위에 올렸다. 텐테이블, 돌기 시작. 음악 흐르고, 아, 전주, 시작. 아, 단박에, 아, 나는 알 수 있었다. 계속. 음악 흐르고, 나는 흐르는 음악을 익숙하게 흥얼거릴 수 있었다. 언젠가 들어본 적 있는 음악이었다.

Auto-reverse 어릴 적 일이다. 나는 카세트테이프의 릴 테이프를 밖으로 다 뽑아버린 적이 있다. 테이프 망가뜨리고, 테이프 망가지면, 카세트테이프 구멍에 검지를 끼워 천천히 돌린 적이 있다. 릴 테이프 밖에서 안으로. 릴 테이프를 끝까지 말아 넣으면, 카세트테이프는 새것처럼 말끔해졌고, 새것처럼 말끔해지면, 나는 또다시 릴 테이프를 밖으로, 밖으로, 밖으로. 그렇게 하는 이유는 딱히 없었으나, 계속 그렇게 하다 보면 재미있고 재미있는데 아무런 의미 없고 아무런 의미 없는데 재미있어서 좋았다. 나는 릴 테이프를 뽑아버리다가 아버지에게 들킨 적이 있고, 아버지는 내 등짝을 때리는 대신 내게 카세트플레이어 사용법을 알려주신 적이 있다. 아버지, 카세트플레이어 안에 카세트테이프를 넣고 재생 버튼을 누름. 재생 버튼을 누르는 순간, 카세트플레이어 스피커에서 흘러나오는 경쾌한 리듬. 그 후 나는 집에서 혼자 카세트테이프를 들었다. 들었고, 들으면 들을수록, 테이프 늘어지고 늘어지면 소리도 늘어져서, 음악은 전혀 다른 음악이 되어가고, 되어가다가, 되어갔다.

B 엘피판이 끝까지 돌아갈 때까지 나는 소파에 앉아 있었다. 음악이 끝나고 나서도 내가 소파에서 일어서지 않자, 사장님은 한 번 더 듣고 가겠냐고 물었다. 음악은 언제든 반복

될 수 있었다. 다시, 또다시. 하지만 나는 더 이상 반복하지 않겠다고 말했다.

(Stereo)

아, 여의도불꽃축제 생각난다. 여의도불꽃축제 가본 것처럼 말하네. 그래도 우리 불꽃 보긴 봤잖아. 그날 노량진 사람들 죄다 다 거리로 나와 있었던 거 생각나? 죄다 거리에 서서, 강 건너 여의도를 바라보고 있었잖아. 시험 공부 하느라 여의도까지 가지도 못하면서, 다들 불꽃은 보겠다고 거기에 그러고 있었지. 그때 다들 행복해 보였다고 시발. 미친 새끼 왜 갑자기 욕을 해. 그래서 네가 안 되는 거야. 안 되는 데는 다 이유가 있다. 사람 인생 안 풀리는 데는 다 이유가 있다고. 그런 게 어딨어, 시발. 어어, 저 새끼 신호 위반했다. 딱지 긁어야 되는데. 너나 잘해. 너 지금 노량진이랑 하나도 안 어울리거든. 그거 칭찬이냐? 아니, 욕이야. 뭐 예전에도 그랬지만, 너는 늘 공부할 생각이 없어 보여. 오, 맞아. 나는 단 한 번도 네가 공부하는 새끼라고 생각해본 적 없어. 오, 맞아. 너 그걸 어떻게 알았냐? 딱 보면 알지, 너는 그냥 홍대병 걸린 노량진 인간일 뿐이야. 오, 천재인데? 그런데 나는 왜 합격 못 할까. 천재라서. 그거 욕이냐? 반어법이냐? 아니, 진심이야. 네 말은 도무지 믿을 수가 없다. 너 진짜 내 말 못 알아듣냐. 너는 국어를 유튜브로 배웠나 봐? 왜 이렇게 말을 못 알아듣지? 안 그래도 나 요즘 수업 유튜브로 듣는다. 안 그래도 요즘 다들 그것 때문에 노량진을 떠난다고 하더라. 수업은 유튜브로 들으면 되니까. 그래서 나도 유튜브 방송 하려고. 야, 그만둬. 시작도 안 했는데 뭘 그만두래. 그럼, 꿈깨. 으휴, 너는 내 빅 픽처를 모르는구나. 내 꿈은 꿈을 이루지 않는 거야. 말 같지도 않은 소리 그만해라. 말 같지도 않은 소리 아직 시작도 안 했는데, 뭘 자꾸 그만두래. 그럼, 꿈깨. 사실 진짜 내 꿈은 말 같지도 않은 소리를 계속하는 거야. 너 몰랐냐. 내가 그걸 왜 알아야 되냐. 너 그렇게 자꾸 헛소리할 거면 말하는 거 처음부터 다시 배워라. 아니, 그냥 다시 태어나. 와, 어떻게 그렇게 심한 말을 할 수 있지. 이거 친구 새끼 맞나. 맞지. 너는 다시 시작할 수 있다면 뭘 하고 싶은데. 다시 시작하지 않는 거. 안 돼, 꼭 다시 시작해야 돼. 꼭 다시 시작해야 되냐? 응. 아, 존나 귀찮게 하네. 그럼 나는 똑같이 살 거야. 진심? 응, 진심. 또 너를 만나 이런 쓸모없는 말들이나 주절거리면서 내 청춘을 모조리 탕진할 거야. 오, 새끼. 나 좀 감동받았다.

Streaming App

PLAY 레코드 가게에 처분한 음반을 다시 살 수 있을까. **—생각하며, 나는 가고 있다.—** 크리스마스 시즌. 홍대 거리. 매장 스피커. 울리고, 사람들 몰린다. 거리에서 기리보이의 음원이 팔리고 있다. 홍대 거리에는 기리보이를 닮고 싶어 기리보이 옷을 따라 입은 기리보이들이 있다. 나는 한 명의 기리보이를 지나치며, 언제부터 힙합이 인기였는지 떠올려보고, 두 명의 기리보이 지나치면서, 언제부터 힙합이 인기였는지 잘 모르겠다고 생각하고, 열 명의 기리보이 지나칠 때, 문학은 언젠가 힙합이 될 거라던 그의 말을 떠올리고, 떠올릴 때, 수십 명의 기리보이 한꺼번에 나를 스쳐 지나간다. 나를 스치는 생각. 블루스. 모든 것은 블루스에서 시작되었다. 블루스의 미래는 재즈, 재즈에 힘껏 스윙을 가하면 스윙재즈, 이건 말장난 아니고, 진지하게, 스윙재즈의 미래는 리듬 앤 블루스, 리듬 앤 블루스는 모타운, 모타운의 미래는 모타운을 나간 마이클 잭슨, 마이클 잭슨은 팝의 황제, 팝의 미래는 힙합, 동부 힙합 투팍, 중부 힙합 에미넴과 카니예 웨스트, 웨스트 코스트 닥터 드레, 남부 힙합 빅크릿. 퓰리처상 수상자 켄드릭 라마. 쓸데없는 생각. 의식의 흐름대로 이어가며, 아, 그런데 내가 무슨 생각을 하고 있었더라. 분명 기리보이들을 지나치고 있었는데. 지나치고 있었잖아. 수백 명의 기리보이 모조리 지나치고, 길이 보이면, 내가 가야 할 길이 보인다. 너무 많은 사람들이 내 앞을 가로지르며 걸어간다. 걸어가고 있다. 그들은 각자 갈 길을 갈 뿐인데, 그들이 내 앞을 막는 것만 같고, 나 또한 그런 식으로 누군가의 앞을 막아서는 방식으로 걸어가겠지. **— 생각을 멈추며, 나는 가고 있다. —** 귀에 다시 에어팟을 꽂는다. 모타운 사운드. 나는 지금 당장 마빈 게이를 듣거나 코모도스, 혹은 템테이션스를 들을 수도 있었고, 계속해서 스티비 원더를 들을 수도 있었지만, 더 이상 그렇지 않을 수도 있었다. 원한다면 지금 당장 기리보이도 들을 수 있다. 시디, 엘피판, 카세트테이프 없이도, 나는 얼마든지 그럴 수 있었다. 아무것도 가지지 않는 방식으로 모든 걸 가질 수도 있었다. **—다시 생각을 이어가며.**

PAUSE 어느새 골목에 빼곡하게 들어선 상점들. 이제 이 골목에서 간판 불이 꺼진 가게는 레코드 가게뿐이다. 더 레코드. 꺼진 불. 잠긴 문. 그리고 문 앞에 붙은 종이 한 장.

영업을 종료합니다.
그동안 '더 레코드'를 사랑해주신 손님 여러분
감사드립니다.

에어팟을 뺀다. 언제부턴가부터 아무도 카세트테이프로 음악을 듣지 않았던 것처럼, 이제 더 이상 아무도 시디나 엘피판으로는 음악을 듣지 않겠지.**―그는 들으라고 사준 게 아니라고 말했다. 그럼 이걸 왜 사주는 거야?―** 그 순간, 나는 내 인생에서 가장 결정적인 순간에 도달한 것만 같은 기분에 휩싸인다. 영화로 치면 클라이맥스였고, 내 소원대로라면 그가 오줌이 마려운 그런 부분이다. 결정적인 순간. 그 순간. 갑자기 크리스마스의 악당 그린치°가 떠오른다. 그린치는 어떻게 크리스마스를 훔쳤는가!°° 어쩌다가 이렇게 되어버린 걸까. 아무래도 나 같은 놈은 안 될 것 같다. 나는 결정적인 부분에서마저 쓸데없는 생각을 하고, 지쳐버린다. 돌아버린다. 돌아버릴 것만 같다. 돌이켜 생각한다. 생각했고, 돌이켜 생각해도 돌이킬 수 있는 건 아무것도 없었다. 아무것도 없다. 없다. 나는 이제 그곳에 아무것도 없다는 것을 알면서도 계속해서 그 안을 들여다본다. 들여다보고 있다. 있지만, 없다. 텅 비어 없다. 이제 그곳에는 시디도 엘피판도 없는데, 아무것도 없는데. 있다. 아무것도 없는데, 소리는 계속되고 있다. 안녕. 메리 크리스마스. 거리를 걷고 있는 사람들의 목

° Grinch. 피로감. 흥을 깨기, 흥이 모조리 다 깨진다는 의미.
°° 척 존스, 「그린치는 어떻게 크리스마스를 훔쳤는가!」, 1966.

소리. 들려온다. 계속 들려온다. 캐럴. 재즈. 힙합. 팝. 말. 한꺼번에. 너무 많이. 너무 많은 말들이 한꺼번에 들려와서, 나는 그들이 대체 무슨 말들을 하고 있는 건지 알 수 없고, 알 수 없지만, 알 수 없기에 그들이 하는 말들을 이해할 수도 있을 것 같다. 수철이는 어른이 되면 자기 인생이 용수철처럼 하늘로 튀어 오를 줄 알았다고 했다. 미도리는 악보에 영원히 표시될 수 없는 음을 연주하고 싶다고 했다. 사장님은 자신의 모든 걸 다 털어서 음반을 모았다고 했다. 모든 걸 다 털어, 모든 걸 다 바쳐. 사람들 계속 말하고. 콜 앤드 리스폰스. 이어지고 있다. 미도리. 목소리. 소음. 잡음. 나는 무언가 잡으려고 하는 듯, 주먹을 꽉 쥔다. 손에 잡히는 건 에어팟이 전부고, 고작 그게 전부라서, 이건 자랑할 것도 아니라는 생각이 든다. 시발. 나는 주먹을 꽉 쥔 채, 발걸음을 돌리고 있다.

그룹사운드 전집에서 삭제된 곡

살기 전에는 살지 않았다. 태어나지 않았다. 태어나기 전으로 돌아간다면, 돌아갈 수만 있다면, 그럴 수만 있다면. 그런 생각들을 나열하는 밤. 이런 생각들을 나열하다 보면, 내 생각은 이생을 넘어 전생에 닿을 수도 있을 것만 같았다.

너 전생 같은 거 믿어?

내가 물었고, 내가 묻기 전에 우리는 침대에 나란히 누워 각자 다른 생각을 하고 있었다. 너는 무슨 생각을 하고 있었는지 모르겠지만. 나는 전생을 믿든 그렇지 않든, 한 번쯤 전생 체험을 해보는 건 재미있는 일이라는 생각이 들었고, 이렇게 생각난 김에 당장 전생 체험을 해봐도 좋을 것 같았다.

유튜브로 전생 체험을 할 수 있다고 하던데. 나는 말했고, 너는 전생 같은 게 어디 있냐고, 그런 건 믿지 않는다고 말했지만. 그런데 유튜브에 정말 그런 게 있냐고, 내게 물었다. 결국 우리는 전생이 있든 없든, 우리가 지금껏 체험해보지 못한 세상을 체험해보는 건 즐거운 일이라는 결론에 이르러, 함께 전생 체험을 해보기로 했다. 우리는 몸을 펴고 바로 누워 함께 눈을 감고.

자, 이제 눈꺼풀이 무거워지면서
몸과 마음이 편안해집니다.
끝없이 펼쳐진 대지를 상상해보세요.
그곳을 한 발 한 발 걸어갑니다.

유튜버의 말에 따라 걷기 시작했다. 각자 다른 길을 걷고 있었을 테지만, 그래도 걷다가, 걷다가, 걸어가다가, 한 번쯤 우연히 만나도 좋을 거라고 생각했다. 함께 걸어도 좋을 것 같다고. 걷다가, 걷다가, 걸어가다가, 이제 우리는 이 생에서 전생으로 진입한다. 열부터 하나까지 세어봅니다. 열, 아홉, 여덟 [……] 어쩌면 우리는 전생에서 또 만날 것이다.

*

우리는 종종 만났다. 종종 만나기 전에 우리는 자주 만났다. 좋았다. 너는 산책을 좋아했고, 하천을 따라 걷다가 물속을 배회하는 물고기를 보게 되는 우연을 좋아했다. 너는 산책을 나온 개들과 길에 사는 고양이들을 좋아했고, 그들도 너를 좋아했다. 나한테서 개냄새 나나 봐. 고양이가 또 나를 찾아왔네. 너는 그들에게 인기가 있었고, 나는 그들과 대화를 나눠본 적 없었지만, 그들의 마음을 알 것 같았다. 너는 자주 소리 없이 웃고, 나는 너의 미소가 좋았다.

*

「젊은 미소」. 아빠가 좋아하는 곡이었다. 엄마 말에 따르면, 아빠는 음악을 좋아하는 사람이었으나, 노래를 즐겨 부르진 않았다고 했다. 노래방에 가면 자기가 좋아하는 노래 딱 한 곡만 불렀어. 늘 노래를 부르고 싶어 하는 것 같았는데, 노래방에서는 노래를 안 하더라. 내가 안 보는 줄 알고 집에서 혼자 흥얼거린 적도 많았다고. 어쨌든 수줍음이 많은 사람이었어. 웃을 때는 옷소매로 얼굴을 가리거나 고개를 숙이는, 그런 사람이었어. 엄마는 아빠와 함께 산 지 한참이 지나서야 아빠가 깔깔 소리 내어 웃는 걸 봤다고 했다. 텔레비전 보다가 혼자 웃더라고. 나랑 대화할 때는 한 번도 그렇게 크게 웃은 적 없어. 엄마는 그때 아빠가 참 별난 인간이라는 생각이 들어 웃기지도 않았다고 했다. 엄마는 이제 아빠에 대한 기억을 떠올리고 싶지 않다고 했지만. 그래도 가끔 네 아빠가 수줍게 웃던 게 생각나. 엄마는 아빠가 죽은 후, 아빠 얼굴은 희미하게나마 기억나지만, 목소리는 도무지 기억해 낼 수 없다고 했다.

*

젊음아 퍼져라.
내 꿈 다시 피어나면.
너와 나의 영원한 젊은 미소.○

*

유튜브를 떠돌다 보면, 떠돌다가 너무 멀리 왔다는 생각이

○ 이영 작사 · 심영섭 작곡, 건아들, 「젊은 미소」, 1980년 TBC 젊은이의 가요제.

들었다. 분명 나는 방금 전까지 1990년대 양준일 영상을 보고 있었는데, 어쩌다가 1980년대 TBC 가요제 영상을 보고 있는 건지. 뉴트로니 뭐니 해서, 유튜브에는 유물들이 쌓여 있었다. 노다지. 강변가요제. 노다지. 젊은이의 가요제. 노다지. 해변가요제. 노다지. 그 시절 젊은이라면, 모두 가요제에 몰려들었던 것 같았다. 그 시절 영상 속에서 노래를 부르는 사람들은 모두가 젊고 모두 다 젊어서 행복해 보였다. 내가 살아보지 못한 그 시간 속에서 나의 부모는 만났을 것이다.

*

우리는 만난다. 종로 피카디리에서 만난다. 너의 부모님이 30년 전 처음으로 데이트를 했다는, 그곳에서 우리는 만난다. 만나서 조금 걷는다. 너는 이제 일을 하고 있고, 아직 일이 익숙하지 않지만 그래도 일하지 않을 때보다는 일을 하는 지금이 더 좋다고 말한다. 나도 이제 막 일을 시작했다. 너의 부모님은 이제 곧 퇴직을 해서 더 이상 일을 못 하게 되었는데, 계속 일을 하고 싶어 하신다. 이제 겨우 내가 취업하니까, 이제는 부모님 취업을 고민해야 하는 상황이야. 부모님은 대출 받아서 카페를 차리고 싶어 하는데, 이걸 어떻게 하지. 장사가 쉬운 게 아니잖아. 그런데 그 일을 안 하면 뭘 하라고 해야 할지 잘 모르겠어. 나는 하지 말라고 말할 수 있을 뿐이고. 이제 부모님이 뭘 할 수 있는지, 해야 하는지, 나는 말해드릴 수가 없어. 부모님은 의욕에 넘치는데, 나는 왜 매사에 이렇게 의욕이 없을까. 나 하나도 감당하기 힘든데. 한 번 실패하면, 한 번 실수하면, 모든 게 무너져 내릴 것 같아. 되돌릴 수 없을 정도로 인생이 망가질까 봐. 너는 여기까지 말하고, 잠깐 쉰다. 내 얼굴을 본다. 나는 되돌릴 수 없을 정도로 무너져 내렸던 것들에 대해 생각한다. 내가 창업은 절대 하지 말라고 하니까, 우리 아빠가 그러더라. 자기 아직 젊다고. 그럼 또 내가 할 말이 없지. 하여튼 창업은 창조보다 어려운 거야. 너는 오늘따라 말을 길게 하고. 우리는 계속 걷는다. 걷다 보면, 청계천이 나올 것이고 우리는 청계천을 따라 걸을 수도 있을 것이다.

*

뇌를 꺼내서 냇물에 씻어버리고 싶어. 동네 아주머니가 우리 엄마에게 말하고, 그 말에 엄마가 웃는다. 모든 기억을 다 지우고 싶어. 그 말에 엄마가 또 웃는다. 아주머니는 자기가 왜 이 고생을 하고 사는지, 이럴 줄 알았다면 결혼 같은 건 애초에 하지 않았을 거라고 말한다. 아주머니가 슬픈 건지,

화가 난 건지. 나는 모르겠다. 엄마는 웃으며, 자기는 종종 저녁 식사를 준비하며 파를 썰다가 식칼로 가슴팍을 찍고 싶을 때가 있다고 말한다. 나는 초등학교에 다니고 있었다.

*

너 초등학교 보낼 때, 얼마나 감동적이었는지 몰라. 조만한 게 자기 몸뚱이보다 큰 가방을 메고 낑낑거리면서. 학교 정문 앞에서 네가 엄마 손을 놓으면서 했던 말 기억나니. 여기서부터는 자기 혼자 갈 수 있대. 애기가 어떻게 그런 말을 할 수 있지. 아주 똑똑해가지고. 어릴 때부터 눈빛이 반짝거렸다고. 눈에 총기가 있다고 하잖아. 나는 말했다. 나 원래 똑똑하잖아. 나도 내가 참 똑똑하다고 느낄 때가 많아. 엄마는 내가 자기를 닮아서 똑똑하다고 했다가, 아빠는 똑똑하지 않다고 말하다가, 혼자 화가 나서 아빠를 욕하다가, 말해봤자 달라질 거 하나 없는 이야기, 그러니까 왜 바보같이 그 인간하고 결혼을 했을까, 왜 그러고 살았을까, 그런 말들을 나열했다. 에이, 그래도 너를 낳았으니까 됐어. 네 아빠를 못 만났다면 너를 못 만났지. 엄마는 바보 같은 소리를 했다. 내가 말을 배울 무렵이었던가. 엄마는 늘 식탁 의자에 앉아서 울고 있었다. 반쯤 넋이 나간 사람처럼, 또는 더 이상 살고 싶지 않은 사람처럼, 그렇게 거기 앉아 있었다. 나는 엄마를 위로할 만한 말을 하고 싶었고, 그런 말을 하기 위해서는 말을 배워야 했다. 좋은 말. 나는 엄마에게 다가가 작은 손으로 엄마의 손을 잡으며 말했다. 남자를 바꿔. 그날 이후, 엄마는 자기가 천재를 낳았다는 생각으로 평생을 살았다.

*

내가 바보였다. 입사만 하면 모든 게 해결될 줄 알았다. 막상 일을 시작해보니, 내가 회사에서 하는 일은 내가 생각했던 그 일이 아니었다. 그러나 내가 생각했던 그 일이든 아니든, 입사 지원서를 넣었을 것이다. 일을 따질 형편도 아니었다. 일을 배워야 하는 건 맞지만, 이렇게 온통 모르는 것들뿐이라니. 하나부터 열까지 배워야 할 것투성이였다. 오늘 하루도 무사하길 바라는 마음으로 출근했다가, 도대체 지금까지 뭘 배운 거지, 할 줄 아는 게 아무것도 없다고 자책하며 퇴근하는 날이 반복되었다. 그 무렵, 나는 엄마와 자주 다투게 되었는데, 엄마가 갑자기 음악을 배우고 싶다고 한 것이 화근이었다. 엄마는 내게 전화를 할 때마다 그 얘기를 꺼냈고, 나는 갑자기 이러는 엄마를 이해하기 힘들었다. 그냥 지내던 대로 지내지 갑자기 왜 이래. 그냥 지낼 만큼 충분히 지냈어. 나는 더 이상 다투고 싶지 않아, 그냥 알겠다고 했다. 그리고 점심시간을 이용해, 엄마가 다닐 만한 대학교를 검색해보았다. 막상 대학교를 찾다 보니, 이왕이면 엄마를 좋은 대학교에 보내고 싶었다. 그러나 이내 등록금에 질려버렸다. 안 되겠다 싶어서 평생교육원을 알아보다가 등록금에 또 질려버렸다. 국립이든 사립이든. 이러나저러나 무언가를 제대로 배우기 위해서는 목돈이 필요했는데, 애써 목돈을 만들어가며 무언가를 배우려고 하는 건 그리 좋은 방법이 아니라는 생각이 들었다. 사짜 새끼들. 갑자기 제도권 교육에 대한 환멸이 치밀어 올랐지만, 그래 봤자 나만 고통스러울 뿐이었다. 나는 엄마에게 전화를 걸어, 서울에서 사는 일이 그리 만만하지 않다고 말하려다가, 요즘 같은 세상에 구태여 대학까지 가서 공부할 필요가 뭐가 있냐고 말했다. 엄마는 그럼 학원이라도 다녀보고 싶다고 했는데, 나는 그 말을 칼같이 잘라버렸다. 사교육은 안 돼. 나도 모르게 그런 말을 뱉어버리고, 이내 민망해졌다. 그 잘난 대학 가겠다고. 부모 돈, 있는 돈 없는 돈 다 털어서 학원에 다녔던 나였다.

*

엄마는 하고 싶은 게 많았다. 한때는 영어를 배우겠다고 영어 학원을 다녔고, 한때는 보디빌더가 되겠다고 헬스장을 다녔고, 한때는 프로골프 선수가 되겠다고 골프장을 다녔고, 그 모든 곳에 어린 나를 데리고 갔다. 엄마가 그 모든 것들을 왜 더 이상 하지 않게 되었는지, 지속적으로 하지 않았는지, 알 수 없었지만, 어쨌든 어느 시점이 되면 엄마는 모든 것을 그만두었다. 나는 엄마가 끈기 없는 사람이라고 생각했다. 엄마 말에 따르면, 자기는 조금만 해도 웬만하면 남보다 잘해서 금방 흥미가 떨어진다고 했다. 그러다가, 아빠가 초를 쳐서 그런 거라고 했다. 그러다가 아빠가 자기를 무시해서 그런 거라고 했다. 개뿔. 잘난 것도 없으면서 나를 무시했어. 결혼하기 전에는 그런 사람인 줄 몰랐다고. 내 말은 듣지도 않아. 들어주지도 않는다고. 그러다가 갑자기 자기 탓을 했다. 나한테 미안하다고 했다.

*

엄마는 엄마 되기 전에 엄마가 아니었다. 엄마는 김미경이었다. 그는 스물아홉 살에 딸을 낳았고, 딸을 낳기 전에는 아들을 낳을 줄 알았다. 그는 스물일곱 살에 결혼을 한다. 결혼하기 전에는 결혼하지 않았고, 결혼하게 될 줄 몰랐다. 그는 스무 살에 대학 캠퍼스에서 정명일을 만난다. 정명일은 음악

동아리 회장으로, 친구들과 함께 대학가요제에 나갈 준비를 하고 있었다. 그렇다고 노래를 하거나 기타를 치거나 드럼을 쳤던 건 아니었고, 그는 밴드의 공연을 기획하고 군기를 잡으며 팀을 이끄는 일을 했다. 그러니까 프로듀서 역할을 하고 있던 것인데, 김미경은 평소에 수줍음이 많던 정명일이 밴드를 진두지휘하는 모습을 보고 그에게 호감을 느낀다. 옷을 잘 입고, 친구들 누구에게나 밥을 잘 사던, 언제나 주변에 친구가 많은 사람. 건아들과 활주로의 음악을 좋아하고, 마그마에 대해 이야기하던 사람. 모두가 그를 부잣집 아들로 알고 있었다. 정명일이 군대에 입대한 해, 김미경은 돈을 벌기 위해 대학을 자퇴한다. 그는 대학을 떠나며, 마지막으로 대학가 다방에서 커피를 사 마셨다. 그러니까 그는 산울림의 음악이 흐르는 그곳에서 커피를 사 마셨는데, 어쩐지 눈물이 흐를 것 같았고 눈물을 흘리면 궁상맞아 보일 것 같아 커피를 다 마시지도 못한 채 자리에서 일어났다. 그는 다방을 떠나며 생각한다. 자기가 대학에서 한 일이라고는 정명일을 만난 것뿐이라고. 마치 정명일을 만나러 대학에 간 것 같다고. 김미경은 정명일을 만나기 전에는 그를 몰랐고, 그를 만나게 될 줄 몰랐다. 모르고 살았다. 김미경은 어릴 적부터 가수가 되고 싶었다. 가수가 되려고 집을 나갔다가, 첫째 오빠에게 잡혀서 죽도록 맞았다. 죽도록 맞으면서 들었던 말. 천박한 짓 하고 돌아다니지 마라. 죽도록 맞기 전에 그는 단지 노래를 하고 싶었다. 춤을 추고 싶었다. 자유롭고 싶었다.

*

청춘을 다 잃었어. 청춘을 다 잃었다고. 엄마가 그렇게 말할 때마다, 나는 청춘이 그렇게 좋은 건가 싶었다. 도대체 청춘이 뭐라고. 뭘 할 수 있다고. 엄마는 자신의 젊은 날을 그려보면, 머릿속에 정명일밖에 없다고 했다. 나는 나의 젊은 날, 그러니까 지난 이십대를 그려보면, 머릿속에 남는 건 대학과 휴학과 아르바이트뿐이었다. 어쩌다가 대학을 8년 동안 다녔는지 모르겠지만, 졸업과 함께 남은 건 빚뿐이었고, 이제 내게 남은 일은 더 큰 빚을 지거나 빚을 갚는 일뿐이었다. 그래도 앞으로 내가 죽을 때까지 해야 할 일이 있어서 다행이라는 생각이 들기도 했다. 어차피 사는 동안 아무리 노력해도 돈 같은 건 많이 벌 수도 없을 테니, 이제는 돈 말고 다른 가치를 추구하며 살기 좋다고, 그게 참 다행이라는 생각이 들기도 했다. 젊은이. 요즘 젊은이들은 왜 투쟁을 안 해. 싸우지를 않아. 혁명을 몰라. 요즘 젊은이들은 선언하지 않고, 세상을 뒤집을 생각이 없어. 생각이 없어. 요즘 젊은이들은 낭만이 없고, 도전을 안 해. 젊은이에 대해 이야기하는 사람 중에 젊은 사람은 없었다. 엄마는 청춘을 잃었다고 했지만, 나에게 청춘은 언제 잃어도 그만이었다. 그렇지만 젊음이 그렇게 좋은 거라면, 나도 어디 한번 젊음을 느껴보고 싶었다.

아 활짝 웃으며 젊음을 얘기하자.
아 가슴을 펴고 젊음을 얘기하자.
젊음을 느껴보자.
아 아 아 아 아 아 아.○

*

엄마에게도 엄마가 아닐 수 있었던 마지막 기회가 있었다. 김미경은 스물다섯 살이 되던 해, 하던 일을 때려치우고 무작정 서울로 떠난다. 명동에서 우연히 운동권 학생을 만났고, 종종 커피숍에서 커피를 마시다가 최루탄 소리와 비명 소리를 들었다고 했다. 그 애는 걸핏하면 연락도 없이 사라졌고, 어디 가서 죽었나 보다, 끌려가서 죽었나 보다, 내가 그러고 있으면 갑자기 또 나타나고 그랬지. 그때 정명일이

○ 이응수 작사 · 황은미 작곡, 활주로, 「우리들의 젊음을」, 1979.

서울까지 나를 찾아오지 않았다면. 엄마는 말을 더 이어가지 못하고. 어쨌든 그 촌놈이 서울까지 올라와서 나를 끌고 내려갔어. 그 얌전하던 사람이 나한테 화를 냈어. 돌아오는 버스 안에서 우리는 한마디도 안 했어. 라디오에서 유미리 노래가 나오더라. 내가 그건 잊지도 않아. 유미리 아나. 내 젊음의— 빈 노트엔— 무엇을 그려야 할까—° 이렇게 부르는 건데, 모르나. 엄마 그 노래 잘 부르는데. 가끔 엄마는 내가 태어나기도 전에 있었던 일들에 대해 이야기했다. 나 6월항쟁 때 태어나지도 않았는데. 나 그렇게 아기인데. 내가 말하자, 엄마는 고개를 저었다. 엄마가 너 어릴 때도 많이 불러줬는데, 모르나. 이걸 모르나. 그런데 나는 왜 이렇게 집을 못 나가서 안달이었지. 엄마가 집으로 영영 돌아오지 않았다면, 너는 없었어. 엄마는 어떻게 하다가 자기가 결혼까지 하게 된 건지 기억이 나지 않는다고 했다.

*

그런데 생각해보면, 네 아빠 만나지 않았더라도 나는 어차피 이렇게 되었을 거야. 사실 엄마 사기당한 적도 있어. 서울

° 정호 작사·작곡, 유미리, 「젊음의 노트」, 1986년 MBC 강변가요제.

에 있을 때 음반 기획자를 만났는데, 내 목소리가 참 좋다고 같이 작업을 하면 좋겠다는 거야. 그래서 충무로에 있는 스튜디오에 가서 녹음도 하고 그랬다고. 그런데 어느 날 그 사람이 나를 좋아한다는 거야. 자기가 음반을 왜 내주는지 아냐고 나한테 묻는 거야. 그래서 내가 그랬지. 당연히 제가 목소리가 좋고, 노래를 잘하니까요. 근데 아니었어. 자기랑 안 만나주면 음반도 안 내주겠다는 거야. 할 말을 잃었지. 그날 그는 스튜디오를 나와 정처 없이 걸었다고 했다. 명동까지 걸었는데, 거리는 온통 넥타이를 맨 회사원들과 머리에 띠를 두른 대학생들로 가득했고 그들 모두 한목소리로 호헌철폐 독재타도를 외치고 있었다고. 그 속에서 자기는 대학생도 아니고, 회사원도 아니었다고. 그 어디에도 속하지 못한 채, 그 거리 위에 혼자 버려진 기분이었다고. 갑자기 자신이 너무도 보잘것없이 느껴졌다고. 심장이 미치도록 뛰었는데 그게 분노인지, 부끄러움인지, 슬픔인지 알 수 없었다고 했다. 그때 머리 위로 최루탄이 터졌어. 이쪽으로 오라고 손짓하는 단발머리 학생이 얼핏 보였으나, 이내 연기 속으로 사라졌고. 그는 혼자서 뿌연 연기 속을 헤매다가, 죽기 살기로 그곳을 빠져나왔다고. 죽기 살기로 그곳을 빠져나오는 동안, 생애가 다 지나가버린 것 같았다고. 어느새 폭삭 늙어버린 느낌이었다고. 결국 내가 네 아빠한테 전화했어. 오빠한테 전화하면 또 맞을까 봐.

*

하나, 둘, 셋, 하면 깨어납니다.
하나, 둘, 셋.

눈을 떴을 때, 텅 빈 천장이 보였다. 고개를 돌려보니, 네가 하품을 하고 있었다. 나는 너에게 전생에서 뭘 봤냐고 물었다. 아무것도 안 봤어. 전생에 안 갔거든. 그냥 눈만 감고 있었어. 잠들 뻔했어. 너는 전생에 다녀왔어? 나는 내가 눈을 감고 본 것들에 대해 이야기하려다가, 그냥 한마디만 했다. 끔찍했어.

*

하천을 따라 걷다가, 너는 물속을 배회하는 물고기를 발견했다. 서울에 사는 물고기들은 산소가 부족해도 잘 견디는 아이들이야. 네가 말했고, 네가 말할 때, 물은 한 방향으로 흐르고 있다. 우리는 물이 흐르는 반대 방향으로 걸었고, 걸을 때, 노부부가 우리를 지나쳐갔다. 나이 들어서도 둘이 함께 행복하게 잘 사는 사람들이 있다고 한다. 나는 언젠가 동네에서 만났던 아주머니가 생각났고, 아주머니에게 안부를 묻고 싶었다. 뇌를 꺼내서 냇물에 씻어버리고 싶어. 아주머니의 아저씨는 늘 술에 취해 있었다. 집 안에서 무슨 일이 벌어지는지 알 수 없었다. 알면 안 됐다. 물의 상류에서 하류로, 뇌같이 생긴 것이 떠내려오고 있었다. 떠내려오다가, 떠내려갔다. 사람들이 쓰레기를 너무 아무 데나 버려. 네가 말했다. 우리는 물에 떠밀려가는 쓰레기로부터 멀리, 아주 멀리 떠나려고, 더 걸었다. 함께 걷고 있으니, 부부같이 느껴지기도 했지만. 우리는 오랜 시간을 함께하면서도 결혼 이야기는 단 한 번도 꺼내지 않았다. 우리 둘 중 누군가 결혼 이야기를 꺼냈다면 우리는 결혼했을 수도 있을 것이다. 결혼하지 않았더라도, 결혼에 대해 진지하게 고민해볼 수 있었을 것이다. 고민하지 않더라도, 만약 우리가 결혼을 하게 되면 어떻게 살아갈지, 훗날의 모습을 그려볼 수도 있었을 것이다. 우리 둘 중 누구도 먼저 결혼 이야기를 꺼내지 않길 바라면서. 소망하면서. 결혼을 하지 않더라도, 우리가 함께 행복할 수 있는 곳에 이르길 바라면서, 걷고 있었다.

*

해야 떠라 해야 떠라.

말갛게 해야 솟아라.

고운 해야.

모든 어둠 먹고.

앳된 얼굴 솟아라.○

만약, 엄마가 대학을 계속 다녔다면 엄마는 대학가요제에 나가게 되었을까. 그 시절 젊음의 축제에서 주인공이 될 수 있었을까. 언젠가 사진 속에서 봤던 엄마의 앳된 얼굴. 어쩌면 엄마는 그 얼굴로 무대 위에 올라, 기타를 치고 소리를 내지를 수도 있었을 것이다.

*

노래방을 나오며, 엄마는 내게 물었다. 엄마 노래 괜찮았어? 내가 엄지를 보이며 대답했다. 그럼, 마그마 터졌어. 엄

○ 조하문 작사·작곡, 마그마, 「해야」, 1980년 MBC 대학가요제. 박두진의 시 「해」를 마그마의 보컬 조하문이 개사.

마가 조하문이야. 엄마가 마그마지. 엄마가 건아들이고 엄마가 활주로야. 엄마는 고개를 저으며 도무지 말이 안 통한다고 했다. 너 장난치지 마. 아니, 내가 무슨 장난을 쳐. 진심인데. 그런데 옛날 밴드들은 참 이름도 엄청나다. 세상 다 뒤집어놓을 것 같은 이름이잖아. 실제로 그랬어. 모두 운동권이고 모두 시인이었지. 그리고 엄마는 내게 하고 싶었던 말을 조심스럽게 꺼냈다. 내가 찾아봤는데 서울 가면 그룹 레슨이 있대. 그건 금액도 그렇게 안 비싸. 엄마도 아르바이트 하잖아. 그 정도는 내가 낼 수 있겠더라고. 전화해보니까, 내 또래 사람들도 꽤 있대. 수업해주시는 분도 돈이 없어서 학원은 못 차리고, 일주일에 몇 번씩 연습실 대여해서 수업하는 것 같더라고. 엄마 거기 가서 새로운 친구도 사귀고 그러고 싶은데. 그럼 안 되나. 내가 이기적인 건가. 엄마는 내게 구구절절 설명했다. 엄마가 구구절절 이야기할 만한 이야기는 아니라는 생각이 들었다. 어디서부터 잘못된 걸까. 어디서부터 잘못된 건지 모르겠지만, 지금이라도 되돌릴 수만 있다면 되돌릴 수 있는 모든 걸 되돌리고 싶었다. 엄마, 그런 얘기 다 안 해도 돼. 정말로, 그런 얘기는 다 안 해도 되었다. 엄마가 하고 싶으면 하는 거지. 잘됐네. 엄마 수업 끝나고 나 회사 끝나고, 둘이 만나면 되겠네. 맛있는 것도 먹고 그럼 되겠다. 엄마 얼굴에 미소가 번졌다. 근데 너 그런 옛날 사람들 어떻게 알았니. 나는 유튜브에서 봤다고 했다. 세상 모든 젊음이 그곳에 영원히 봉인되어 있는 것 같아. 내가 한 번도 느껴본 적 없는, 그런.

*

점심시간에 잠깐 나와, 시외터미널에서 엄마를 만났다. 엄마는 젊은 시절에 서울에 산 적이 있어서 서울 지리를 잘 알고 있다고 했지만, 엄마가 그렇게 말하니까 엄마가 더 걱정이 되었다. 서울이 너무 복잡해서. 서울에서 헤매지 않고 잘 다닐 수 있는지. 혹시 길이라도 잃을까 봐. 연습실이 있는 곳까지 함께 가기 위해 지하철을 탔다. 지하철 문 열리고, 닫히고 [……] 다시 열린다. 지하철역을 나오며 내가 말했다.

엄마, 선생님 말 너무 잘 듣지 말고……

시간이 별로 없었다. 지금 다시 지하철을 타고 돌아가야만, 늦지 않게 회사에 도착할 수 있었다. 엄마, 나 회사 바로 들어가봐야 해서 이만 가야 될 것 같아. 내가 초조해하니, 엄마가 얼른 가보라고 했다. 얼른 갈 수가 없었다. 엄마, 엄마. 이 길로 가다가, 저기 맥도날드 앞에서 우측으로 가면 된다.

알겠지? 구글 맵 보고 잘 가봐. 엄마가 인상을 찌푸렸다. 아니, 얘가 왜 이래. 엄마는 자기가 알아서 갈 수 있다고 말하며, 내 손을 놓았다.

가.

엄마는 나에게 가라고 했지만, 나는 역 앞에 서서 갈 수가 없었고. 정작 가는 건 엄마였다. 그는 뒤도 돌아보지 않고 씩씩하게 걸어갔다. 나는 그 모습을 지켜본다. 한 발. 한 발. 그는 내게서 멀어지고. 한 발. 계속 앞으로 걸어간다. 한 발. 걸어간다. 한 발. 그는 내게서 점점 멀어져, 작게 보인다. 작아진다. 작아진다. 점점, 어려진다. 작아진다. 작아진다.

(그)곳에서

3.

집이 없으니 갈 곳이 없었다. 잘 곳도 없었다. 내게는 대책이 없었고, 내일도 없었다. 오늘 밤을 잘 넘긴다고 해도 늘 내일이 문제였다. 내일이 되면 내일을, 내일이 되면 또 내일을, 나는 그렇게 계속 내일을 걱정하게 되겠지. 나는 내일의 일들을 생각하다가, 생각하기를 그만뒀다. 너무 먼 미래는 생각하지 않기로 했다. 그래, 통장에 돈이 몇 푼 있으니 그걸로 당분간 어떻게든 해보자고. 어떻게 할지는 모르겠지만, 어떻게 잘하기로 했다. 어떻게든 가보기로 했다. 줄곧 내린 비로 인해 도로는 젖어 있었고, 나는 웅덩이를 피해 걸어야 했다. 끌고 가야 할 캐리어의 무게를 생각하니, 생각만으로도 지치고 허기가 졌다.

4.

공식만 알면 만사형통이야. 너는 계산을 필요로 하는 토목 수학이나 측량학 수업을 어려움 없이 들었지만, 나는 아니었다. 계산은 계산기가 할 일이지 내가 할 일이 아니라고 생각했다. 너는 토목수학 교재를 펼쳐놓고 끙끙대는 나에게, 수학처럼 쉬운 게 또 없다며, 수학은 공식만 알면 그 어떤 문제든 무한하게 풀어나갈 수 있는 과목이니 이처럼 날로 먹을 수 있는 과목은 날로 먹어줘야 제맛이라고 했다. 나도 날로 먹을 수만 있다면 얼마든지 그러고 싶었다. 아무래도 수학이 나를 싫어하는 것 같아. 나는 교재를 덮었다. 이렇게 공부한다고 될 일이 아니야.

5.

문과에 가면 취직이 잘되지 않는다는 이유로, 부모님은 내가 이과에 진학하길 원하셨다. 나는 내 의지와 상관없이 이과에 진학해 수학 문제를 풀기 시작했는데, 수학 문제를 풀면 풀수록 내가 왜 이런 걸 풀고 있어야 하는지에 대한 의문을 품게 됐고, 그 의문은 곧 내가 왜 이과에 왔는지에 대한 물음으로 전개되다가, 끝내 왜 사는지에 대한 의문에 도달하게끔 했다. 취직을 하려고 사는 건 아니었기 때문이었다.

9.

야, 이거 입고 자라. 너는 옷장을 한참 뒤적이다가 딱히 잠옷으로 입을 만한 바지가 없다며, 입고 있던 바지를 벗어 나에게 던져주었다. 스누피 잠옷 바지. 너와는 어울리지 않는 바지라고 생각했다. 그거 내가 제일 아끼는 거다. 너는 그렇게 말하며 깔깔 웃었고, 나는 네가 아끼는 건데 내가 입어도 되냐고 물었다. 너는 당연히 괜찮다며, 뭘 그런 걸 다 물어보냐고, 너도 참 웃기다고, 더우면 팬티만 입고 돌아다녀도 된다고 했다. 내 집이다, 생각하고 편하게 쉬어. 나는 바지에 두 다리를 끼워 넣었다. 바지에는 너의 체온이 남아 있었다.

2.

나는 학교 근처 고시원 방에서 살게 되었는데, 그 방은 별로 살고 싶지 않은 방이었다. 그 방에는 지금껏 어떤 사람들이 거쳐 갔는지 알 수 없는 낡은 침대 하나가 있었다. 방음이 되지 않는 벽을 사이에 두고 매일같이 낯선 사람들의 기척을 가족의 살갗처럼 느껴야만 하는 그곳에서, 나는 자주 잠을 설쳤다.

6.

기숙사 방바닥에는 옷가지와 잡동사니가 뒹굴고 있었고, 너는 그것들을 대충 발로 밀어서 방을 정리했다. 그 모습을 보고 내가 당황하자, 너는 내게 물었다. 설마 청소 열심히 하는 타입? 타입이라는 말에 나는 다시 당황했다. 청소는 당연히 해야 하는 거잖아. 나는 말했고, 너는 내 말이 근래 들어본 말 중에 가장 충격적인 말이라고 했다. 어차피 며칠 지나면 또 지저분해질 텐데 뭘. 청소해봤자 에너지 낭비, 시간 낭비야. 나는 네 말이 근래 들어본 말 중에 가장 충격적인 말이라고 했다.

8.

나 어릴 때 엄마가 아빠랑 싸워서 울고 있는데 막내가 그 모습을 보고 깔깔 웃는 거야. 그때 막내가 두 살인가 그랬어. 그날 저녁 엄마가 부엌에서 요리를 하는데, 첫째 오빠가 케첩 없이는 계란프라이 안 먹겠다고 투정을 부렸고, 둘째 오빠는 책을 읽는데 안경이 잘 안 보인다며 눈치도 없이 자꾸 자기 하고 싶은 말만 해서 내가 그 안경 부숴버렸잖아. 결국 나는 둘째 오빠 안경을 부쉈다는 이유로 첫째 오빠한테 맞았는데 다음 날 분이 덜 풀린 둘째 오빠한테 또 맞았어. 나도 분이 안 풀렸는데 말이야. 그래서 머리채 잡고 싸웠잖아. 왜 영화에서는 되게 멋있게 싸우잖아. 주먹 퍽퍽 날리고, 발차기하고. 그런 거 없어. 그냥 바닥을 뒹구는 거야. 바닥에 귀가 쓸려서 얼마나 아픈데. 귀 터져 진짜.

7.

한 학기를 버티지 못하고 자퇴하는 애들이 있었다. 그들은 대부분 대학을 오기 위해 대학을 온 애들이었는데, 대학을 오기 위해 대학을 왔더니 대학이 아닌 것 같아서 자퇴했던 것이다. 그들이 꿈꿨던 대학은 꿈속에만 있었다. 자퇴를 하고 싶지만 자퇴를 하지 못하는 애들 중에는 토목공학과를 건축공학과로 오해한 애들도 있었다. 그들은 자신이 살 집을 스스로 짓고 싶어 했다. 하지만 정작 토목공학과에서 배우는 건 측량하기, 뚫기, 쌓기, 보호하기, 연결하기와 같은 것들이었다.

1.

사진을 보는 것만으로도 내 마음을 설레게 만드는 교량들이 있었는데, 특히 스위스의 살지나토벨 교량이 그랬다. 이 교량은 철근콘크리트를 사용하여 만들어진 아치 교량으로, 1930년 로베르 마야르에 의해 만들어졌다. 살지나토 계곡, 곡선, 일직선의 철근 콘크리트. 직선과 곡선, 자연과 구조물. 마치 정교하게 그려진 그림을 보는 것 같았다. 그리고 무엇보다도 구조물의 재료와 형태가 그대로 드러난다는 점. 마감재로 가려지지 않는, 그 앙상하고도 강한 느낌을 주는 구조물이 내 마음을 끌었다. 나도 언젠가 멋진 교량을 만들 수 있을까. 대학을 오기 전에는 해본 적 없는 생각이었다. 알면 알수록 더 좋아지는 것들이 있었고, 나는 그걸 행운이라고 여겼다.

2.

우리는 한 교실 안에 앉아 있었다. 한 교실에 있다가, 한 교실에 없을 것이다. 수업이 끝나면, 모두 돌아갈 것이다. 우리에게는 돌아갈 집이 있었다. 그걸 모르는 사람은 여기에 없었다. 모두 갈 것이다. 모였다가, 흩어졌다. 흩어졌다가, 모였다. 다시 갈 것이다.

6.

너는 수학 문제 풀 때 무슨 생각해? 나는 물었고, 너는 아무런 생각도 안 한다고 했다. 그건 김연아가 스트레칭 할 때 아무런 생각을 안 하는 것과 같은 거라고 했다. 그럼 네가 김연아야? 내가 물었고, 너는 그냥 말이 그렇다는 거라고 했다. 말은 아무것도 아니라고 했다. 너는 계속 수학 문제를 풀었고, 나는 계속 수학 문제를 풀지 않았다. 나는 수학 문제 풀 때, 내가 이걸 왜 풀어야 되나, 그런 생각을 해. 그런 생각을 하다가, 내가 왜 사는지에 대해 생각해. 가끔 나는 세상에서 가장 큰 수를 생각하는데, 생각하면 생각할수록, 그 수는 점점 커지고 너무 커져서 끝내 막연하게 느껴져. 나는 그런 말을 했고, 그런 말을 하는 게 싫었으나, 그런 말을 하는 것보다 수학 문제를 푸는 게 더 싫어서, 그냥 계속 말했다. 너무 큰 수는 그냥 관념처럼 느껴져. 너는 수학 문제를 풀다가, 갑자기 펜을 내려놓더니 내게 말했다. 수는 커지는 게 아니야. 그건 그냥 조합이지. 0과 0과 0과 0과 0과 [……] 0과 0과 0의 조합일 뿐이야. 0, 1, 2, 3, 4, 5, 6, 7, 8, 9를 배열할 뿐이야. 91과 19도 사실은 같은 거야. 9가 먼저냐 1이 먼저냐. 닭이 먼저냐 달걀이 먼저냐. 뭐 그런 거지. 나는 대체 그게 무슨 말이냐고, 그것도 김연아의 스트레칭 같은 거냐고 물었다. 그냥 말이 그렇다는 거지. 말은 아무것도 아니야.

1.

P=NP 인지, P≠NP 인지 증명하시오.°

8.

정희님, 아니, 정희 언니. 아니, 사실 호칭을 어떻게 해야 할지 몰라서 이름을 한 번도 불러본 적 없는 분. 저기요. 그 분을 부를 때는 늘 그렇게 불렀는데, 그분이 불편해서 그랬던 건 아니었다. 동기들은 그분을 누님이라고 불렀고, 잘 따랐다. 그분은 쉰 살이 넘어 토목공학과에 입학했고, 누구보다도 열심히 공부했다. 우연히 학교 앞 카페에서 '그분'을 마주쳤을 때, 그분은 내게 먼저 인사를 건네며 커피를 사주겠다고 했다. 괜찮아요. 아니야, 이럴 때 한잔 얻어먹는 거지. 잠깐 앉아 있다가 가. 카페에서 만나기로 했던 건 아니었지만, 우리는 만나기로 했던 사람처럼 한 테이블에 앉아서 함께 커피를 마셨다. 이따가 아르바이트를 하러 가는데요. 피곤하고 졸려서 커피 마시고 가려고 했어요. 그분은 과제를

° P–NP 문제(P vs NP Problem)는 수학 7대 난제 중 하나. P(Polynomial time problem, 다항시간문제)/NP(Non-deterministic Polynomial time problem, 미정 다항시간문제). 복잡한 문제를 풀 수 있는 간단한 공식이 존재할까?

하고 있었다고 했다. 우리 딸이 동갑이야. 내가 딸이랑 같은 해에 입학했거든. 그 애도 1학년, 나도 1학년. 우리 학교요? 저희 동기 중에 있어요? 그분은 웃으며 고개를 저었다. 아니, 아니. 우리 딸은 학교를 멀리 갔어, 부산.

4.

캐리어를 끌고 무작정 걸어 24시 맥도날드에 도착했다. 그곳에서 메뉴 '행복의 나라'를 사 먹었는데 별로 행복하지 않았다. 배가 불러도 행복하지 않다면, 그 어디에서도 행복을 찾을 수 없는 게 아닐까. 도무지 이 나라에서는 행복을 찾을 수 없을 것 같았다. 나는 햄버거 빵을 씹으며, 휴대폰으로 통장 잔액과 신용카드 한도를 조회했다. 조회하지 말 걸 그랬다. 갑자기 화가 났다. 슬프지도 않았다. 화가 났다. 얼마 되지도 않는 신용카드 한도를 믿었던 내 자신이 싫었다. 미웠다. 내 자신이 싫었다. 싫었다. 싫었다. 반성하지 않을 수 없었다. 내 자신이 싫었다. 싫었다. 미웠다. 미웠다. 나는 언제부터 나를 미워했을까. 어떻게 이렇게 쉽게 나를 미워할 수 있게 된 걸까. 나는 내가 미워할 대상을 잘못 고른 것 같았다.

7.

옛날 사람들 진짜 어떻게 살았지. 지금으로서는 도무지 상상이 안 돼. 전기도 안 들어와서 촛불에 의지해 책을 읽고, 수로도 없어서 냇가에서 빨래를 하고, 터널도 없어서 산 하나를 그대로 넘거나 먼 길을 돌아서 가야 했던 때 말이야. 내가 말하니, 너는 옛날 사람들도 그들만의 생활 방식이 있었을 거라고 했다. 누군가 걸어간 흔적을 따라 천천히 길이 만들어졌을 거고, 구불구불한 길이어도 어쨌든 그건 길이 맞으니까. 무언가 만들고, 세상 참 살기 편해졌다고 생각했을지도 몰라. 누군가는 우물을 만들고 기뻐했을 거야. 우물이 있으니까 '우물 안 개구리'라는 말도 생겨났겠지. 돌다리가 생기니까, '돌다리도 두들겨 보고 건너라'는 말도 생기고 말이야. 어쩌면 삶의 방식이 말을 만들어내는지도 몰라. 토목공학은 사람들의 삶의 방식을 만들고, 삶의 방식은 말을 만들어내는 거야. 갑자기 말하다 보니, 그런 생각이 드네.

3.

너는 여름 내내 검정색 무지 티셔츠를 즐겨 입었다. 너는 검정색 무지 티셔츠를 무지 입어서, 어떤 날에는 이틀째 똑같은 옷을 입고 있는 것인지 똑같은 디자인의 옷을 번갈아가며 입고 있는 것인지, 나를 무지 헷갈리게 했다. 때가 타서 회색빛이 감도는 저 스니커즈는 원래 아이보리색이었을까, 흰색이었을까. 너는 신발을 세탁하지 않는다고 했다. 신발은 신다가 낡으면 버리는 거라고, 세탁을 하는 게 아니라고 했다. 그건 네가 신발을 신는 방식이었다.

5.

혁진이는 잘 웃고 다녔다. 뭐가 그리 즐겁다고 그렇게 웃고 다니는지, 혁진이는 수업 시간에도 늘 항상 웃고 있었다. 누군가는 그 애 관상이 그냥 웃는 상이라고 했고, 누군가는 그 애가 사랑을 많이 받고 커서 그런 거라고 했다. 또 누군가는 그 애처럼 저렇게 매일 웃고 다니는 사람이야말로 마음속에 어둠이 많은 사람이라고 했다. 내가 봤을 때, 혁진이는 그냥 웃는 게 습관인 것 같았다. 너는 혁진이를 볼 때마다 침을 뱉고 싶다고 했다. 웃는 얼굴에 침 못 뱉는다는 말이 참이 아님을 증명하고 싶다고 했다. 나는 너에게 요즘 네가 수학에 너무 심취해 있는 것 같다고, 아무래도 그런 것 같다고, 세상에 증명할 게 얼마나 많은데 뭐 그런 걸 증명하고 싶어 하냐고 말했다. 저 멀리 혁진이가 보였다. 혁진이는 웃으며 우리에게 손을 흔들고 있었다.

9.

동기들 대부분은 내가 집 없이 살고 있다는 사실을 모르고 있었다. 모르는 게 나을지도 몰랐다. 알아봤자 도와줄 수도 없었으니까. 내가 집 없이 살고 있다는 사실을 알고 있었던 몇몇의 동기들은 내게 도움을 주지 못해 미안해했고, 또는 도움을 줄 마음이 없어 괜히 미안해했는데, 나는 그들을 괜히 미안하게 만들어서 미안했다.

8.

그날 이후, 나는 종종 기숙사에서 잠을 잤다. 종종 자다가 자주 잤다. 나는 종종 고시원에 갈 때마다 내 옷을 가져왔고, 가져오기만 했으므로, 언제부턴가는 더 이상 고시원에서 가져올 옷이 없었다. 너는 이럴 바엔 그냥 같이 살자고 했다. 만약 내가 고시원 방을 빼고 이 방에 함께 살게 된다면 부모님이 보내주는 용돈을 생활비에 보탤 수 있었고, 그렇게만 되면 아르바이트 시간을 줄여도 되었다. 괜찮은 조건이었다. 하지만 마음에 걸리는 게 있었다. 근데 네 룸메는? 내가 여기서 같이 살면 기분 나빠하지 않을까.

9.

내가 왜 공대에서 '민족 분단과 통일' 수업을 들어야 하는지 모르겠네. 너는 공대 교양수업이 마음에 들지 않는다고 투덜거렸다. 나는 그래도 통일이 되면 토목건설업이 부흥하지 않겠냐고 말했고, 너는 토목건설업이 부흥하기 위해선 통일이 되는 것보다 전쟁이 나는 게 더 빠를 거라고 빈정댔다. 나는 그럼 그 수업을 왜 신청했느냐고 너에게 물었다. 할 게 없으니까. 네 말이 맞았다. 교양수업을 들어도 교양은 쌓이지 않았다. 그렇다고 내가 '스토리텔링의 기초와 실제'를 들을 순 없잖아? 너는 말했고, 나는 고개를 갸우뚱했다. 왜? 나 그거 듣는데? 내가 말하자, 너는 사색이 되어 물었다. 너 괜찮아? 나는 생각보다 괜찮다고 했다. 거기서 도대체 뭘 배워? 기초라는 걸 배우는데 기초가 없어서 그게 기초인지 뭔지는 나는 잘 모르겠지만 어쨌든 글쓰기의 기초를 배우지. 글을 쓰는 방법이랄까. 뭐 그런 게 있더라. 신기해. 근데 실제는 아직 안 배운 것 같아.

7.

신입생 때부터 토목공무원 시험을 준비하는 애들이 있었다. 교수님은 그런 애들에게 무조건 문제를 많이 풀어봐야 한다고 조언하셨다. 공식은 머리로 외우는 게 아니라 몸으로 익숙해지는 거라고 거듭 말하시며 문제를 많이 풀다 보면 감각이라는 게 생긴다고 하셨다. 감각이라는 건, 간단한 수학 공식으로는 설명되지 않지만, 하여튼 뭐 그런 게 생긴다고 하셨다.

1.

네가 잠깐 담배를 피우러 나간 사이, 갑작스럽게 문이 열렸다. 예지. 말로만 들었던 너의 룸메이트였다. 예지는 나를 보고 당황하지 않았다. 아, 반가워. 주경이 같은 과 동기? 맞지? 예지는 현관에 앉아 신발을 벗으며 내게 인사를 건넸다. 주경이한테 얘기 들었어. 나는 며칠만 있다가 갈 거야. 예지는 내게 말했다. 며칠만 있다가 갈 거라니. 그건 내가 예지에게 해야 할 말이었다. 예지 침대 위에 놓인 내 옷과 수건. 나는 그것들을 급히 치우며 말했다. 주경이 잠깐 담배 피우러 나갔어. 금방 올 거야. 너의 룸메이트는 애인이 예비군 훈련에 가서 잠시 기숙사 방에 돌아온 거라고 했다. 애인 집이 내 집도 아닌데 애인 없는 집에서 나 혼자 있는 게 좀 그렇잖아요. 밤에 무섭기도 하고.

3.

하루는 마땅히 잘 곳이 없어서 새벽까지 거리를 혼자 걸었는데, 인적이 드문 거리에 접어들자, 갑자기 그 거리가 무섭게 느껴지기 시작했다. 내 눈에는 아무도 보이지 않았지만, 이 거리에 나 말고 누군가 또 있을 것 같았다. 내 눈에는 아무도 보이지 않았지만, 누군가 나를 보고 있는 것만 같았다. 여기에서 무슨 일이 벌어져도, 아무도 나를 도와주지 않을 것 같았다. 비명을 질러도, 아무도 듣지 않을 것 같았다. 그렇게 나는 이 거리에서 사라질 것만 같았다. 폭력적인 영화를 너무 많이 봐서 그런 걸 거라고. 그래서 상상력만 좋아진 거라고. 내 자신에게 말하며, 용기를 내어 발걸음을 이어나갔다. 혼자 밤길을 걷는 데도 용기가 필요하다니, 그러니까 용기까지 필요하다니. 용기를 내어 걷는 내내, 어떤 장면들이 머릿속을 떠나지 않았다. 그 장면 속에서 여자들은 살려달라고 애원했다. 무력하게 죽었다.

5.

호프집에서 일급을 받으며 서빙 아르바이트를 할 수 있게 되었다. 해가 지면 출근, 해가 뜨면 퇴근. 잘 곳이 없어 걱정했는데, 잠들지 않을 수 있는 곳을 찾아서 오히려 다행이었다. 잠은 도서관에서 잘 수도 있었다. 책상에 엎드려 잘 수도 있었다. 낮이라면 얼마든지 그럴 수 있었다. 낮에 잠드는 일은 밤에 잠드는 일보다 훨씬 안전했다. 적어도 집이 없는 사람에게는 그랬다. 나는 낮에 도서관 책상에 엎드려 자거나 아무도 없는 교실 바닥에서 자거나 동아리 방 소파에 누워 잤다. 학교라면 그럴 수 있었다. 내가 학교를 다니고 있어서 다행이라고 생각했다. 그럴 때도 있었다. 만약 내가 학교를 다니지 않았더라면, 나는 지금 어떻게 살아가고 있었을까. 다른 곳에서도 내가 살고 있는 것 같았다.

6.

아무리 피하려고 해도 매일 너와 마주쳤다. 학교 식당에서 매점에서 도서관에서 계단에서 복도에서 교실에서 마주쳤다. 그때마다 너는 내게 무슨 말을 하려고 했는데, 무슨 말, 무슨 말을 하려고 머뭇거리거나 주뼛거렸는데, 그건 평소 내가 알던 네 모습이 아니었다. 너는 언제나 하고 싶은 말을 망설임 없이 다 하는 애였다. 다 하고야 마는 애였다. 언젠가 한 번은 학교 화장실에서 너와 마주쳤는데, 그때도 너는 망설였고, 망설이다가, 무슨 말을 하려고 입에 힘을 주었고, 입에 힘을 주며 무슨 말을 하려고 했지만, 다시금 망설였고, 망설이다가, 내게 밥은 먹었냐고 물었다. 나는 먹었다고 했다. 정적이 흘렀다. 우리는 할 말을 다 했고, 볼 일을 다 본 것 같았는데, 그럼에도 너는 무슨 말을 또 하려고 입에 힘을 모았다. 나는 너의 입에서 미안하다는 말이 나올까 봐 두려웠다. 나는 말을 피하듯, 너를 피하고 싶었다.

4.

너는 오빠들에게 하이킥을 날리기 위해 매일 전봇대 앞에서 혼자 발차기 연습을 했다고 했다. 하지만 하이킥 기술을 처음으로 써먹은 건, 막내가 화장실에서 혼자 마더 뻐커를 외치고 있는 걸 발견했을 때였다고 했다. 요즘은 영어 랩도 하더라. 그런데 걔는 영어가 9등급인데 어떻게 영어 랩을 하는 거지? 자기가 뭔 말을 하는 줄도 모르고 힙합이래. 나는 그 말을 듣고, 어쩌면 너의 동생은 랩을 통해 영어를 배우고 있는 걸지도 모른다고, 9등급을 받는 일은 1등급을 받는 것보다도 어려운 일이니 칭찬받아 마땅한 일이라고 말했다. 나는 진지하게 말했는데, 너는 내 말을 진지하게 들어주지 않았다.

2.

예지는 너무도 쉽게 내게 방을 내어주었고 또다시 방에 들어오지 않았다. 나는 고시원 방을 빼고 기숙사 방으로 들어갔다. 옷도 그리 많지 않았고, 가구도 없었기 때문에 짐을 기숙사로 옮기는 일은 그다지 어려운 일이 아니었다. 캐리어 하나면 됐다. 주말에만 일을 하려고 우선 평일 아르바이트를 그만두었고, 부모님이 보내준 용돈은 생활비에 보탰다. 물론 이 모든 사실은 부모님에게 비밀이었다.

5.

너는 방바닥에 배를 깔고 누워 잡지 위에 펜을 끼적이고 있었다. 이걸 풀다 보면 머리가 좋아지는 것 같은 착각이 들어서 쓸데없이 기분이 좋아져. 나는 그게 뭔데, 하고 물어보며 네 옆으로 가서 너처럼 방바닥에 배를 깔고 누웠다. 이건 스도쿠°라는 수학 퍼즐인데 1부터 9까지 같은 수가 반복되지 않도록 가로세로로 숫자를 채워 넣는 거야. 문제지를 보니 가로세로 아홉 칸으로 된 정사각형 퍼즐이 있었다. 그중 몇 개의 칸에만 숫자가 제시되어 있었고 나머지는 빈칸으로

° 수독(數獨).

남아 있었다. 요즘은 휴대폰으로도 풀 수 있는데 나는 잡지로 푸는 게 좋더라. 손맛이 있어. 너는 파란색 볼펜으로 빈칸을 채워나갔다.

2.

체대 건물에서 샤워실을 발견했다. 처음에 이곳에서 샤워를 할 때는 누군가에게 들킬까 봐 잔뜩 긴장했지만, 몇 번 샤워를 하고 나니 별일 아니라는 생각이 들었다. 강의시간표를 확인하고 그 시간대를 잘 활용하면, 언제든 사용할 수 있었다. 마음 편히 씻을 곳이 있으니, 삶이 한결 나아진 것 같았다. 마음 편히 씻을 곳만 있어도, 삶이 한결 나아졌다. 샴푸와 린스도 있었고, 치약도 있었다. 만족스러웠다. 샤워 타월도 있었지만 그것은 항상 물에 젖어 있었기에 찝찝하다고 느껴져 사용하지 않았고, 대신 보디워시를 손바닥에 짜서 비빈 후 거품을 내어 몸을 닦았다. 목욕 후에는 내 흔적을 남기지 않기 위해서 항상 하수구에 낀 머리카락을 버렸고, 세면대 위에 물기를 수건으로 닦아냈다. 드라이기가 없다는 것이 흠이었지만, 그래도 여름이라서 아침 햇살에도 머리가 금방 잘 말랐다.

3.

저기. 지혜 선배가 내게 다가와 말을 걸었다. 나는 그와 다소 어색한 사이, 그러니까 학교를 오고 가며 서로 인사를 하긴 했어도 길게 말을 섞어본 적 없는 사이였다. 너 시간 괜찮을 때 우리 집 놀러 올래? 선배는 자기 집에 빔프로젝터도 있고, 맥주도 잔뜩 있고, 고양이도 있다고 했다. 피곤하면 자고 가도 돼. 안 그래도 잘 곳을 찾고 있었는데, 이게 웬 떡인가 싶었다. 오, 너무 좋은데요. 오늘 가도 되나요? 저 고양이 진짜 좋아하거든요. 고양이 핑계를 댔다. 선배가 왜 갑자기 내게 이런 제안을 하는지 알 수 없었지만, 그런 이유를 따질 상황이 아니었다.

4.

잘 곳을 잃고 나서야 새삼 알게 되었다. 토목공학과 학생 대부분이 남자라는 사실을. 나는 매일 잘 곳을 구해야만 하는 상황이었고, 그건 내게 다급하고도 중요한 일이었지만, 그렇다고 아무에게나 재워달라고 부탁할 수 없었다. 그래도 어느 정도의 친분이 있다면, 나는 얼마든지 그들에게 하루 정도 재워달라고 부탁할 수도 있었지만, 그렇지만, 그럴 수 없었다. 이상하게도 그랬다. 이상하게도 분위기가 그랬다.

나는 한동안 그 이유를 정확히 알 수가 없었다. 어째서 나는 그들에게 하루만 재워달라는 말을 쉽게 할 수 없는지, 어째서 그들은 내게 자고 가라는 말을 쉽게 할 수 없는지. 혁진이가 내게 다가와, 너만 괜찮으면 당분간 자기 집에서 지내도 된다고 말했을 때, 나는 선뜻 그러겠다고 대답을 하지 못했다. 누군가 내게 다가와, 집을 구할 때까지 자기 집에서 편히 지내도 된다고 말해주길 그토록 바랐지만. 오해와 소문에 대한 걱정은 내게서 편히 잠들 수 있는 곳을 빼앗아갔다. 혁진이는 나중에라도 생각이 바뀌게 되면 언제든 자기에게 연락을 하라고 했다. 그때 혁진이는 웃고 있지 않았다.

6.

넓은 집과 좁은 집. 높은 층과 낮은 층. 새집과 낡은 집. 역세권과 비역세권. 전세와 월세. 집은 사람과 사람을 나누었다. 돈이 많은 사람과 돈이 없는 사람. 누군가는 집을 계속 사고 팔았고, 누군가에게는 사거나 팔 집이 없었다. 집을 사고 팔 수 있는 사람들만이 서로 집을 사고 팔았다. 나는 집을 사거나 팔 수 있는 사람이 아니었다. 세상에는 집이 너무 많았고, 집이 너무 많아서, 사람들이 섞일 수 있는 공간이 별로 없었다.

1.

이야, 한강 좋네. 바람도 적당히 불고, 조명도 은은하고 좋아. 여기가 우리 집이었으면 좋겠다. 봐봐, 다들 한강이 보이는 곳에 터를 잡고 좋잖아. 사이좋게. 나는 네 말에 따라, 주변을 살펴보았다. 삼삼오오. 한강공원에 돗자리를 깔고 앉아 떡볶이와 치킨을 먹고 있는 사람들. 나는 너에게 뭐라고 답해야 할지 잠시 고민하다가, 겨우 말했다. 그러게. 여기 아주 가족적인 분위기네. 겨우 말하고 보니, 세상이 조금 달리 보이는 것 같기도 했다. 네 말처럼 진짜로 여기가 집이면 참 좋겠다. 다들 행복해 보이잖아. 진짜 행복해 보여. 한강도 보이고 말이야. 층간 소음도 없을 것 같은 분위기야. 내가 말하니, 네가 답했다. 우리도 지금 한 지붕 아래 사는 거야. 지붕은 없지만. 한강 뷰. 아주 가족적인 분위기네. 우리는 오래도록 돗자리 위를 벗어나지 않았다. 집이라고 하기에는 좁았지만 둘이 앉아 농담을 주고받기에는 불편함이 없었다.

7.

지혜 선배네 집에 가기 위해서는 지하철 환승을 세 번이나 해야 했는데, 역에 도착해서도 한참을 더 걸어야 했다. 매일 이렇게 다니시는 거예요? 선배는 덤덤하게 고개를 끄덕였다. 가는 길에 책도 읽고 과제도 하고 그러지. 가다 보면 또 금방이야. 선배 말과는 달리, 가도 가도 끝이 없었다. 작년까지 선배는 엄마와 둘이 살았다고 했다. 외할머니가 연로하셔서 엄마는 지금 고향에 내려가 있고, 나는 학교 다녀야 되니까 여기 남아 있는 거야.

9.

첫째 오빠는 배우 한다고 온갖 겉멋은 다 부리는데 집에서는 팬티만 입고 돌아다녀. 그런데 오빠 목욕할 때 내가 화장실 문 열면 괜히 지랄해. 둘째 오빠는 아나키스트가 되고 싶어 하는데 국가공무원 시험 준비해. 대충 들어도 속 터지지? 막내는 요즘 힙합에 빠져 있는데, 공부는 전혀 안 하지만 건강하고 착해. 건강하고 착하면 된 거 아니겠어? 어제는 동생이랑 통화했는데, 얼마 전에 홍대에서 우연히 리짓군즈를 봤대. 네가 왜 홍대에 있냐고 물었더니 자기도 잘 모르겠대. 뱃사공이랑 사진도 찍었다고 좋아하는 거야. 노 젓는 소리 그만하라고 했지. 누나, 누나, 더 넓은 집이래도 더 높은 집이래도 난 역시 우리 집이 제일 좋네.° 민망하니까 괜히

° 뱃사공 작사 · iDeal 작곡, 뱃사공, 「우리 집」, 2018.

노래를 부르더라. 걔가 내 동생이라서 하는 말은 아닌데, 진짜 귀여워. 착해 애가. 나는 오래도록 네가 하는 말을 잠자코 들었다. 네가 가족 이야기, 특히 동생 이야기를 할 때 짓는 표정이 좋았다.

8.

나 어제 술 먹고 가방 잃어버림. 미쳤지 진짜. 가방에 담배랑 쓰레기밖에 없어서 다행이야. 너는 내 가방을 며칠만 빌려 써도 되냐고 물었다. 내가 대답하기도 전에, 너는 이미 내 가방 속에 책을 넣었고 나를 보며 웃어 보였다. 깨끗하게 사용하고 다시 줄게. 걱정 마. 너는 그렇게 말했지만, 며칠 후 내가 본 가방의 모습은 처참했다. 내 가방은 발로 밟힌 듯 여기저기 구겨져 있었다. 나는 아무 말도 할 수 없었다. 내가 너의 방을 빌려 쓰듯, 너도 내 가방을 빌려 쓸 수 있는 거라고, 생각해보려 애썼다.

4.

응우옌 흐엉은 '스토리텔링의 기초와 실제' 수업을 듣는 몇 안 되는 토목공학과 학생이었는데, 나는 그와 함께 수업을 들으며 가까워졌다. 흐엉은 영어로 능숙하게 말할 수 있었고 한국어도 제법 잘했다. 그렇지만 늘 쓰기가 문제예요. 흐엉은 한국어로 수업을 듣거나 친구들과 이야기를 나누는 건 어렵지 않지만, 리포트를 쓸 때마다 큰 산을 넘는 것 같다고 했다. 잘하다와 잘 하다. 하는데, 하는 데. 돼와 되. 흐엉은 그런 것들이 어렵다고 했다. 맞춤법은 한국 사람들도 틀려요. 저도 틀리고요. 리포트는 저에게도 큰 산이에요. 흐엉은 장난치지 말라며 웃었고, 자신이 쓴 스토리텔링 과제를 읽어줄 수 있냐고 물었다. 아무래도 맞춤법이 걱정이 되어서요. 그리 어려운 일이 아니었기에 나는 흐엉의 과제를 읽어주기로 했다.

1.

지혜 선배는 혼자서 방 두 개짜리 연립주택에 살고 있었다. 아니, 고양이 '도로'와 함께 살고 있었다. 도로야. 우리가 집에 도착하자, 도로가 우리를 반겼다. 도로는 삼색 털을 가진 고양이로, 도로에서 데리고 온 아이라고 했다. 애기 때 길거리에서 혼자 울고 있더라고. 그때는 피부병 걸려서 얼굴이 빨갛게 부어 있었어. 선배는 신발을 벗자마자, 베란다 쪽으로 가 창문을 닫았다. 얘는 문을 열어놓고 가도 안 나가. 아니면 나갔다가 내가 올 시간이 되면 다시 돌아오는 건가. 선배는 도로가 집을 나가길 바라는 거예요? 아니, 근데 애 입장에서는 나가고 싶을 수도 있지. 길에서 온 애니까 다시 길로 돌아가고 싶을 수도 있잖아. 이제는 더 이상 아프지도 않고. 도로가 떠나면 슬프겠지만, 그게 도로가 원하는 삶이라면 어쩔 수 없지. 선배는 도로가 언제 떠나도 이상하지 않다는 듯, 덤덤하게 말했다.

6.

나는 바닥에 널브러진 옷가지들을 각자의 옷장 안에 넣었고, 기숙사 화장실 바닥과 세면대 틈 사이에 낀 곰팡이를 칫솔로 닦아냈으며, 냉장고 속 식료품들을 정리했다. 신발을 모두 신발장 안에 넣어두었고, 물티슈로 창문을 닦았다. 쓰레기봉투를 비웠고, 쓰레기통을 물로 깨끗이 닦아 마를 때까지 엎어두었다. 수건 하나는 걸레로 만들었다. 내가 청소를 하는 소리에도 너와 예지는 깨어나지 않았다.

7.

자다가, 눈이 떠졌다. 눈에 보이는 건 어둠뿐이었다. 고시원 옆방에서 우는 소리가 들렸다. 나는 어둠 속에서 침대에 가만히 누운 채 울음소리에 귀를 기울였다. 귀를 기울이게 되었다. 애써 모른 척하고 다시 자려고 했으나, 자꾸만 그렇게 되었다. 만나본 적도 없는, 그러니까 얼굴도 모르는 사람의 울음소리였다. 그는 나와 아무런 상관 없는 사람이었고, 그가 내일 또 운다고 해도 마찬가지였다. 그는 혼자 울고 있었다. 그에게 안 좋은 일이 있었던 걸까. 안 좋은 일은 누구에게나 있었다. 계속, 그는 혼자 울고 있었다. 계속, 나는 혼자 듣고 있었다. 그가 계속 혼자 우니까, 나도 혼자 울 것 같았다. 그는 나와 아무런 상관없는 사람이었다. 무슨 일인지는 모르겠지만, 더 이상 그가 울지 않았으면 좋겠다. 울 일이 없었으면 좋겠다. 나는 그가 죽을까 봐 겁났다. 그가 죽지 않았으면 좋겠다. 여전히, 눈에 보이는 건 어둠뿐이었다. 눈을 감아도 마찬가지였다.

9.

내가 일했던 편의점 앞을 지나치며, 새로 들어온 아르바이트생 얼굴을 봤다. 내가 편의점 아르바이트를 그만두지 않았더라면 도시락 폐기물이라도 먹을 수 있었을 테고 그러면 내 삶이 그나마 덜 배고프지 않았을까, 생각했지만 역시나 하나 마나 한 생각이었다. 울고 싶었지만, 이상하게도 눈물이 나오지 않았다. 이상하게도 계속 눈물이 나오지 않았다. 내 방이 있었다면, 그러니까 내가 밤새 울어도 아무도 모를 그런 방이 있었다면, 나는 울 수도 있었을까.

8.

예지는 술에 취해 방으로 돌아왔다. 그 후로 예지는 계속 잠만 잤다. 가끔 일어나서 빵을 조금 뜯어 먹거나 물을 마시거나 화장실을 가기도 했지만 그게 다였다. 죽은 사람처럼, 또는 살기를 포기한 사람처럼. 예지는 조용히 잠만 자서, 나는 가끔 예지가 방 안에 있다는 사실조차 잊었다. 방 안에 놓인 짐처럼, 사물처럼. 미동도 없이. 예지는 조용히 잠만 잤다. 며칠 후, 예지는 오랜 잠에서 깨어나 치킨 배달을 시켰고, 혼자서 닭 뼈를 모조리 발라내고 나서는 애인과 헤어졌다고 말했다. 더 이상 그 새끼를 만날 일은 없을 거라고 했다. 그러나 예지는 애인 집에 있는 자신의 짐을 모두 가져오기 위해 그 새끼를 다시 봐야만 했다. 그것도 두 번이나 더. 짐이 얼마나 많은지, 그 새끼는 자동차로 짐을 두 번이나 옮겼다. 예지가 도로 가져온 짐들. 나는 그 짐을 보고 나서야, 둘의 관계가 얼마나 깊었는지를 알 수 있었다. 수건, 커피포트, 컵, 거울, 핸드폰 충전기. 예지는 며칠에 걸쳐 멀쩡한 물건들을 버렸다. 자꾸 그 새끼가 생각난다는 이유였다.

2.

집 없이 살기에는 겨울보다 여름이 좋다고, 믿어보려 했었던 내 자신이 싫어지는 순간이 늘어갔다. 날씨는 점점 뜨거워졌다. 시도 때도 없이 땀이 났지만, 시도 때도 없이 씻을 수 없었다. 더위에는 관용이 없었다. 종종 도서관 에어컨 바람에도 말려지지 않는 불쾌한 느낌이 있었다. 날씨가 점점 더워질수록, 내 몸을 꽉 조이고 감싸고 있는 것들을 벗어던지고 싶었다.

3.

하루 종일 자고 싶다는 생각, 깨끗하게 씻고 침대에 누워 잠을 자는 생각, 그게 아니라면 모든 게 싫다고 생각했다. 몸에 피로가 쌓여갈수록 마음도 지쳐갔다. 몸과 마음은 하나였다. 몸이 건강하지 않으면 마음도 그렇게 되었다. 마음이 건강하지 않아도 마찬가지였다. 공식만 알면 만사형통이라는 너의 말이 종종 생각났다. 나는 이 상황을 단번에 해결할 수 있는 공식을 알고 싶었다.

5.

나 어릴 때 덧셈도 간신히 했는데 갑자기 교과서에 분수 나와서 수학에서 손 놨거든. 근데 6학년 때인가. 책에서 엄청 복잡한 분수 문제, 그러니까 덧셈 뺄셈 곱하기 나누기 대분수가 다 있는 문제를 봤는데 그냥 왠지 내가 풀 수 있을 것 같더라고? 수업 시간에 딴짓을 하느라 나는 분수를 곱하거나 나누는 법을 전혀 몰랐는데 말이야. 수학 문제 안 풀고, 애들하고 밖에 나가서 뛰고 놀기 바빴어. 근데 그냥 갑자기 알 것 같은 거야. 그래서 문제를 풀어봤는데 그게 되더라? 해답지 풀이를 보니까 그게 맞더라고. 신기하지? 내가 말하니 내 말을 잠자코 듣고 있던 네가 말했다. 천재네. 나는 고개를 저었다. 아니, 그게 아니고. 나는 정말 그때의 일이 어떻게 된 일인지 궁금해. 왜 있잖아. 아기들 오감 발달이 중요하다고 하잖아. 오감이 발달해야지, 언어도 더 잘 습득할 수 있는 것처럼. 부드러운 걸 만져본 적 있어야지, 부드럽다는 말을 이해할 수 있게 되는 것처럼 말이야. 수학적 사고도, 뛰고 놀고 몸을 움직이는 과정을 통해서 발달할 수 있는 걸지도 몰라. 내가 말하니, 네가 다시 말했다. 진짜 천재네.

9.

고등학생 때 교문을 나서면 아파트 단지가 보였다. 네모난 창문마다 환한 빛이 뿜어져 나왔다. 페인트가 벗겨지지 않은, 아주 깔끔하고 멋진 아파트. 나는 그 아파트를 올려다보며, 균열과 얼룩으로 인해 깔끔한 상태로 되돌아가는 것을 일찍이 포기해버린 우리 집을 떠올렸다. 부모님은 크고 좋은 집을 가지고 싶어 하셨다. 그것이 부모님의 평생 꿈이었다. 나는 꿈이 없었고, 꿈이 없다고 가끔 혼이 났다.

7.

기숙사 방 안을 훑어보았다. 잡동사니가 발 디딜 틈 없이 사방에 쌓여 있었지만, 이 방은 내 방이 아니었기 때문에 내 마음대로 치울 수가 없었다. 이 방의 주인은 너였기 때문에 나는 방을 좀 치우라는 말을 너에게 하지 못했다. 나에게는 그 어떤 권한도 없었다. 방이 엉망이 되어갈수록, 우리 관계도 엉망이 되어가고 있는 것 같았다.

8.

기숙사 사감에게 불려 갔다. 사감은 몇 개월간 기숙사 복도에 설치된 CCTV로 나를 지켜봤다고 했다. 처음에는 내가 예지인 줄 알았다고, 그런데 어느 날 세 명이 같은 방에서 나오는 모습을 목격했고, 어느 날부터 갑자기 나타난 예지가 외부인일 것이라고 생각했다고, 그러나 기숙사생 명단을 확인해보니 외부인은 예지가 아니었다고, 여기는 돈을 지불한 학생들만 살 수 있는 곳이라고, 사감이 길게, 길게, 아주 길게 내게 말했는데, 한마디로 지금 당장 짐을 싸서 기숙사 방을 나가라는 소리였다. 사감은 내게 3일을 주겠다고 했다. 그 안에 퇴실하지 않으면 너와 예지 모두 규율 위반으로 퇴사 조치하겠다고 했다.

3.

어제 우리 집 개가 죽었대요. 엄마가 전화로 그랬어요. 개는 나이가 많이 들었거든요. 그 애가 죽을 때 저는 친구들과 놀고 있었겠죠. 그 애가 보고 싶은데, 지금 당장 베트남에 갈 수 없다는 게 괴로워요. 흐엉이 말했다. 흐엉, 마음이 많이 아프겠네요. 나는 말했고, 그런 말을 건네는 것 말고는 딱히 그를 위로할 방법이 없었다. 흐엉은 핸드폰으로 개의 사진을 보여주었다. 눈이 맑은 개였다. 우리는 함께 자랐어요. 그 말을 들으니, 흐엉의 어린 시절이 떠올랐다. 나는 그의 어린 시절을 본 적 없었지만, 떠올릴 수는 있었다. 어린 흐엉이 어린 개를 만나는 모습, 어린 흐엉이 어린 개를 쓰다듬는 모습, 둘이 함께 뛰고 노는 모습, 행복한 모습. 내가 본 적 없었던 날들. 떠올리는 것만으로도 마음이 아팠다. 흐엉, 저도 마음이 아프네요.

5.

호프집 서빙 아르바이트를 하길 잘했다는 생각이 들었다. 나는 배가 고플 때마다 손님들이 남기고 간 안주를 집어 먹을 수 있었다. 차갑게 식은 탕수육이나 치킨도 잘 먹었는데 손님들이 쓰던 숟가락이 닿은 홍합탕과 화채는 어쩐지 더럽다는 생각이 들어 손대지 않았다. 사장님은 종종 내게 일하느라 배가 고프지 않느냐며 주방으로 들어가 남은 재료들로 부대찌개라면이나 제육볶음, 닭똥집볶음 같은 것들을 만들어주셨다. 나는 아무리 배가 불러도 그릇을 다 비울 때까지는 멈추지 않고 음식을 목구멍으로 욱여넣었다.

2.

도무지 견딜 수 없었다. 나는 하는 수 없이 내 돈으로 원목

3단 수납장 세 개를 주문했다. 그게 내가 할 수 있는 최선이었다. 나는 그들에게 너무 많은 걸 바라지 않았다. 그들은 내가 주문한 수납장에 각자의 물건을 넣어두기만 하면 되었다. 너는 이제 앞으로 정리를 잘해보겠다고 했고, 예지는 수납장 디자인이 궁금하다며 사진을 보여 달라고 했다. 그러나 원목 수납장이 도착한 후에도 달라지는 건 없었다. 예지는 디자인이 사진과 달라 마음에 들지 않는다고 투덜거리며 물건을 수납장에 넣어두지 않았다. 너는 디자인이 마음에 든다고 말하면서도 물건을 수납장에 넣어두지 않았다.

1.

기숙사 사감으로부터 경고를 받은 이후, 예지는 내 시선을 외면하며 아무 말도 하지 않았다. 너는 자기 돈 내고 사는 기숙사인데 친구 좀 재운 게 뭐가 문제냐고, 흥분하여 말했다. 나는 이 일에 대해 지나치게 흥분하는 너도, 무신경한 예지도 마음에 들지 않았다. 그들이 나를 도와줄 수 있는 방법은 없었다.

6.

학교생활은 어때요? 내가 물으니, 그분은 아주 즐겁다고 했다. 아주 만족하고 있다고 했다. 내가 남편한테 혼자만의 시간을 가지고 싶다고 했어. 이혼을 한 건 아니고. 남편도 이쪽 일을 오래 해왔거든. 토목건설. 나는 집에서 평생 집안일만 한 사람인데 나이 들고 이러니까, 아들도 이제 곧 대학 가고 군대하고 나가 살고 할 텐데, 되게 공허하더라고. 일을 해볼까 했는데 갑자기 내가 무슨 일을 하겠어. 근데 포클레인 수당이 꽤 크단 말이야. 내가 포클레인 다룰 줄 알면, 남편이 포클레인 기사 따로 안 불러도 되잖아. 그래서 내가 포클레인 기사 자격증을 땄어. 어쨌든 그걸로 남편 현장도 가고 다른 현장도 가고 그렇게 돈도 벌고 그러니까 재미있더라고. 조금 더 배워보고 싶어서 대학 다니겠다고 했지. 요즘 자취하는데, 생각해보니까 나 혼자 사는 게 처음이더라고. 결혼하기 전까지 나도 부모님 집에서 살았으니까. 아주 좋아.

4.

아버지는 내게 잘 지내냐고 물었다. 나는 거짓말을 했다. 자존심 때문이었다. 나는 아버지와 통화를 할 때마다, 돈을 보내달라고 해볼까, 생각해보았지만 아무래도 그러기가 싫었다. 돈을 보내달라고 말하기 위해서 나는 너무 많은 이야기들을 아버지에게 해야만 했다. 너에 대해, 예지에 대해, 그리고 내가 왜 집이 없는 처지가 되었는지에 대해, 모두 말해야만 했다. 그 말들을 하다 보면, 결국 말하고 싶지 않은 말까지 하게 될까 봐 겁이 났다. 나는 말하고 싶지 않는 게 많았다. 비밀을 가지고 싶었다.

1.

주택가. 밤이 되면 사람들은 거리에서 사라졌다. 사람들 사라지면 고양이들이 나타났다. 밤이 되면 그들은 보도블록을 걷거나 횡단보도를 건넜다. 밤과 낮. 시간은 사람과 고양이를 나누는 기준과도 같았다. 마치, 통행 이용 시간이 정해져 있는 것처럼. 누구도 정하지 않았지만, 도시에는 그런 규칙들이 있었다. 한 번은 횡단보도를 잘 걷는 고양이를 본 적이 있었다. 노란 털을 가진 고양이는 좌우를 살피다가 차가 오지 않는다는 걸 확인하고는 빠른 속도로 횡단보도를 건넜다. 한 번은 누군가를 기다리는 듯 버스 정류장에 가만히 앉아 있는 고양이를 만나기도 했다. 한 번은 자동차에 치여 죽은 고양이를 본 적이 있었고, 나는 그 고양이에게서 눈을 뗄 수가 없었다. 고양이들은 살기 위해 사람이 사는 방식에 맞춰야 했을 것이다. 노력했을 것이다. 죽은 고양이 앞에서 나도 죽은 것 같았다.

5.

시팔, 도저히 안 되겠다. 카페에서 측량학 과제를 하던 너는 밖으로 뛰쳐나가 담배 두 개비를 내리 피웠다. 과제는 학교 정문에 세워진 조형물을 직접 측량해서 모눈종이에 평면화시켜 그리는 것이었는데, 너는 모눈종이 위에 자를 대면서부터 이런 부질없는 노가다는 하고 싶지도 않다며 투덜거리다가 자리에 앉은 지 얼마 되지도 않아 과제를 포기해버렸다. 담배 냄새를 풍기며 자리로 돌아온 너는 주절주절 욕을 하기 시작했다. 아니, 4대강 사업하는 것도 아니고, 무슨 이런 삽질을 하고 있어. 시대가 어느 때인데 모눈종이에 도면을 그리고 있냐고. 눈깔 아파 죽겠네.

4.

교량의 형태를 보면 힘의 흐름을 읽을 수 있었다. 구조적 안정성은 교량의 형태를 통해 드러나고, 교량의 형태는 구조적 안정성을 드러냈다. 그러니까 아름다운 교량은 구조적으로도 안전한 교량이었고, 그것이 곧 교량 설계의 미학이었다.

6.

창밖으로 폭우가 쏟아졌다. 너와 예지는 곤히 잠을 자고 있었고, 나는 잠들지 못한 채 빗물로 뿌옇게 흐려지는 창문을 바라보면서 내일 아침 반드시 이 방을 떠나야만 한다는 사실을 떠올렸다. 나는 언젠가 이 방을 떠났을 것이다. 다만 언젠가 떠나려고 했는데 이렇게 쫓겨나는 꼴이 되어버려서 조금 서글플 뿐이었다. 나는 우선 필요한 짐만 급히 챙겨 캐리어에 넣어두었다. 나머지 짐은 상황이 정리된 후에 찾아가기로 했다. 현관문 앞에 덩그러니 새워져 있는 묵직한 캐리어를 바라보았다. 앞으로 나에게 어떤 날들이 남겨져 있는지에 대해 나는 예측할 수 없었다.

8.

물이 차고 넘쳤다. 강남은 매년 침수 피해를 입었다. 저지대인 것도 문제였지만, 도시개발로 인해 녹지를 시멘트와 아스팔트로 덮어버린 게 가장 큰 문제였다. 비가 내리면, 그곳에는 물이 차고 넘쳤다. 강남에는 높고 화려한 건물들이 많았다. 차고 넘쳤다. 비싸고 화려한 자동차도 차고 넘쳤고, 뭐든 차고 넘쳤다. 강남에는 모든 게 다 있었다. 그곳에는 물이 차고 넘쳤다. 넘쳤다.

3.

해가 떴다. 마감을 하기 전, 음식물 쓰레기통을 가게 밖으로 내다 놓아야만 했다. 나는 캐리어를 끌 듯 음식물 쓰레기통을 끌고 거리로 나갔다. 술에 취해 비틀거리며 집을 찾아 헤매는 사람과 집에 가지 않으려는 사람이 있었다. 노래방 간판 불 꺼지고. 키스를 하다가 골목 안으로 사라지는 사람들과 벤치에 그대로 앉아 있는 사람들. 아침이 다 되어서야 건물 밖으로 나온 사람들. 거리에 오줌을 쌌다. 침을 뱉었다. 속눈썹을 떼어내며 담배를 태웠다. 울다가 욕을 했다. 가로등 불빛 꺼지고. 오물에 젖은 비둘기들이 아무것도 없는 바닥을 쪼고 있었고, 한쪽 귀가 잘려 나간 고양이가 눈치 보듯 자세를 낮추고 골목을 어슬렁거리고 있었다. 나는 그들의 사연을 몰랐다. 나는 천천히 고양이에게 다가갔다. 고양이는 몸집을 부풀리고 꼬리털을 바짝 세우며 나를 경계했다. 내가 한 발 더 다가가자, 고양이는 오물을 밟아 제 몸을 더럽히며 도망쳤다.

9.

대부분의 길은 인간을 위한 것이었다. 동물들은 목숨을 걸고 길을 건너야 했고, 그러다가 목숨을 잃기도 했다. 한 해 동안, 길 위에서 죽은 야생동물은 1만 7천 마리 정도 되었다. 로드킬을 막기 위해 국립공원을 중심으로 전국 곳곳에는 동물을 위한 생태통로가 만들어졌는데, 다행히도 최근에는 생태통로를 이용하는 동물들이 점점 늘어나고 있다고 한다. 나는 무인 카메라로 촬영된 야생동물 영상을 유튜브로 찾아봤다. 생태통로를 지나는 동물들. 네발로 슬금슬금 걸어가는 반달가슴곰. 익숙하게, 자연스럽게, 통로를 통과하는 멧돼지 무리. 통로 안에 머물며 서로에게 장난치는 또 다른 멧돼지 무리. 주변을 살피며 조심조심 통로를 지나가는 새끼 고라니. 멸종 위기의 담비 두 마리. 통로를 지나치다가 잠시 뒤를 돌아보는 오소리. 삵은 이곳저곳에 손을 대고 살펴보며 생태통로에 관심을 보이기도 했다. 각자 다른 방식으로, 각자 다른 속도로. 그들은 통로를 지나쳤다.

2.

기숙사를 떠날 때 미처 챙기지 못했던 옷들과 가방을 챙겼다. 정적이 흐르는 방 안은 정적과 어울리지 않게 지저분했다. 그런 방을 바라보는데, 이상하게도 예전처럼 화가 나지 않았다. 오히려 눈물이 날 것 같았다. 지저분한 건 이 방이 아니라 나 자신이었고, 정리를 필요로 하는 건 이 방이 아니라 바로 내 생활이었다.

7.

원목 수납장만 사지 않았더라면, 집이 없더라도, 먹고 싶을 때 먹고 싶은 음식을 사 먹고 하루 이틀쯤은 사우나에서 편히 씻고 잘 수 있었을지도 모른다. 지금쯤 아무런 쓸모도 없이, 그저 방 한편을 채우고 있을 원목 수납장이 떠올랐다. 나처럼. 그래, 나처럼. 내가 아무런 쓸모도 없이 세상 한편을 채우고 있는 것처럼. 돌이켜보니 모든 게 내 잘못인 것 같았다. 내 탓을 하지 않으면, 마땅히 탓할 게 없었다. 내가 아니라면 누구를 탓해야 하는지 알지 못했다. 나는 그저 생활비가 더 필요했을 뿐이었는데. 아르바이트하는 시간을 줄여 공부를 조금 더 하거나, 조금 더 놀고 싶었을 뿐이었는데. 애초에 그런 꿈을 꾼 게 잘못이었겠지. 애초에 너의 방에 들어간

게 잘못이었다고, 조금 더 편하게 살고자 요령을 부리다가 꼴좋게 되었다고 생각했다.

6.

내가 어제 먹다가 남긴 바나나랑 요구르트 어디 있어? 예지는 나를 또 귀찮게 했다. 나는 자꾸 초파리가 꼬여서 버렸다고 말했고, 예지는 남겨뒀다가 먹으려고 한 걸 왜 버리느냐고 되물었다. 나는 예지가 식중독에 걸리도록 내버려뒀어야 했다. 근데 내 브래지어 어디 있어? 예지가 또다시 물었고, 나는 내가 그걸 어떻게 아냐고 대꾸했지만 결국 욕실 수납장 안에서 브래지어를 찾아낸 건 바로 나였다. 네가 왜 차였는지 알 것 같다는 말이 목구멍까지 차올랐지만, 한 번도 말한 적은 없었다. 예지는 점점 더 나를 견딜 수 없게 만들었고, 그건 예지도 마찬가지였을 것이다. 하루는 네가 담배를 사러 편의점에 간 사이, 예지가 내게 말했다. 자기 물건에 손을 대지 않았으면 좋겠다고. 도둑으로 몰린 기분이 들었다. 나는 네 물건에 손댄 것이 아니라 정리해준 것이라고 대답했다. 그럼 정리를 하지 마. 예지는 단호했다. 내가 방을 정리하고부터 물건을 찾기가 더 힘들어졌다는 예지의 말을, 나는 도무지 이해할 수 없었다.

8.

기숙사에서 내 가방을 가져왔다. 가방을 열어보니, 그 안에는 스도쿠 퍼즐잡지와 구겨진 토목 제도 수업 프린트, 공학용 계산기와 제도 자, 필통 없이 굴러다니는 펜 몇 자루, 빈 담뱃갑 그리고 담배 가루가 묻은 생리대 하나가 있었다. 분명 내 가방이 맞았지만, 그 속을 들여다보니 이제 더 이상 내 가방이 아닌 것 같았다.

9.

학교 식당에서 컵라면을 먹고 있다가 예지와 눈이 마주쳤다. 예지는 맞은편 테이블에 앉아 턱을 괸 채 나를 빤히 쳐다보고 있었다. 내가 예지를 보며 어색하게 미소를 짓자, 예지는 인상을 찌푸리며 내 앞으로 다가왔다. 너 왜 그래? 내가 하고 싶었던 말을 예지가 먼저 해버려서 나는 조금 당황해버렸다. 왜 피해자인 척하면서 괜한 사람 피 말려 죽이는 거야? 내가 너 때문에 왜 죄책감을 느껴야 되니? 예지가 가버린 후에, 나는 라면을 계속 먹을 수도 자리에서 일어설 수도 없어서 그냥 테이블 앞에 가만히 앉아 있었다. 라면은 점점 식어가며 면발을 불리고 있었다.

2.

나는 잘 수 있을 때 잘 수 있는 곳에서 잤고, 입을 수 있는 옷을 입었고, 먹을 수 있는 때 먹을 수 있는 것을 먹었으며, 한마디로 되는대로 지내고 있었다. 되는대로 살아도 죽지 않고 살 수 있다는 걸 깨달았고, 그게 참 신기했다. 생활 없는 삶이 지속되고 있었다.

7.

흐엉은 아픈 것과 고통스러운 것과 괴로운 것의 차이가 뭐냐고 내게 물었다. 듣고 보니, 나도 그 차이를 알 수 없었다. 다 같은 뜻이에요. 나는 말했지만, 흐엉은 고개를 갸우뚱했다. 같은 뜻인데 왜 다른 말이에요? 듣고 보니 그랬다. 음. 그러고 보니 정말 그랬다. 그러게요. 저도 잘 모르겠네요. 혹시 때에 따라 다르게 사용되는 건가요? 여기에는 어떤 규칙이 있는 건가요? 음, 그러게요. 지금껏 한 번도 고민해본 적 없었던 문제였다. 고통스럽다. 괴롭다. 아프다. 머릿속이 뒤죽박죽. 복잡해졌다. 그렇지만 나는 그 말을 쓰면서 머릿속이 복잡했던 적이 단 한 번도 없었다. 어떤 날에는 고통스럽다 말했고, 어떤 날에는 괴롭다 말했고, 어떤 날에는 아프다 말했다. 자연스럽게, 그 어떤 판단도 의식도 없이, 자연스럽게, 때에 따라, 자연스럽게, 말했다. 말들은 자연스럽게 섞였다. 저도 잘 모르겠지만 계속 말하다 보면 알게 될 거예요. 내가 해줄 수 있는 말이라고는 그뿐이었다.

4.

길을 걷고 있을 때는 내가 어디쯤 있는지 알 수 없었다. 길을 잃었을 때, 앱으로 지도를 보면 내가 어디쯤 있는지 알 수 있었다. 내가 어디쯤 있는지 알고 있다면, 나는 이런 말도 할 수 있었다. 이제 거의 다 왔다고 조금만 더 참으라고. 또는 반쯤 왔다고 힘내라고. 또는 한참 멀었다고. 지도를 보면 지금 내가 잘 가고 있는지 알 수 있었다. 현 위치와 내가 가야 할 길. 그러나 삶에는 지도 같은 게 없어서, 그런 건 있을 수가 없어서, 나는 내가 잘 가고 있는지 알지 못한 채, 그저 살아야 했다.

5.

나는 가방 속에서 구겨진 스도쿠 퍼즐잡지를 꺼내 펼쳤다. 그리고 퍼즐잡지 맨 앞장을 펼쳐 설명서를 읽었다. 가로줄과 세로줄 안에 같은 숫자가 들어가서는 안 되고, 색이 다른 작은 정사각형 안에도 같은 숫자가 들어가서는 안 된다고 적혀 있었다. 나는 펜을 들어 빈칸에 들어갈 알맞은 숫자들에 대해 고민하기 시작했다.

		5		2				
							5	9
8		7				6		
			4		1			8
						2		
9			3			1		
	5							
				7	4		1	
7								6

1.

너는 종종 호프집에 왔고, 종종 오다가 매일 왔다. 너는 늘 같은 테이블에 앉았다. 거기에 앉아, 맥주 한 잔을 시켜놓고 공부를 하며 해가 뜰 때까지 집으로 돌아가지 않았다. 주문할 때 이외에는 내게 말을 걸지 않았다. 더 이상, 내게 무슨 말을 하겠다고 머뭇거리거나 주뼛거리지 않았다. 입을 꾹 다물고 있었다.

3.

네가 내게 바지를 던져줬던 그날, 그러니까 내가 너의 바지를 입었던 그날부터, 모든 게 뒤죽박죽 섞이기 시작했다. 네 것과 내 것. 내 것과 네 것. 더 이상 구분할 수 없이. 섞여버렸다. 내 짐과 너의 짐이 방 안 가득. 그렇지만 돌이켜보면, 우리는 언제나 그 속에서 각자의 물건을 잘 찾아냈다. 정말로, 늘 그랬다. 그 속에서 우리가 잃어버린 물건은 없었다. 뒤죽박죽. 방은 엉망이었지만, 사실 그 속에는 아무런 문제가 없었는지도 모른다. 우리는 그 속에서 아무것도 잃지 않았으니까. 내 것과 네 것을 잃지 않았으니까. 단지, 뒤죽박죽 엉망인 상태, 그러니까 뒤죽박죽 엉망인 것처럼 보이는 상태를 그대로 받아들였다면 되었을 텐데. 그 속에서 무언가 잃어버릴까 봐, 불안해하지 않아도 되었을 것이다.

7.

방을 정리하지 않고 살아도 물건을 한 번도 잃어버린 적이 없다는 너의 말이 떠올랐다. 너의 양말은 항상 신발장 앞에 아무렇게나 벗겨져 있었다. 청바지는 항상 책상 의자 등받이에 아무렇게나 쌓여 있었다. 휴대폰은 항상 침대 위에 아무렇게나 올려져 있었다. 아무렇게나. 아무렇게나 모두 그

자리에 있었다. 아무렇게나 막,이라는 건 어쩌면 너만의 방식일지도 몰랐다.

3.

저 멀리, 철근을 실어 나르는 트럭 몇 대가 보였다. 포클레인이 느리게 지나갔고, 포클레인이 지나간 자리에는 흙먼지가 날렸다. 우리는 포클레인으로 파헤쳐진 산 앞에서 '최강 토목!' 구호를 외치며 단체 사진을 찍었다. 나와 너, 정희 언니, 혁진이, 지혜 선배, 흐엉, 그리고 교수님. 선배들과 동기들. 우리는 한 장의 사진 속에 담길 것이다. 시간이 지나면, 이곳에도 길이 생기고 터널이 생길 것이다.

2.

캠퍼스 벤치에 앉아 퍼즐잡지를 풀었다. 퍼즐을 풀어가는 동안, 나는 자연스럽게 스도쿠의 배열을 익힐 수 있었다. 얼핏 보면 숫자들이 아무런 규칙도 없이 무작위로 배열되어 있는 것 같아 보이지만, 조금만 자세히 살펴보면 그 명료한 규칙을 쉽게 찾을 수 있었다. 스도쿠의 배열은 규칙을 알고 싶어 하는 사람에게만 모습을 드러냈다. 스도쿠 문제를 한

번에 풀 수 있는 공식 같은 건 없었다. 그저 규칙에 따라 최선을 다해 풀어가는 방법뿐이었다. 그래도 빈칸을 하나둘 채우고 [……] 채우고 채우다 보면 언젠가는 다 채울 수 있었다. 나는 이곳에서 처음으로 스도쿠 퍼즐을 완성시켰다.

3	4	5	9	2	6	8	7	1
2	6	1	8	4	7	3	5	9
8	9	7	1	3	5	6	4	2
5	2	3	4	6	1	7	9	8
4	1	6	7	9	8	2	3	5
9	7	8	3	5	2	1	6	4
1	5	4	6	8	3	9	2	7
6	8	9	2	7	4	5	1	3
7	3	2	5	1	9	4	8	6

5.

나는 기숙사 앞을 지나치고 있었다. 다 지나가고 있었다. 이제 일급을 한 번만 더 받으면 고시원 방으로 돌아갈 수 있었다. 돌아가고 싶지 않은 그곳은 내가 돌아갈 수 있는 유일한 곳이었고, 지금으로써는 그게 최선이었다. 결국 제자리. 지금껏 집 없는 시간을 홀로 견뎌왔지만, 나는 나 스스로는 해낸 게 아무것도 없다는 생각으로 그곳에 돌아가게 될 것이다. 그래도 돌아가면, 돌아가게 된다면, 공부를 열심히 하고 싶었다. 사람이 살지 않는 곳에 대해, 그러니까 사람이 살지 않고 그저 지나치는 곳에 대해, 열심히 배우고 싶었다. 사람과 사람이 마주치는 곳. 사람이 살지 않지만 사람을 살게 하는 곳. 측량하기, 뚫기, 쌓기, 보호하기, 연결하기와 같은 것들.

1.

수리 영역에는 노가다 문제라고 불리는 문제가 있었다. 노가다 문제는 수학을 포기한 아이들도 풀 수 있는 수열 문제였는데, 수학 공식을 모르더라도 문제에 대입해볼 수 있는 모든 숫자를 일일이 대입해보기만 하면 풀 수 있었기 때문이다. 수리 영역 1백 분 동안 그들은 수열의 규칙성을 찾는 일에만 몰두했고, 그렇게 열심히 하다 보면 9등급은 피해 갈 수 있었다. 그들은 최악의 상황을 피해가는 방법을 알았다.

9.

왜 이렇게 오빠들을 미워해? 나는 물었고, 너는 자기도 잘 모르겠다고 했다. 그냥 습관인 것 같아. 아니, 사실은 좋아해. 아니, 완전 싫어. 너는 여러 번 말을 바꾸다가, 밉고 말고 할 것도 없고 좋고 싫을 것도 없다고 했다. 그냥 가족이지 뭐. 너는 짧게 말했고, 나는 가족이 많은 건 어떤 느낌이냐고 물었다. 음, 그냥 뭐든 많은 느낌? 사람도 많고 밥도 많고 옷도 많고 말도 많고 탈도 많은 거. 한집에서 평생을 살았는데, 어떻게 그렇게 다 다른지. 죽을 때까지 이해하지 못할 거야. 나는 한 번도 본 적 없는 너의 가족을 떠올려보았다.

4.

나는 퇴근을 하기 위해 음식물 쓰레기통을 끌고 밖으로 나왔고, 너는 나를 따라 나왔다. 나는 멈춰 섰다. 너 지금 뭐 하는 거야. 너는 아무런 대답도 하지 않았다. 너도 나한테 죄책감을 느껴서, 그게 그렇게 힘들어서 나한테 지금 이러는 거니? 내 말이 끝나기 무섭게, 너는 다짜고짜 시팔, 욕을 내뱉으며 음식물 쓰레기통을 발로 세게 걷어찼다. 쓰레기통 미끄러지며 전봇대를 부딛히고 고꾸라지며 뚜껑 열리면서 음식물 쓰레기 팝콘 튀겨지듯 공중 위로 붕— 떴다가 툭— 하고 떨어지며, 우리를 덮쳤다. 그건 바로 말로만 듣던 너의 하이킥이었다. 우리는 똑같이 오물을 뒤집어썼다. 갑자기 눈물이 터져 나왔다. 오물을 뒤집어쓴 네가 우는 나를 안아주었다.

8.

원목 수납장을 고시원으로 가져가기 위해 기숙사 방으로 갔다. 내가 미처 가져가지 못한 내 물건들은 원목 수납장 안에 정리되어 있었다. 예지는 화장실 문지방에 기대어 애써 내 시선을 피했다. 나는 여전히 지저분한 방을 바라보며, 내가 방을 정리하고부터 물건을 찾기가 더 힘들어졌다는 예지의 말을 떠올렸다. 어쩌면 예지에게도 예지만의 방식이 있었을 것이다. 내가 쉽게 알 수 없는 아주 복잡한 방식. 내 눈에는 여전히 지저분한 방이었지만, 그 속에도 어떤 규칙이 숨겨져 있었을 것이다. 나는 여전히 그의 방식을 이해할 수 없었지만, 적어도 이제는 안다. 나의 방식과 그의 방식이 다르다는 걸. 미안해. 예지는 작은 소리로 말했다. 내가 하고 싶은 말이었다. 네가 왜. 그 누구도 탓할 일이 아니었다. 우리에게는 각자의 방이 필요했지만, 각자의 방이 없었을 뿐이니까. 단지 방이 부족했을 뿐이다.

6.

샤워를 하고 거실로 나오듯, 오늘도 어김없이 샤워를 하고 체대 건물을 나왔다. 드넓게 펼쳐진 캠퍼스가 보였다. 아무도 없었다. 나뿐이었다. 그 순간만큼은 눈에 보이는 모든 곳이 내 것 같았다. 나는 그곳에서 젖은 머리를 햇살에 말렸다.

0%를 향하여

100

한국 영화 100주년이었다.° 그게 나랑 무슨 상관인가 싶었다. 봉준호 감독은 칸 영화제에서 「기생충」으로 황금종려상을 수상했고, 그게 나랑 무슨 상관인가 싶었지만, 아무런 상관이 없다고 말하기에는 어느 정도 상관이 있는 것 같기도 하고 아닌 것 같기도 하고 그랬다. 한편 영화진흥위원회는 한국 영화 100주년을 맞이하여, 한국 영화감독 100명이 100초짜리 영화 100편을 제작하는 프로젝트를 진행했다. 대한민국역사박물관에서는 한국 영화 100주년 특별전이 열

° 2019년.

렸고, 국립아시아문화전당에서는 과거 검열제도에 의해 탄압받았던 영화들을 상영했으며, 서울아트시네마는 합동영화사와 함께 특별전을 기획하였다. 3대 멀티플렉스가 국내 영화 시장의 97%를 점유하고 있었고, 한 해 동안 천만 관객 영화가 다섯 편이나 나왔으며, 스크린 상한제 도입이 논의되었다. 한국 독립예술영화 관객 점유율은 1%대 초반으로 떨어졌다. 여전히 근로계약을 맺지 못한 채 일하는 영화인들이 있었고, 나는 한국 영화 100주년을 맞이하여, 영화를 그만두고 싶었다.

*

강릉에서 물회를 먹었다. 강릉에 한번 놀러 오라는 석우 말만 믿고, 무작정 강릉에 왔는데, 석우 말을 듣길 잘했다는 생각이 들었다. 작년까지만 해도 석우는 상업영화 현장에서 촬영팀으로 일했는데, 불현듯 영화를 그만두겠다며 고향으로 내려갔다. 강릉에 사진 스튜디오를 차릴 예정이니, 나중에 너희들도 결혼이라는 걸 하게 되면 연락하라고 했다. 도와주겠다고. 그때 나는 내가 정말 결혼이라는 걸 하게 될까, 결혼이라는 걸 하게 되어 얘한테 연락할 일이 생기기나 할까, 그런 걱정을 했다. 석우조차 결혼할 생각이 별로 없어 보여서, 나는 내심 스튜디오의 미래를 걱정하면서도, 그의 선택을 응원해줄 수밖에 없었다. 누군가 영화를 그만둘 거라고 말해도 보통 그런 말을 하는 애들은 그런 말을 하고도 영화를 그만두지 않았기 때문에, 나는 그래 너 어디 한번 그만둬보라고 했는데, 그러다가 정말로 그 애가 영화를 그만두면 왠지 모르게 마음이 아팠다. 석우가 영화를 그만두겠다고 했을 때, 석우에게 영화를 왜 그만두냐고 물었던 사람은 아무도 없었다. 그래, 스튜디오는 할 만하니? 내가 묻자, 석우는 뭘 해도 영화보다는 할 만하지 않겠냐고 했다. 그래도 요즘 상업은 근로계약서도 쓰고 많이 나아졌잖아. 일주일에 52시간 이상 촬영도 안 하고. 1분만 더 지나도 촬영감독 얼마나 화내는 줄 아냐. 근데 독립은 답 없지. 내가 말하니, 석우는 독립영화판에 답이 있었던 적이 있기나 했냐고 되물었다. 그래, 다 아는 얘기 계속하는 거야. 계속 답이 없으니까. 그냥 그렇게 버티다가 하나둘 떠나는 거지 뭐. 별수 있나. 말을 하다 보니까 멈출 수가 없었다. 그런데 어떻게 이렇게까지 노답일 수가 있지. 아, 열받네 진짜. 말을 하다 보니까 갑자기 열이 받았다. 말을 하다 보면 열이 났고, 열이 나니까, 말을 하지 말아야 했지만. 아우씨. 열이 났다. 야, 열 내지 말고 밥이나 먹어. 석우는 이내 그릇을 다 비웠고, 말했다. 그런데 누구나 하고 싶은 것만 하고 살 수도 없잖아. 결국에는 돈을 벌어야 사니까. 그리고 생각해보면 연출 하고 싶어 하는 사람이 너무 많아. 석우가 틀린 말을 한 건 아니었다. 그런데 맞는 말을 한 것도 아닌 것 같았다. 나는 석우가 틀린 말도 아니고 맞는 말도 아닌 말을 해서 짜증이 조금 났지만, 물회를 사줘서 참았다. 그래, 네 말도 다 맞아. 무슨 말인지 알아. 물회가 너무 매워서 열이 올라오네. 그런 말들을 하면, 우리 모두 다 맞는 말을 하고 있는 것 같기도 했고, 모두 다 틀린 말을 하고 있는 것 같기도 해서, 뭐가 맞는지 뭐가 틀린지 도통 알 수가 없는 상태가 되어버렸다. 아참, 지금 딱 정동진 독립영화제 하고 있는데, 이따가 해 지면 거기 갈래? 경포도립공원 쪽으로 드라이브 한 바퀴 돌다가 가면 시간 딱 맞을 것 같은데. 석우가 제안했고, 나는 좋다고 했다.

*

3·1운동이 있던 해, 한국 최초의 상설 영화관 단성사에서 김도산의 「의리적 구토」(1919)가 상영되었다. 키노드라마 형식으로 된 이 영화는 한국 최초의 영화로 알려져 있다. 해방 이후, 한국전쟁을 겪으면서 대부분의 한국 영화 필름이 유실되었기 때문에 지금 살아 있는 사람 중 이 영화를 실제로 본 사람은 아무도 없을 것이다. 현재 이 영화는 문서 기

록으로만 남아 있다. 기록에 따르면, 영화는 주인공 송산이 아버지의 재산을 탐하는 계모를 물리치고 가문의 체면을 지키는 이야기인데, 여기서 계모는 조선을 약탈하려는 일본을 상징하는 인물이라고 한다. 그러니까 이 영화는 조선 독립에 대한 열망이 담긴 영화라고 할 수도 있을 텐데, 지금 보면 뭔가 이상한 이야기였다. 어찌 되었건 이후, 젊은 영화감독 나운규가 대규모 자본과 엑스트라를 동원해 최초의 민족영화 「아리랑」(1926)을 만들었고, 큰 호응을 얻었다. 하지만 그럼에도 불구하고, 당시 조선인들에게 영화는 이미 '우리의 것'이 아니었다. 국내에서 제작되는 영화는 극히 적었고, 1920년대에는 할리우드 영화들이 국내로 쏟아져 들어왔기 때문에 조선인들이 극장에서 주로 접한 영화는 외국 영화일 수밖에 없었다. 영화에 대한 동경은 곧 할리우드 영화에 대한 동경을 의미했다. 그 당시에도 사람들은 '조선 영화는 지루해서 돈 주고 보기 아까울 정도'라고 평가하며, 할리우드 영화에 열광했다.

> 대관절 계림영화협회 「산채왕」은 언제나 완성이 되는지 알고 싶다. 이래서는 조선의 영화계는 언제든지 비관 상태를 면하지 못할 것이다.(청주서 석돌이)°

이상이 카페를 차렸다가 망하고, 소설가 구보가 종로 일대를 걸으며 하루를 보내고 있을 무렵, 신문에는 영화에 대한 단평들이 실렸고, 이구가 '하소'라는 필명으로 영화 비평을 쓰기 시작했다.[○] '영화에 대해 말하기' 시작했던 것이다.

*

정동진독립영화제는 매년 여름 정동초등학교 운동장에서 열리는 영화제였다. 사람들이 운동장에 삼삼오오 돗자리를 깔고 앉아 있는 게 보였다. 운동장에 설치된 대형 스크린과 스피커. 두근거렸다. 장이머우의 영화에서 본 한 장면 같았다. 제목이 "영화 보는 날"[○○]이었나. 시골 마을에서 영화 상영하는 영화 있잖아. 내가 말하자, 석우는 고개를 저었다. 강릉은 시골이 아니야. 아차 싶었다. 그래, 맞아. 우리 대학 왔을 때, 서울 사는 애들이 그런 얘기 많이 했잖아. 거기 CGV 있어? 롯데시네마 있어? 마치 시골 사는 애들이 어떻게 영화를 보고 영화과에 왔냐는 듯이. 지방에는 영화관도 없는

○ 김승구, 『식민지 조선의 또 다른 이름, 시네마 천국』, 책과함께, 2012, p. 153.

○○ 칸 영화제 60주년을 기념하여 제작된 옴니버스 영화 「그들 각자의 영화관」(2007).

줄 알아. 시내 가면 다 있다고 하니까, 애들이 놀라면서 그럼 너는 시외에 사냐고 했지. 그것도 벌써 10년 전 일이네. 10년 전에도 멀티플렉스는 어디에나 있었어. 석우는 운동장 흙바닥 위에 돗자리를 깔았다. 나 어릴 때, 여기 진짜 매년 왔어. 같은 반 애들이랑 피자 먹으면서 영화 보고 그랬다고. 진짜 귀여워. 석우는 자신을 귀여워하며, 맥주 캔을 땄다. 나 사실 그때 내가 세련된 줄 알았다? 영화나 예술에 대해 많이 안다고 생각했으니까. 에이, 촌스러운 새끼. 그래도 나 지금 많이 멋있어졌지? 나 노력 많이 했다. 석우는 자기 자신을 귀여워하다가, 갑자기 자기 자신을 한심해하다가, 갑자기 자기가 멋있어졌다고 했는데, 그래서인지 조금 미친놈 같아 보였다. 뭐래. 왜 이러는 거야. 그때 스크린이 밝아지며 영화가 시작되었다. 종종 친구들과 함께 석우네 집에 모여 영화를 보던 게 생각났다.

*

석우는 맥주를 마시면 공부가 더 잘될 것 같다고 했다. 오, 좋은 생각. 우리는 석우가 천재인 줄 알았다. 우리는 각자 마시고 싶은 맥주를 사서 석우가 사는 방으로 갔는데, 우리가 왜 그곳으로 갔냐면, 그 방은 원래 그런 방이기 때문이었다. 석우도 잘 알고 있었을 것이다. 빔프로젝터를 구입한 이후, 석우네 집은 더 이상 석우만을 위한 공간이 아니게 되었다는 걸. 모든 건 빔프로젝터 탓이었다. 우리는 석우네 집에 가자마자, 손님답게 석우에게 토렌트 불법 다운로드를 요구했다. 석우는 토렌트 불법 다운로드를 시도했고, 그리하여 우리는 10분도 지나지 않아 국내 미개봉 영화를 손에 넣을 수 있게 되었다. 우영은 이제 곧 한국에서도 넷플릭스 같은 스트리밍 서비스를 사용할 수 있다고 했다. 우리는 우영의 말을 시작으로, 앞으로 오컬트 장르가 유행할 것이라는 이야기, 이미지를 어떻게 믿을 것인가에 대한 이야기, 세월호 참사 이후 한국 영화들에 대한 이야기, 검열제도 이야기, 문화예술계 블랙리스트에 대한 이야기, 광화문 광장에 다녀온 이야기를 했다. 그러다가 다시 영화 이야기, 대한민국 영화계의 미래에 대한 이야기, 졸업 이후 우리에게 닥칠 미래에 대한 이야기, 졸업한 선배들이 어떻게 살고 있는지에 대해 이야기했다. 상업영화 현장에서 스크립터로 일하는 선배가 자신을 성희롱한 조감독과 치고받고 싸웠다는 이야기. 촬영팀에서 일하는 선배가 감독에게 뺨을 맞고도 그냥 계속 거기서 일했다는 이야기. 그래도 그 감독이 만든 영화가 계속 흥행을 하니까 제작자들도 함부로 뭐라고 못 한대. 요즘은 흥행만 하면 뭐든 다 된다는 이야기. 흥행이 곧 권력이라는 이야기. 돈만 벌면 장땡이라는 이야기를 했지만, 그럼에도 불구하고 매년 꾸준히 혼자 독립영화를 찍는 선배가 있다는 이야기도 했다. 선배 그거, 건설 현장에서 일해서 번 돈으로 매년 영화를 찍는 거야. 선배가 예전에 나한테 그랬어. 돈 벌어서 영화를 꾸준히 만들어야 한다고. 그래야만 겨우 자기 자신을 영화감독이라고 믿을 수 있다고. 이때 나는 내게 다가올 미래에 대해 약간 외면하고 싶었는데, 다들 그랬는지 모두 별말 없이 맥주만 들이켰다. 그래도 경환 선배가 촬영팀으로 참여한 영화 잘됐잖아. 천만 넘었는데, 돈 엄청 받지 않았을까. 아니야, 보너스 한 푼도 안 줬대. 우리는 돈이 너무 좋지만 돈이 너무 싫다는 이야기를 하다가, 돈이 너무 좋아서 돈이 무섭다는 이야기도 하다가, 현금 없는 사회에 대해 이야기를 했는데, 방금 전까지 영화 이야기를 하다가 왜 갑자기 현금 없는 사회에 대한 이야기를 하게 되었는지는 알 수 없었다. 이제 우리 그만 떠들고 영화 좀 보자. 어느새 맥주 캔이 비어 있었다. 우리는 맥주를 더 마시려고, 맥주를 더 사 왔고, 더 마셨고, 맥주를 더 마시기 위해, 밤새 영화 세 편을 연속으로 봤다. 해가 뜰 무렵, 우리는 약속이라도 한 것처럼 한 명 두 명 바닥에 드러누웠다. 나는 눈을 감았다. 방바닥이 따뜻했다. 다들 너무 졸려서인지 말을 이어가진 않았다. 그대로 잠이 들었다.

*

시내에 가면 '쥬네쓰[○] 시네마'가 있었다. 나의 첫 극장. 극장에서 처음 본 영화는 공룡이 나오는 영화였다. 나는 초등학생이었고, 엄마 손을 잡고 있었다. 사람들이 극장 안으로 들어가기 위해 줄을 서 있던 모습이 종종 기억난다. 팝콘과 버터구이오징어 냄새. 좁은 계단. 줄 서 있던 사람들의 모습이 기억나지만, 그들의 얼굴은 기억나지 않는다. 어른들. 종종 보이는 내 또래 아이들. 어쩌면 같은 학교에 다니게 되었을 수도 있는 아이들. 우리는 시내로 가는 버스 안에서 마주쳤거나, 집으로 가는 버스 안에서 마주쳤을 수도 있을 것이다. 그것도 아니라면, 언젠가 극장 안에서 또다시 마주쳤을지도 모른다. 그런 일이 또 일어날 수 있을까 싶겠지만, 또 일어나지 말라는 법은 없기 때문에 또 일어났을지도 모른다. 하지만 그런 일이 또 일어나더라도 우리는 우리의 얼굴을 알아보지 못할 것이다. 우리는 우리가 함께였는지도 모른 채, 함께 있다가 헤어질 것이다. 극장에 사람들이 많았는데, 사람들의 얼굴이 기억나지 않는다. 기억나는 건 사람들의 얼굴이 아니라, 벽, 천장, 복도, 의자 같은 것들. 벽에 달

○ Jeunesse.

린 스피커와 영사기 소리. 영사기에서 뿜어져 나오는 빛. 빛을 뚫고 유영하는 먼지. 먼지. 먼지가 공중에 꿈틀거리는 게 보였다. 그것을 보며, 팝콘을 먹었고 오징어를 먹었다. 스크린 속. 공룡이 달려가는 모습. 사람들 웃음소리. 잡담 소리. 소곤소곤. 뭉개지는 소리. 팝콘 씹는 소리. 뒤섞이는 소리. 말소리. 어떤 애가 엄마에게 혼났다. 어떤 애는 자꾸 일어났다. 어떤 애는 내 뒷좌석에 앉아 의자를 발로 찼다. 나는 여기가 도대체 무얼 하는 공간인지 궁금했고, 그걸 알기 위해 두리번거렸다. 나는 다른 사람들처럼 행동했고, 행동하려고 했고, 행동하기 위해 의자를 발로 찼다. 엄마에게 혼났다. 내가 스무 살이 되던 해, 쥬네쓰 시네마는 사라졌다.

*

종로3가역 출구로 나가면, 영화로부터 도망칠 출구가 없었다. 14번 출구로 나가면 서울극장과 서울아트시네마와 인디스페이스가 나왔고, 2-1 출구로 나가면 CGV피카디리 1958이 나왔으며, 9번 출구로 나가면 단성사가 있던 자리가 나왔다. 내가 처음 단성사를 봤을 때, 단성사는 이미 폐허가 된 건물이었다. 한국전쟁에서도 살아남았는데, 부도를 맞았다고 했다.

*

늦을까 봐 허겁지겁 뛰었다. 겨우 시간을 맞춰 극장에 들어갔는데, 상영관을 잘못 찾아 들어온 줄 알았다. 상영관이 텅 비어 있었기 때문이었다. 그러나 상영관을 잘못 찾아 들어왔다고 하기에는 말이 안 되었다. 서울아트시네마 상영관은 하나뿐이었고, 그렇기 때문에 상영관을 잘못 들어오는 일은 벌어질 수 없었다. 나는 자리에 앉아 영화가 상영되길 기다렸다. 아니, 누군가 오길 기다렸는지도 모른다. 내가 아는 사람이든, 모르는 사람이든. 그러니까 나는 함께 영화를 볼 사람들이 오길 기다렸다. 기다리니까 사람들이 왔다. 한 명, 두 명, 세 명. 불이 꺼질 때까지, 상영관 안으로 들어온 관객은 열 명이 채 되지 않았다. 이만희 감독의 영화였다.

알려진 바와 같이, 김태용의 「만추」(2010)가 있었고, 그 전에는 김수용의 「만추」(1981)가 있었으며, 그보다 훨씬 이전에는 이만희의 「만추」(1966)가 있었다. 소문에 의하면, 이만희의 「만추」 원본 필름은 북한에 있다고 하는데, 그게 왜 거기에 있는지는 모르겠지만, 그게 그렇게 명작이라고 했다. 그 영화는 전설로만 남아 있었다. 당시 이만희 감독은 천재로 살면서 어처구니없는 일들을 많이 경험했는데, 그 일화를 듣고 있자면 정말 어처구니가 없었다. 1960년대 검열 당국은 이만희 감독의 「휴일」(1968) 시나리오를 두고, "주체성과 예술성이 없"기 때문에 이런 영화는 만들어지면 안 된다고 했다가, 다시 "주체성은 있으나 예술성이 없"기 때문에 이런 영화는 만들어지면 안 된다고 했다가, 마지막에는 "되도록" 이런 영화는 "안 만드는" 게 좋다는, 무슨 말인지 하나도 알아먹을 수 없는 말을 했다.° 뿐만 아니라, 이만희 감독은 「7인의 여포로」(1965)에서 국군을 허약하게 묘사했다는 등의 이유로 입건되기도 했다. 이 일로 촬영이 잠시 중단되었다가, 출소 후 겨우 완성하게 된 영화가 바로 「흑룡강」(1965)이었다. 그리고 나는 지금 극장에서 그 영화를 보고 있었다. 처음 만난 몇 명의 사람들과 함께. 이번 상영은 불완전판 상영이었는데, 나는 영화를 보는 내내 겨우, 간신히, 힘겹게, 완성한 영화가 어떻게 다시 불완전판이 될 수 있었는지에 대해 생각했다. 결국 이 영화는 불완전판으로 존재할 수밖에 없는 운명이었던 걸까. 그런 생각을 할 때, 영화가 갑작스럽게 끝났다. 만족스러웠다. 극장에서 불완전판을 볼 수 있는 기회는 그리 흔치 않은 기회였으니까.

영화가 끝난 후, 고개를 돌려 주변을 둘러보았다. 띄엄띄

° 박재환, 「[한국영화 100년 더 클래식 ③휴일] 한국적 리얼리즘의 〈휴일〉(이만희 감독, 1968)」, 〈KBS미디어〉, 2019년 10월 30일 자 참조.

엄 자리에 앉아 있는 사람들이 보였다. 프로그래머가 관객석 앞에 나오자마자 울분을 토했다. 한국 영화 100주년이었다. 울분을 토했다. 그는 자신이 한국 영화 100주년에 이렇게 울분을 토하게 될 줄은 몰랐을 것이다. 한국 영화 100주년 특별전은 좋게 말해 너무도 '우리만의 소소한 잔치'가 되어버렸으므로, 우리는 우리끼리 신날 수도 있었지만, 소소해도 너무 소소한 잔치가 되어버려서 전혀 신이 나지 않았다. 프로그래머는 여기에 남아 있는 관객을 위로하고 싶어 했고, 나는 프로그래머를 위로하고 싶었다.

*

'시네 토크'가 끝나고 상영관을 나오는데, 할머니 한 분이 내게 말을 걸었다. 옛날 생각 나네요. 이거 나 젊었을 때 극장에서 봤던 영화인데. 말을 걸어주셔서 감사했다. 이 영화를 젊었을 때 보셨다고요? 할머니는 해방둥이로, 어린 나이에 한국전쟁을 겪었다고 했다. 요즘에는 노인복지센터에서 영화제작을 배우고 있고, 파이널컷 프로도 다룰 수 있다고 했다. 태어나서 배워본 것들 중에 제일 재미있다고 했다. 어릴 때부터 영화 보는 걸 좋아했는데, 단성사가 사라지기 전에는 단성사에 자주 갔다고 했다. 저는 말로만 들어봤어요.

저 어렸을 때 지방에 살아서 단성사에 가본 적이 없거든요. 대학로 동숭시네마텍도 못 가봤어요. 나는 할머니에게 나를 소개했다. 영화 일을 하다가 지금은 백수로 지내고 있어요.

*

극장에 있던 사람들은 어느새 극장 앞에 있는 사람이 되었다. 어쩌다 보니 그렇게 되었다. 사람이 진짜 없네요. 왜 이렇게 안 왔을까요. 평소보다 사람이 없네요. 우리는 극장 앞에 서서 짧게 대화를 나눴다. 어떤 분은 광화문 쪽에 살면서 회사를 다니고 있다고 했고, 종종 서울아트시네마에 영화를 보러 온다고 했다. 어떤 분은 이제 곧 카페를 차릴 예정이라고 했다. 어떤 아이는 현재 안산에서 고등학교에 다니고 있다고 했다. 영화제작 동아리에서 사적 다큐멘터리를 찍고 있으며, 영화감독이 되고 싶다고 했다. 그 나이 또래 학생이 한 명 더 있었는데, 그 아이는 이만희 영화를 보러 충주에서부터 시외버스를 타고 왔다고 했다. 부모님한테 독서실 간다고 거짓말을 하고 나왔는데, 시간에 맞춰서 빨리 가야 한다고 했다. 그 아이는 가방을 메고 있음에도 불구하고 구태여 보여주기 식으로 옆구리에 영화 비평집을 끼고 있었는데, 눈빛부터 예사롭지 않았다. 안녕하세요. 저는 윤성호라고 합니다. 윤성호 씨는 요즘 아무것도 안 하는데, 계속 아무것도 안 하고 싶지만, 아무것도 안 할 수 없는 위기에 처해 있다고 했다. 윤성호? 내가 고개를 갸우뚱하자, 그는 내가 왜 저런 반응을 보이는지 다 안다는 듯이 입을 열었다. 그 윤성호 아니에요.

*

당신은 말의 진심을, 사랑의 진심을, 영화의 진심을 믿습니까?

[……]

영화는 신자유주의, 제국주의, 영화, 사랑 등을 그 자체로는 텅 빈 기표로 반복 사용하며 무언가 남겨짐을 거부하고 지속적으로 유보하고 있다. '담론을 패션(fashion)으로 만듦으로써 발언이 되게 하기'와 '담론을 또 하나의 매혹적인 상품으로 소비하고 말기' 사이에서 이 재기발랄한 영화는 위태롭게 스스로를 시험하고 있는 것처럼 보인다.°

° 남다은, 「영화의 진심을 믿습니까? 「은하해방전선」」, 『씨네21』, 2007년 11월 28일 자 참조.

『씨네21』을 통해 윤성호 감독의 첫 독립 장편영화 「은하해방전선」이 개봉한다는 소식을 접하게 되었는데, 그때까지만 해도 나는 독립영화가 무엇인지도 몰랐을뿐더러 윤성호가 누군지도 몰랐다. 공동 제작 청년필름. 배급 인디스토리. 내가 아는 배우가 단 한 명도 출연하지 않는 영화. 예고편을 찾아봤는데 재미있을 것 같았다. 예고편을 수십 번씩 돌려봤다.

> (군인 두 명이 대낮에 지하철에서 대화를 나눈다. 선임이 후임에게 말한다.) "영화가 개인의 예술이라고 생각해? 민중은 생각 안 해?"

도대체 대낮부터 왜 저러고 있는 거지. 궁금했다. 하루 빨리 보고 싶었다. 나는 기다렸다. 곧 영화가 개봉한다고 해서 기다렸는데, 아무리 기다려도 그 영화는 개봉하지 않았다. 그때 나는 처음으로 독립영화를 보려면 독립예술영화관에 가야 한다는 걸 알게 되었다. 인터넷으로 찾아보니, 대전에 가면 대전아트시네마라는 곳이 있다고 했다. 그곳에 가면 그 영화를 볼 수 있다는데, 그곳은 내가 사는 곳에서 아주 멀었다. 혼자서 청주 밖으로 나가본 적이 없었다. 내가 혼자서 대전까지 갈 수 있을까, 생각했지만 가보고 싶었다. 보고 싶었다. 나는 누군지도 모르는 감독의 첫 장편영화를 보기 위해 내 하루를 다 쓰기로 마음먹었는데, 내가 왜 그런 마음을 먹었는지는 알 수 없었다. 주말에 대전으로 갈 계획을 짰다. 무엇이, 어떤 힘이, 도대체, 왜, 나를 낯선 곳까지 이르게 만들었는지 알 수 없었다.

*

막상 대전아트시네마 건물 앞에 도착하니, 건물 안으로 들어가기가 망설여졌다. 그곳은 지금껏 내가 다녔던 영화관들과는 전혀 다른 외관을 지니고 있었다. 여기가 영화관 맞나, 들어가도 되나, 수많은 의문이 들었다. 낡은 계단을 걸어 올라갔다. 문을 열어보니, 테이블과 의자가 있었다. 영화관이라기보다는 오래된 카페 같았지만, 벽에 빼곡하게 붙어 있는 영화 포스터들을 보니 영화관이 맞았다. 그곳에는 유니폼을 차려입고 나를 반기는 미소지기도, 진한 팝콘 냄새도 없었다. 매표소. 매표소랄 것도 없지만, 카운터에 앉아 있는 사람은 나를 그냥 내버려뒀다. 그분은 나에게 관심이 있는 것 같기도 하고 없는 것 같기도 하고, 나를 손님으로 맞이해주는 것 같기도 하고 아닌 것 같기도 했는데, 나는 그분의 그런 태도에 왠지 모르게 마음이 편안해졌다. 자유가 있었다.

표를 끊으니, 직원분이 티켓과 함께 담요를 주셨다. 영화를 보다 보면 추울 거라고 했다. 나는 이미 영화를 보기 전부터 추웠다. 극장 안으로 들어가 의자에 앉았는데 의자가 삐거덕거렸다. 재미있었다. 나는 이미 영화를 보기 전부터 재미있었다. 극장에는 나 혼자였고, 계속 나 혼자였다. 영화 상영 직전에 누군가 들어왔다. 누군지도 모르는 사람과 함께, 누군지도 모르는 감독의 영화를 봤다. 실어증에 걸린 영화감독이 사랑하는 사람과 소통하기 위해 고군분투하는 이야기였다. 누군지도 모르는 배우가 나왔다. 그리고 나는 곧 그들이 누군지 알게 되었다. 영화를 다 보고 극장을 나왔는데, 마음이 이상했다. 좋은 것도 아니고 좋지 않은 것도 아닌데, 그저 그런 것도 아니었다. 나조차 내 마음을 모르게 만들어버리는 영화였다. 지금까지 내가 봤던 영화와는 뭔가 다른 영화인 것 같기도 하고 아닌 것 같기도 하고, 뭐 그랬는데, 그래도 이 영화를 잊고 싶지 않았다.

*

인디스페이스 관객석이 꽉 차 있는 모습을 살아생전 볼 수 있을까. 인디스페이스는 2007년에 정부 지원으로 세워진 국내 최초의 독립영화 전용관인데, 2009년 말부터 잠정

적 휴관 상태였다가, 민간 독립영화 전용관 설립 추진 모임에 의해 2012년에 재개관하였다. 나는 소위 '인디스페이스 광화문 시대' 그러니까 인디스페이스가 광화문에서 재개관했을 때부터, 이곳에서 영화를 봤다. 독립영화에 대한 엄청난 애정이 있었다기보다는, 그냥 어쩌다 보니 자주 오게 되었다. 동기의 영화를 보러, 선배나 후배의 영화를 보러, 다른 대학 친구들의 영화를 보러, 일하다가 만난 지인이나 어쩌다가 만난 지인의 영화를 보러, 건너 알게 된 사람의 영화를 보러. 누군가는 '자기들끼리' 찍고, '자기들끼리' 보고, '자기들끼리' 해먹는다고 했다. 맞는 말이었다. '자기들끼리'라도 안 보면, 정말로 독립영화를 봐줄 사람이 없었다.

*

비가 왔다. 미쟝센 단편영화제에 가는 날마다 비가 내리는 것 같았다. 그래서인지 분위기도 대체로 우중충했다. 다들 아닌 척하고 있지만. 상진이는 영화제에서 애들 으스대는 꼴을 보면 역겨워질 정도라고 했는데, 그러면서도 매년 영화제에 왔다. 상진이의 영화가 상영된 적도 있었다. 솔직히 여기 오는 애들 다 영화과 아니냐. 자기들끼리 찍고 자기들끼리 보려고 오는 거지. 영화과 친목 도모 영화제야. 그들만의

리그야. 또 아는 애들 마주칠까 봐 싫어. 상진이는 그러면서도 매년 영화제에서 아는 애들을 마주쳤고, 인사했고, 욕했다. 욕을 하기 위해 여기에 오는 것 같았다.

한때 미쟝센 단편영화제는 상업영화 등용문이었다. 영화제에서 수상을 하면, 얼마 지나지 않아서 상업영화 감독으로 데뷔할 기회가 주어졌다. 상업영화 제작자가 와서 장편 시나리오가 있냐고 물으면, 그때 장편 시나리오가 있으면 됐다. 하지만 이제는 영화제에서 수상하더라도, 그런 기회는 쉽게 오지 않았다. '계속' 수상하더라도 마찬가지였다. 상업영화 제작 예산은 점점 더 커졌고, 예산이 크면 흥행에 참패했을 때 손해도 컸기 때문에 흥행이 보장된 영화감독들만 영화를 만들 수 있었다. 그럼에도 불구하고, 다들 여전히 자신의 영화가 영화제에서 상영되길 바랐다. 성과가 가시적이기 때문이었다. 비록, 관객이 다 영화과 학생들이더라도 관객석이 꽉 채워졌으니까.

우리는 관객석에 앉아, 영화가 시작되길 기다렸다. 상진이가 조금도 쉴 새 없이 떠들었다. 물론, 내가 잘해야겠지. 물론, 내가 영화를 잘 만들어야 하겠지만. 실력도 없으면서 징징거리면 안 되지만. 상진이는 가끔 말을 하다가, 끝까지 말을 이어가지 못했다. 그냥 이런 경쟁이 지친다는 거야. 이제는 영화 만드는 게 재미없게 느껴지기까지 해. 결국 모든 독립영화는 상업영화 포트폴리오 아니냐. 날도 우중충한데, 상진이가 자꾸 우중충한 이야기나 하고 앉아 있어서 내 기분도 더 우중충해졌다. 다 아는 얘기 그만해. 우산으로 한 대 맞고 싶냐. 궁상 좀 그만 떨어. 나는 상진이에게 말했지만, 종종 그렇게 말했지만, 그렇게 말할 때마다 마음이 편하지 않았다. 그런데 너는 왜 매년 오냐. 상진이 내게 물었고, 나는 의무감에 온다고 했다. 좋든 싫든, 그냥 봐야 할 것 같은 느낌이랄까. 그냥 매년 왔으니까 매년 오는 거야. 그리고 좋은 영화를 보게 될 수도 있잖아. 내가 말하고도 이유 같지 않은 이유라고 생각했다. 좀더 제대로 된 이유가 필요할 것 같았다. 아니, 나 사실 미장센 헤어에센스 받으러 오는 거야. 나는 영화제에서 1년 치 헤어에센스를 받아 왔다. 가끔 영화제 이벤트에 당첨되면, 샴푸 린스 세트도 받았다. 그걸 쓰면서 영화에 대해 생각하진 않았다.

*

상업영화 현장에 가야 했지만 현장에 가고 싶지 않았다. 현장에 가면 돈은 벌 수 있었지만 글을 쓸 수 없었고, 글을 쓰지 못하면 내 작품을 만들 수 없었다. 내 작품을 만들지 못하면 감독이 될 수 없었다. 모순적이게도, 영화를 만들기 위해서는 영화를 하면 안 되었다. 그리고 내 작품을 만들기 위해서는 돈과 시간이 필요했는데, 돈과 시간을 확보하기 위해서는 과외만 한 것이 없었다. 물론, 돈을 벌 수 있는 일이야 많았지만 돈을 벌면 시간이 없었다. 돈을 벌 때, 나는 종종 내 노동력이 아니라 내 시간을 팔고 있다는 생각이 들었다.

*

한때 프랑스문화원에서 자막도 없는 영화를 보며 공부했던 사람들이 있었다. 영화감독을 꿈꾸며 미국이나 프랑스로 유학을 갔던 그들은 대학교수가 되었고, 대학교에서 그들에게 영화를 배웠던 학생들은 영화과 입시 과외 선생이 되었다. 유학파 중 누군가는 교수 월급으로 쉰 살이 넘을 때까지 빚을 갚고 있었고, 그들에게 영화를 배웠던 학생들 중 누군가는 입시 학원 임금으로 서른 살이 넘을 때까지 학자금 대출 빚을 갚고 있었다. 나도 학자금 대출 빚을 갚고 있었고, 과외를 하고 있었다. 고백하자면, 처음 과외를 시작했을 때 마음이 편하지 않았다. 내가 잘 가르치지 못할까 봐. 그래서 애를 대학에 못 보낼까 봐. 그래서 어린애 인생을 망칠까 봐. 그런 걱정들로 가득했으니까. 그러나 정작 더 큰 문제는 다른 데 있었다. 모순. 내가 학생에게 모순적인 말들만 하고 있었기 때문이었다. 영화를 통해 네가 하고 싶은 말을 전해야 한다고 말하면서, 사람들이 좋아하는 재미있는 시나리오를 쓰라고 말했기 때문이었다. 생각해보면, 말 같지도 않은 말이었다. 내가 하고 싶은 말과 사람들이 듣고 싶은 말은 다를 수 있기 때문이었다. 때때로 내가 하고 싶은 말은 재미없는 말일 수 있었고, 내가 해야만 하는 말도 재미없는 말일 수 있었다. 이래서 사람들이 좋아하겠어? 이래서 잘 팔리겠어? 이래서 투자 받겠어? 그래서 주제가 뭐야? 지금껏 수도 없이 들었던 말들이 떠올랐다. 그런데 이때 '사람들'이란 도대체 누구를 말하는 걸까. 너무 많은 사람들의 얼굴을 한꺼번에 떠올릴 수 없었다. 나는 그럴 수 없었다. 나에게는 그럴 능력이 없었다.

*

로그라인. 영화의 주제와 줄거리는 한 문장으로 요약될 수 있어야 한다고 했다. 나는 그런 말을 들을 때마다, "내가 말로 할 수 있었다면 말로 했지, 구태여 영화로 말하려고 하지 않았겠죠. 한마디로 될 일이었으면 그냥 한마디로 말하면 되잖아요"라고 말하고 싶었으나, 늘 그렇게 말하지 못했다. 내가 진정으로 하고 싶은 말은 한마디로 요약되기를 거부하는 말이었고, 내가 쓰고 싶은 이야기는 어째서 이야기를 그렇게 써야 하냐고 반문하는 이야기였으니까. 나는 거부할 수도 반문할 수도 없었다. 그러나 나는 학생에게 전통적인 플롯에 대해, 극적 개연성에 대해, 명확한 주제에 대해 이야기했다. 파토스와 카타르시스. 주인공을 불행하게 만들고, 주인공에게서 가장 소중한 것을 빼앗으라고 했다. 죽고 싶게 만들고, 죽을 수 없게 하라고 했다. 뭐든, 이유가 있어야 한다고 했다. 그래서 주인공은 옆집 애를 구하러 갈 때도 이유가 있어야 했다. 이유가 없으면 옆집 애를 구할 수 없었다. 주인공에게는 애를 잃은 경험이 있어야 했다. 그래서 또 다른 애가 죽어야 했다. 이야기 속에서 사람을 죽일 때는 생각을 하고 죽여. 나는 그런 말을 했고, 그런 말을 했지만, 그런 말을 하고도 그게 도대체 무슨 말인지 알 수 없었다. 생각을 하고 사람을 죽이면 무죄인가. 나는 정말 또라이인가. 사이코패스인가. 나는 내가 제정신인가 싶었지만, 그래도 그렇게 써야 한다고 했다. 왜? 그게 이야기라고 배웠으니까. 그래야 재미있다고 배웠으니까. 주제를 한 줄로 요약하라고 했다. 그때마다 학생은 자기도 무슨 말을 하고 싶은지 잘 모르겠다고 했다. 그래서 글을 못 쓰겠다고 했다. 하고 싶은 말이 있어서 글을 쓸 수도 있지만, 글을 쓰는 과정을 통해 네가 하고 싶은 말을 찾아갈 수도 있는 거야. 영화도 마찬가지로, 영화를 만드는 과정을 통해 네가 하고 싶은 말을 찾아갈 수도 있는 거야. 그렇게 말하고 싶었지만 말할 수 없었다. 그냥 주제를 한 줄로 요약하라고 했다. 그냥 시키는 대로 하라고 했다. 그런 말을 하고 싶지 않았지만 자꾸만 그렇게 말하게 되었다. 나 자신이 싫었다. 점점 더 그렇게 되어갔다. 나조차 내가 싫은데, 얘는 내가 얼마나 싫을까. 선생님이 싫어요. 입시 하기 싫어요. 어른들이 하라고 하는 대로 하기 싫어요. 그런 말은 듣고 싶지 않았다. 결국 나도 대학에 갔기 때문에, 나도 제도권 교육을 받았기 때문에, 어느새 나도 어른이 되었기 때문에, 돈을 벌어야 했기 때문에, 돈을 벌어서 내 작품을 만들어야 했기 때문에, 그런 말은 듣고 싶지 않았다. 나는 내가 하고자 하는 말을 하기 위해 아이들이 하고자 하는 것을 막는 사람이 되어가고 있었다. 정작 나조차 불편한 이야기, 지루한 이야기, 공감되지 않는 이야기를 마주하는 연습이 부족했던 건 아닐까. 선생님, 가르쳐주셔서 감사합니다. 가끔 그런 말을 들을 때마다 어디론가 숨어버리고 싶었다.

*

선생님, 제가 진짜 좋아하는 형이 있어요. 예전에 영화관

아르바이트 하다가 만난 형인데, 영화 찍는다고 하더라고요. 약간 허세가 있었죠. 그런데 이상하게도 그 형 허세는 귀여웠어요. 아르바이트 끝나면 둘이 영화도 보고 그랬어요. 그러다가 제가 아르바이트를 그만두면서 오랫동안 못 봤어요. 근데 진짜 오랜만에 형에게 연락이 왔어요. 영화 찍었는데 보러 와달라고 하더라고요. 보러 오라는 게 아니라, 보러 와달라고. 그래서 갔는데 되게 작은 극장이었고, 관객이 저 포함해서 세 명이었어요. 그 형, 세 명을 이곳에 모이게 하기 위해서 얼마나 많은 사람들에게 연락을 돌렸을까요. 얼마나 거절을 당했으면, 저한테까지 연락을 했을까요. 그날 집으로 돌아오면서 저도 영화를 해보고 싶다고 생각했어요. 학생이 내게 말했고, 나는 조금 이상한 전개라고 생각했다. 도대체 왜 그런 형을 보고 영화가 하고 싶어진 걸까. 설득력이 하나도 없었다. 그 애가 봤을, 관객이 세 명뿐인 극장. 텅 빈 극장. 역시나 영화 같은 건 하지 말아야 할 이유가 더 많았다. 그러나 이상하게도, 그 이유를 알아도 계속 영화를 하게 되었다. 그 형이랑 연락 계속하니? 너 대학 가는 데 도움을 줄 수도 있잖아. 내가 물었더니, 그 애는 고개를 저었다. 연락 안 한 지 오래되었어요. 그 형, 그래도 어디선가 잘 해내고 있겠죠?

*

대한극장은 1956년 충무로에 세워진 극장이었다. 그러니까 지금은 지어진 지 반세기도 훨씬 넘은 오래된 극장이었는데, 미국의 20세기 폭스사에서 설계했다고 알려진 이 극장은 오픈할 당시 최고의 시설을 갖춘 극장이었다. 나는 영화 티켓을 끊고, 매표소 앞 의자에 잠시 앉아 있었다. 극장 한편, 할머니 할아버지 들이 삼삼오오 모여서 이야기를 나누고 있었다. 너는 그걸 왜 못 해. 아우, 나는 못 하겠더라. 내가 뭐 좀 누르려고 하는데 화면이 그냥 사라지더라고. 짜증이 나서. 네가 엉뚱한 거 눌렀나 보지. 그거 안 배우면 늙는 거야. 이미 늙었어. 늙는 게 뭐 어때서. 그거 못 하면 햄버거 가게 가서 주문도 못 한다 너. 우리 딸이 만날 나한테 햄버거 먹지 말라고 그러더라. 그래서 안 먹어? 아니, 먹지. 딸이 못 먹게 해서, 이렇게 밖에 나오면 더 먹지. 콜라도 먹고. 먹지 말라는 게 제일 맛있어. 연자는 요즘 뭐 한대. 그, 그, 뭐더라. 연자 아들 작년에 결혼했잖아. 애기 낳았어. 카톡에서 봤어. 걔가 참 영화 좋아했지, 젊었을 때. 걔도 나오라고 하지. 애 보고 있어. 우리는 퇴직하고 영화만 보러 다니는 거 같네. 할인도 되고 좋지. 예순다섯 넘어서 좋은 건 그거밖에 없어. 애는 원래 영화 좋아했어. 어쨌든 너 그거 배워. 키오 스크. 네가 잘 눌러야지. 알았어. 이따가 영화 끝나고 여기 스타벅스에서 커피나 한 잔씩 하자고. 야, 가자. 시간 됐어. 시간이 다 됐고, 나도 자리에서 일어났다. 영화를 보기 위해 그분들과 같은 방향으로 걸어갔다.

*

선아 촬영장에 가보니…… 좋게 표현해서 조촐했다. 배우 한 명, 스크립터 한 명, 촬영감독 한 명, 촬영부 한 명, 조명감독 없음, 음향감독 한 명. 그냥 뭐든 하는 한 명. 좋게 말해 자율적인 포지션. 나도 그때그때 할 수 있는 일을 했다. 현장 진행을 했고, 슬레이트를 쳤고, 때때로 식사 준비를 했고, 장비를 옮겼고, 붐 마이크를 들었다. 어떻게 이 스태프로 장편을 찍나 싶었지만, 어떻게 현장이 굴러가긴 했다. 선아는 위기감이 몰려올 때마다, 독립은 못 할 게 없다고 말했다. 독립은 원래 이렇게 찍는 거야. 독립은 다 하는 거야. 혼자서 로케이션과 배우와 스태프를 구하는 데 시간을 다 써서인지, 선아는 연출적인 부분에는 거의 신경 쓰지 못한 것 같았다. 촬영 첫째 날, 선아는 하루 전에 급조한 것 같은 콘티를 가져왔다. 촬영 둘째 날, 선아는 콘티를 가져오지 않았다. 한 컷 한 컷 찍을 때마다, 바로 그 자리에서 어떻게 찍을

지를 결정했다. 힘들어 보였다. 셋째 날, 선아는 줄 콘티를 만들어 왔다. 하루하루가 지날수록 선아는 반쯤 폐인이 되어갔다. 동공에 힘이 하나도 없어서 가끔 얘가 어딜 보고 있는 건지도 알 수 없었다. 언제부턴가 선아는 줄 콘티도 아예 가지고 오지 않았다. 자기는 천재라서 괜찮다고 했다. 머릿속에 컷이 다 있다고 했다. 우리는 박수를 쳤다. 선의의 박수였다. 언젠가 한 번은 선아가 다음 컷을 알려주겠다고 잠깐만 기다리라고 했고, 나는 계속 기다렸다. 선아는 손톱을 계속 깨물었다. 야, 너 괜찮아? 머리 아프면 잠깐 쉴래? 선아는 고개를 저었다. 홍상수도 콘티 없이 찍고, 장 뤽 고다르는 시나리오도 없이 찍는데 뭘. 나도 할 수 있어. 선아에게는 미안하지만, 선아는 할 수 없을 것 같았다. 그래, 못 할 게 뭐야. 너도 할 수 있어! 마음에 없는 소리를 했는데, 미안했다.

*

나는 내가 영화감독인지, 과외 선생인지, 아르바이트생인지, 그냥 백수인지 뭔지 모르겠어. 지혜는 만나기만 하면 그런 말을 했다. 너는 프리랜서지. 지혜는 잘 모르겠다고 했다. 그냥 자신을 백수라고 생각하는 게 이제는 습관이 되어버린 것 같다고 했다. 그래도 너는 직업이 많네. 영화감독이고,

과외 선생이고, 아르바이트생이고, 백수는 직업이라고 해도 될지 모르겠지만, 어쨌든 너는 뭘 많이 하고 있는 거야. 우리 맨날 바쁘잖아. 돈도 안 되는 일 하느라 매일 바쁜 게 우리 삶이었다. 그런데 요즘 내가 과외하다가 느낀 건데, 요즘 애들은 다 영화 찍어봤다? 우리 학교 입학할 때는 영화 찍어 본 애들 거의 없었잖아. 근데 신기한 건, 요즘 애들은 영화를 안 봐. 그런 말을 하는 걸 보니, 이제 우리도 꼰대가 되어버린 것 같았다. 별수 없이. 문득, 중학교에서 방과 후 선생님으로 일하고 있는 규현이가 생각났다. 그거 오규현이 중학교에서 애들 영화 가르쳐서 그래. 걔네가 커서 고등학교에 가면 너한테 과외를 받는 거지. 오규현한테 연락해서 애들 영화 좀 보게 하라고 해. 내가 말하니, 지혜가 깜짝 놀라며 말했다. 나혜도 지금 그거 해. 나혜는 초등학생들 가르쳤나. 나는 이 정도면 우리가 영화과가 아니라 영화교육과를 졸업한 게 아니냐고 했다. 아, 그런데 나혜는 작년에 미장센 영화제에서 봤는데. 나 걔 영화 봤어. 상도 받았잖아. 장편 준비하고 있는 거 아니었어? 내가 물으니, 지혜가 얼굴을 찡그리며 말했다. 다들 그렇게 살지 뭐. 요즘은 예전같이 영화제 가서 상 받는다고 다 데뷔하는 것도 아니니까. 영화 찍으면서 애들 가르치는 거지. 근데 뭐 안 그런 게 어디 있어. 지혜의 말처럼, 정말로 영화만의 일도 아니었다. 대학교에서 예술을 배운 사람들 중 꽤 많은 사람들이 과외를 하거나 학원에서 일했다. 문학을 전공했든, 음악을 전공했든, 무용을 전공했든, 미술을 전공했든, 연기를 전공했든. 내 동기들도 때에 따라 과외를 했고 학원에서 일을 했다. 때에 따라 상업 현장에서 일을 하기도 했고, 때에 따라 독립영화를 만들기도 했다. 때에 따라 사는 사람들이었다. 그래, 이제 세상 모든 예술학교는 사범대지. 내가 말했고, 지혜는 이럴 줄 알았으면 영화 만드는 법만 배우지 말고 영화 가르치는 법도 배울 걸 그랬다고 했다. 만드는 거랑 가르치는 일은 다른 일인 것 같아. 애들 가르치면서 어떻게 가르치는 건지 배우고 있어. 나는 영화 만드는 사람인데, 영화 가르치는 사람이고, 영화 가르치는 사람인데 영화를 어떻게 가르치는지 배우고 있는 사람이기도 하며, 영화를 배우는 사람이기도 해. 너무 많은 정체성이 있어서 정체성이 없어. 나는 고개를 끄덕였다. 나도 그랬기 때문이었다. 어쨌든 오규현한테 연락해서 욕하자. 애들 영화 좀 보게 하라고 하자. 지혜는 그런 말을 하다가, 그러지 말자고 했다. 아니다. 오규현도 살기 힘들 텐데. 걔 그렇게 돈 벌어서 영화 찍을 거 아니야. 지혜는 갑자기 아무런 말도 없이, 테이블 위만 바라봤다. 테이블 위에는 커피 잔밖에 없었다. 너 뭐 보냐. 잠깐 생각하고 있었어. 무슨 생각. 아니, 우리 부모님은 왜 이혼을 해가지고 나를 동생이랑 집에

둘이 있게 했지. 지혜는 부모님이 없을 때, 동생이랑 매일 비디오를 빌려 봐서 지금의 자신이 이렇게 된 거라고 했다. 내 동생도 영화 하잖아. 걔는 나보다 낫지, 그래도 CG 하니까. 지금 전쟁영화 피난민 복사, 붙여 넣기 하고 있을걸. 50만 명 만들어야 된대. 복, 붙, 복, 붙. 지혜처럼 나도 그랬다. 나도 집에 혼자 있었다. 복, 붙, 복, 붙. 부모님이 맞벌이를 하셔서 집에 거의 혼자 있었는데, 그때 영화를 많이 봤다. 또는 부모님이 돈 때문에 이혼하셔서 집에 거의 혼자 있었는데, 그때 영화를 많이 봤다. 필연적으로 영화를 많이 본 애들이 영화과에 진학했는데, 영화를 많이 보게 된 이유는 대체로 비슷했다. 복, 붙, 복, 붙. 요즘 애들이 영화과에 가고 싶어 하는 건 오규현 때문이야. 걔가 방과 후 수업에서 영화 제작하는 법 알려주고 있어서 그래. 솔직히 영화 찍는 거 좀 재미있냐. 애들 영화 찍어보면 이게 내가 찾던 일이구나 싶지. 안 그래? 오늘 지혜는 이상한 방식으로 부모 탓을 하고, 이상한 방식으로 오규현 탓을 했다. 그래도 지혜가 자기 탓을 안 해서 다행이라고 생각했다. 나는 지혜가 자기 자신을 탓하지 않길 바랐다. 몇 달 전에 지혜를 만났을 때, 지혜가 그랬다. 너무 화가 나는데, 할 수 있는 게 아무것도 없다고. 자기가 부족한 탓인지도 모르겠다고. 지혜가 울었고, 그걸 보고 있자니 갑자기 화가 났다. 시팔, 갑자기 왜 울어. 내가 지혜에게 그랬다. 그런 말을 했었다. 지혜야, 나중에 애들은 오규현을 탓할지도 몰라. 그때 선생님이 영화 찍는 법만 가르쳐주지 않았어도, 내가 영화에 대한 꿈을 가지지 않았을 텐데. 그렇게 생각할지도 몰라. 나는 말했고, 지혜는 이 정도면 오규현 불러야 되는 거 아니냐고 했다. 오규현도 없는데 오규현 얘기를 이렇게까지 해도 되냐고 했다. 영화 보러 들어가면 극장에 오규현이 앉아 있을 것 같다고 했다. 나는 극장에 들어갔는데 오규현이 앉아 있으면 그거 호러 아니냐고 했다. 세상에 그런 억지 개연성이 어디 있어. 지혜는 고개를 저으며, 방금 전에 우리가 오규현 얘기 많이 했으니 이건 극적 암시이고, 이제 팝콘 쏟는 사람이 등장하며 긴장감을 더해준 후, 극장 안에서 오규현만 만나면 된다고 했다. 시나리오 잘 쓰고 있는 거야. 걱정 마. 지혜 어깨 너머로, 매점에서 팝콘을 사려고 줄을 선 사람들이 보였다. 우리는 CGV 강변에 있었다.

*

CGV 강변은 1998년에 세워진 국내 최초의 멀티플렉스였다. IMF 외환위기 이후, 모든 산업에 위기가 닥쳤지만 영화 산업은 아니었다. 영화는 가장 값싸게 즐길 수 있는 문화 생활이었고, 영화관은 현실을 잊기 딱 좋은 공간이었다. 멀티플렉스 시대가 열렸고, 정신없이 웃고 즐길 수 있는 영화들이 유행했다. 영화는 외환위기로 무너진 가부장제적 질서를 회복시키기 위해 조폭 문화를 필요로 했고, 가정을 지키기 위해 자신을 희생하는 가족 구성원을 필요로 했으며, 그 어떤 위기가 와도 가정을 지키는 아내와 어머니가 필요했고, 그 밖의 여성은 별로 필요하지 않았고, 경제 위기를 외면하기 위해 가난한 북한을 필요로 했다. 영화 속에는 멋지고 유쾌한 조폭이 나왔고, 가족을 위해 희생하는 가족 구성원이 나왔고, 가정을 지키려는 아내와 엄마가 나왔고, 가난한 북한이 나왔다. 영화는 관객이 필요로 하는 모든 걸 보여줬다. 최고의 서비스였다. 관객 수가 증가했고, 멀티플렉스가 늘어났다. 멀티플렉스가 늘어나면서 관객 수도 더 늘어났다. 관객 수가 더 늘어나니까 멀티플렉스도 더 늘어났다. 더 많은 영화, 더 많은 투자 비용, 더 많은 관객들. 그 덕분에 기술력도 좋아졌다. 이제 한국 영화 산업은 한 해 평균 전체 관객 수 2억 명을 확보한 시장이 되었다. 그리고 거기에서 그쳤다. 내수 시장 포화. 흥행 영화의 스크린 수를 아무리 늘려도, 한 해 평균 전체 관객 수는 더 이상 늘지 않았다. 특정 영화의 스크린 수만 늘어갔다.

*

그런데 내년에 몇백 억짜리 영화들이 쏟아져 나온다고 하더라. 우영이, 지금 거기 있잖아. 킥킥. 지혜가 마시던 커피를 질질 흘리며 웃었다. 몇백억을 투자 받은 이상, 감독은 흥행 결과에 목숨을 걸 수밖에 없었다. 대박이냐, 쪽박이냐. 감독은 대박 쪽박 인생의 기로에서 도망칠 수 없었다. 영화가 흥행하지 못하면, 감독은 인생을 접어야 했기 때문이다. 단 한 번의 실패도 용납되지 않았다. 도박이었다. 근데 우리가 오늘 보는 영화 천만 되는 거 아니겠지? 나는 다음 주에 천만이 넘을 거 같다고 말했다. 에이 시팔. 나 천만 영화 불매운동 중이었는데 실패다. 뭘 해도 실패네. 지혜는 입가에 묻은 커피를 닦으며 말했고, 이에 내가 답했다. 불매운동 하면 안 돼. 스태프들이 무슨 죄냐고. 내가 말하자, 지혜가 짜증을 냈다. 야, 그냥 나 혼자 하는 거야. 내버려둬. 내가 안 봐도 어차피 천만 넘잖아. 근데 나는 존나 유령인가 봐. 존재하지도 않아. 나 하나 없어도 그만이야. 지혜는 어처구니없다는 듯 웃었다. 아. 그러다 갑자기 시나리오가 생각났다며, 휴대전화로 메모를 했다. 유.령.관.객. 극장에 들어가면 다 죽어 없어지는 거야. 나는 호러영화냐고 물었다. 아니, 코미디영화인데? 나는 아무래도 그 영화는 창작지원금을 못 받을 것 같다고 말했다. 그래도 지혜는 열심히 메모했다.

*

저기. 석우는 한참 뜸을 들였다. 뭐야, 갑자기 전화 와서 왜 이래. 나는 석우에게 무슨 일이라도 생긴 건 아닐까, 내심 걱정이 되었다. 저기, 그러니까. 내 영화를 대구에서 상영한다고 하던데. 석우가 나지막이 말했다. 뭐라고? 너 영화 찍었어? 언제? 영화 그만둔다고 고향으로 갔던 석우가 고향에 가서 영화를 찍었다고 했다. 아주 작은 영화. 돈이 거의 들지 않은 영화. 아무도 없는 스튜디오에서 찍었다고 했다. 배우도 없고, 그저 텅 빈 스튜디오만 있는 영화라고 했다. 그렇지만 자기 목소리가 나온다고 했다. 어떤 영화인지는 모르겠지만, 듣기만 해도 노잼일 거 같은데. 나는 말했고, 석우는 자기가 생각해도 그렇다고 말했다. 너 시간 되면, 영화 보러 올래? 너 요즘 시간 많잖아. 석우 말이 다 맞는 말이었는데, 아무리 그래도 대구까지 가는 건 쉬운 일이 아니었다. 너 지금 나한테 대구로 오라는 거야? 아니, 대구로 가자는 거야. 내가 왜? 내 이름이 엔딩크레디트에 있다고 했다. 오오극장에서 만나자. 그런데 도대체 혼자 찍은 영화에 내 이름을 왜 넣은 걸까. 오오극장은 55석의 좌석을 갖춘 작은 극장이었고, 매년 여름이 되면 그곳에서 대구단편영화제가 열렸다. 석우 때문에, 그러니까 석우의 영화 때문에 나는 버스를 타고 대구로 갔다.

*

도착했다. 나는 오오극장 앞에서 익숙한 얼굴과 마주했는데, 혹시 내가 아는 사람인가 했지만 누구인지 생각나지 않았다. 노란 꽃다발을 안고 있는 할머니. 할머니가 나를 보고 고개를 갸우뚱했다. 눈을 마주치니 생각났다. 할머니? 몇 달 전에 서울아트시네마에서 만났던 그분이었다. 내가 할머니에게 왜 여기 계시냐고 물었더니, 할머니는 선생님 영화를 보러 왔다고 했다. 영화 만드는 수업 듣고 있다고 했잖아요. 할머니는 영화제 팸플릿을 보여주며, 이분이 선생님이라고 했다. 김권서영. 이름이 꽤 알려진 독립영화 감독이었다.「종로 가는 길」, 이 영화에 나도 잠깐 나와요. 할머니는 내게 자랑을 했다. 선생님이 우리 가르치는 이야기거든. 다큐멘터리인데, 내가 연기해서 페이크다큐가 되어버렸지. 근데 아마 내가 연기한 줄 선생님은 모를 거야. 나는 할머니가 나오는 영화를 얼른 보고 싶었다. 팸플릿을 자세히 보니, 석우의 이름도 보였다. 이석우,「내가 없는 곳에서」. 아무도 없는 곳에서 혼자 영화를 찍었을 석우가 생각났다. 아무도 없는 곳에서. 내가 없는 곳에서. 그런 생각을 이어갈 때, 할머니가 내게 말했다. 아 참, 연말에 내 영화 보러 올래요? 별건 없지만 와줬으면 좋겠어.

*

스물한 살 때 중앙극장에서 봤어. 전쟁으로 혼자가 된 여자가 젊은 청년하고 사랑에 빠지는 이야기였어. 내가 젊을 때 영화를 진짜 좋아했거든. 극장에서 영화를 보고 돌아가는 길에 그 영화 뒷이야기를 항상 상상하고 그랬다고. 영화는 끝났지만, 나한테는 끝난 게 아니었어. 망상이 들끓어서 글을 배워볼까 소설을 읽고 쓰고 그랬지. 그리고 그냥 시집가서 살았어. 그래도 애 낳고 잘 살았다고. 남편이랑 같이 영화도 보러 다니고 그랬지. 그러다가 텔레비전 뉴스를 보는데 그 영화가 나오는 거야. 중앙극장에서 봤던 그 영화. 세상에, 박남옥이라는 여자가 찍은 영화라는 거야. 그 사람이 그 영화 찍으려고 친언니랑 지인들에게 제작비를 빌리고, 스태프와 배우도 직접 구하고, 촬영장에서 사람들 밥도 먹이고, 애를 업고 그걸 다 했다는 거야. 그런데 그 여자가 세상을 떠났다고 하더라. 지금껏 나는 왜 감독이 될 생각을 못 했을까.

어째서 나는 그런 생각을 한 번도 못 한 거야. 야, 이거. 나 언제 죽을지도 모르는데 죽기 전에 영화 한번 찍어봐야겠다 했지. 그래서 나 영화 찍었고, 지금 편집 중이야. 내가 우리 반에서 제일 우수생이야.

*

영화제에서 자기 영화 보면서 웃고 있던 독립영화 감독. 자기 영화 상영할 때 앞자리에 앉아 크게 박수 치면서 관객 호응 유도했던 독립영화 감독. 나는 종종 극장에서 자기 영화를 보고 있는 독립영화 감독들을 봤다. 기록에 따르면, 한국 최초의 여성 영화감독 박남옥은 애를 업고 하루에 두 번씩 극장으로 가서 자기 영화를 보는 관객들을 봤다고 했다. 애가 갑자기 울까 봐, 조마조마해하면서. 「미망인」(1955)은 극장 개봉 3일 만에 막을 내렸다. 박남옥 감독은 자서전에 "영화가 아무리 좋고 중요하다 해도 이렇게까지 목숨 건 용사처럼 투쟁해야 하나"° 라고 썼다. 그는 살아생전 딱 한 편의 영화를 찍었다.

° 박남옥, 『박남옥: 한국 첫 여성 영화감독』, 마음산책, 2017, p. 171.

*

지혜가 재미있는 일화가 하나 있다고 했다. 학생이 '왜.독.디'°를 보고 와서 나한테 묻는 거야. 선생님 독립영화가 뭐예요? 그래서 자본으로부터 독립한 거라고 했어. 그런데 그 애가 다시 묻더라. 그럼 왜 자본으로부터 독립하냐고. 창작자의 자유를 보장받기 위해서. 다양성을 확보하기 위해서. 상업영화에서 다룰 수 없는 주제를 다루기 위해서. 때때로 사적인 이야기를 하기 위해서. 좋은 실패가 가능하고, 실패해도 다시 시작할 수 있도록 하기 위해서. 돈이 많으면 많은 걸 할 수 있지만, 돈 때문에 할 수 없는 일도 분명 있으니까. 내가 그렇게 말했더니, 학생이 이해가 안 된다는 듯이 고개를 갸우뚱하더라. 수업 내용이 너무 어렵다는 거야. 그래서 내가 학생에게 독립영화 감독들에 대한 독립영화 몇 편°°을 추천해줬어. 학생이 다음 주에 영화를 다 찾아보고 와서 이렇게 묻더라. 선생님, 독립영화 감독 되면 정말 저렇게 다 불행해요? 그래서 내가 그랬어. 응, 불행하지 그럼. 근데 감독이 못 되어도 불행해. 지혜는 그렇게 말하고, 웃는 것도 아니

° 구교환, 「왜 독립영화 감독들은 DVD를 주지 않는가?」, 2013.

°° 가스 제닝스, 「나의 판타스틱 데뷔작」, 2007; 유지영 · 정가영 · 김태진, 「너와 극장에서」, 2017; 이승주, 「시체들의 아침」, 2018.

고 우는 것도 아닌 표정을 지어 보였다. 너 뭐야, 그 표정. 지혜는 메소드라고 했다. 다음 날 그 애 과외 그만뒀잖아.

*

「바바라 루빈과 뉴욕 언더그라운드」(2018) 상영 후, GV에서 외국 감독에게 소설가 김승옥을 소개한 학생. 데이비드 린치 다큐멘터리를 보면서 데이비드 린치 얼굴만 나오면 혼자 킥킥 웃던 사람. 아트나인 영화 상영 중에 들어와서 스크린에 자신의 실루엣을 투사시킨 관객들. 지아 장 커의 「24시티」(2008) 상영 때 극장에서 나와 함께 잠들었던 관객. 부산국제영화제에서 「트리 오브 라이프」(2011) 상영 때 우주 탄생 시퀀스를 견디지 못하고 잠이 든 관객들. [……] 이와이 슌지 회고전에서 영화가 끝난 후에도 자리에서 일어나지 못하고 계속 울던 분. 「기생충」이 끝나자마자 "봉준호 천재"를 외치던 학생. 무비 올나잇 보고, 아침에 좀비가 되어 극장을 나오던 사람들. [……] 앉은키로 자막 다 가리던 분. 나 지금 영화 보는 중이야, 어, 이따가 거기서 만나, 아니 영화관이라니까,라고 영화 상영 중에 전화 통화 했던 분. 한날 한시 같은 상영관에서 나와 함께 영화를 봤던 사람들. 얼굴은 기억나지 않지만, 기억나는 사람들. 나와 한 공간에 있다가 두 번 다시 못 만나게 된 사람들. 또 만났지만 또 만나더라도 서로를 알아볼 수 없는 사람들. 몸짓들. 오직, 잔상으로만 기억될 얼굴들.

*

극장에 사람이 한 명도 없어서 내가 극장을 돈 주고 빌린 줄 알았다. 평일 아침. 나 혼자서 영화를 봤는데, 영화가 너무 좋아서 마음이 별로 안 좋았다. 이 좋은 걸 나 혼자 보다니. 아침이라서 그런가. 출근 안 하는 백수들만 보라는 건가. 수업 결석하고 와서 보라는 건가. 사직서 내고 보라는 건가. 나는 지금껏 우리 동네 롯데시네마 아르떼관에 관객이 반 이상 찬 걸 본 적이 없었다. 무비꼴라주, 그러니까 CGV 아트하우스에 갈 때도 마찬가지였다. 텅, 텅. 극장이 이렇게 텅 비어 있는데, 텅 비어 있는 극장을 보기 전에는 극장이 텅 비어 있다는 사실을 모를 것이다. 이렇게 사람이 없는데, 이렇게 사람이 안 오는데, 극장에서도 당연히 독립영화를 틀고 싶지 않겠지. 그런 생각을 하면, 대형 영화 제작사의 입장을 이해할 수도 있을 것 같았다. 어쨌든 그들은 수익을 창출해야 했으니까. 이름들. 엔딩크레디트가 올라가고 있었다. 텅 빈 극장에서 나는 혼자 그 이름들을 바라보았다.

*

술자리에서 만난 한 영화 제작자가 내게 말했다. 너는 독립영화가 될 거라고 생각하냐. 그는 내게 대답할 기회도 주지 않고, 계속 말했다. 하여튼 이래서 독립영화 하는 애들은 안 돼. 현실을 너무 몰라. 내가 속이 다 터져. 독립영화를 누가 본다고 그걸 만들어. 우물 안 개구리라니까. 나는 독립영화계의 미래가 어찌 될지 예측할 수 없었으나, 적어도 그가 무슨 말을 할지는 알고 있었다. 그는 계속 내가 예상한 대로 말했고, 그게 그의 한계였다. 관객들 생각은 하지도 않으면서 예술 뽕만 차올라서 그러지. 안타까워. 나는 그거 이기적인 거라고 본다. 너 설마 예술 할 거 아니지? 그가 하는 말을 듣고 있자니, 나도 한마디 하고 싶었다. 한마디를 하지 못하면, 테이블이라도 뒤집고 술판을 깨고 싶었다. 그렇지만 나는 말하지도, 행동하지도 못했다. 내 목소리를 내고 싶어서 영화를 시작했는데, 이제는 영화만 생각하면 숨이 턱턱 막혔다. 누구는 마약도 하는데, 저는 왜 예술 뽕도 못 맞아요? 왜 저는 그것도 하면 안 돼요? 그럼 저는 뭘 할 수 있죠? 말하고 싶었는데, 말하지 못했다. 내가 아무런 말 없이 가만히 있으니까 불쌍해 보였는지 갑자기 그가 나를 위로하기 시작했다. 힘내. 정신 차리고. 정말 너만 보면 내 마음이 아파. 나 어릴 때를 보는 것 같아. 그 열정 알겠어. 그렇지만 순진한 생각 그만둬. 안 되는 건 안 되는 거야. 그 사람 말이 맞았다. 안 되는 건 안 되는 게 맞았다. 그래, 안 되는 건 안 되는 게 맞는데, 순진한 건 왜 안 되는 걸까. 그는 이번에 몇백억짜리 대작을 만들 거라고 했다. 나는 술을 더 마셨다. 울분. 토하지 않고는 견딜 수가 없었다.

*

독립영화 답 없지. 독립영화는 미래가 없어. 독립영화 망했어. 그런데 우리가 독립영화의 미래를 본 적이나 있었나. 언제나 독립영화의 미래는 상업영화였다. 그게 우리가 본 전부였다. 독립영화로 유명해지면, 어느새 상업영화 감독이 되어 있었다. 물론, 상업영화를 찍기 위해 독립영화를 찍을 수도 있었지만. 그렇지만. 그렇지만. 이제는 독립영화 자체만을 위해 독립영화를 찍는 사람이 거의 없었다. 거의 없어진 것 같았다. 있더라도 주목받지 못했다. 그 누구도 이곳에 머무를 수 없었다. 유명해지면 유명해져서 머물 수 없었고, 유명하지 않으면 유명하지 않아서 머무를 수 없었다. 독립영화 판은 유지될 수 없는 판이었다. 이제는 독립영화에도 유명한 배우가 나와야 했고, 그래야만 관객을 조금이라도 더 불러들일 수 있었다. 유명한 배우들은 소속사가 있었고, 소속사가 있으면, 감독은 소속사의 영향을 받을 수밖에 없었다. 또 다른 의미에서의 스타 시스템이었다. 누군가는 독립영화를 저예산 영화쯤으로 생각했다. 누군가는 독립영화가 이윤 창출을 목표로 하지 않기 때문에 이윤 창출을 할 수 없을 거라고 생각했다. 또는 이윤 창출을 하면 안 된다고 생각했다. 누군가는 독립영화를 습작이라고 생각했다. 시대에 따라 독립영화가 가지는 의미는 조금씩 확장되거나 달라질 수 있었지만, 이제 독립영화는 그 말의 의미를 완전히 상실한 것 같았다. 그저 텅 빈 말이었다. 그저 텅 빈 공간이었다. 독립영화는 아무리 잘 만들어도 독립영화라서 상영관이 없었다. 독립은 그냥 독립이라서 안 됐다. 최소한의 자유를 보장받는 일. 그게 그렇게 어려운 일이었다. 정치권력으로부터의 독립을, 자본으로부터의 독립을 주장하고 싶지만, 내가 생각해도 독립영화는 안 될 것 같았다. 거의 모든 부분에서 독립영화는 가망이 없어 보였다. 제작비가 부족하니 노동 착취도 더 쉽게 빈번히 일어났다. 자본 논리로 돌아가는 게 당연한 거야. 흐름이 그래. 맞아. 독립영화인들도 독립영화는 안 된다고 하잖아. 미래가 없다고 하잖아. 미래를 본 적도 없으면서, 미래가 없다고 했다. 미래를 본 적이 없어서, 미래가 없다고 했다. 망했어. 성공한 적도 없으면서 망했다고 했다. 독립영화 감독들에게 독립영화에 대해 물으면, 대개는 혼자 말하다가 혼자 화를 냈다. 시팔, 죽어도 독립은 하지 마. 도망쳐. 어차피 독립영화는 안 돼. 독립영화는 안 돼. 독립영화는 안 돼. 그런 식으로 되고 있었다. 어차피 독립영화는 안 된다니까. 그렇게 되었고, 그렇게 되고 있었다. 한국 영화 100주년에 서울독립영화제°는 44주년이 되었고, 한국독립영화협회는 창립 21주년이 되었다.

*

이태원 극장판이 영업을 종료했다. 나는 극장에서 내가 보고 싶은 영화들을 하나둘 잃어갔는데, 이제는 극장마저도 잃어가고 있었다. 사라지고 있었다. 누군가는 딱 한 편의 독립영화를 찍고 사라졌다. 누군가는 독립영화를 만들다가 상업영화 감독으로 데뷔하여, 딱 한 편의 영화를 찍고 사라졌다. 이러나저러나 독립영화 감독은 사라졌다. 그 사람들 어디서 뭘 하고 살고 있을까. 언젠가 짜잔 하고 다시 나타나줬으면 좋겠는데. 나는 그들의 다음 영화가 보고 싶었다. 내가

° 1975년 '한국청소년영화제'로 시작하여 2002년에 '서울독립영화제'로 명칭이 변경되었다.

그들의 영화를 보기 위해 얼마나 먼 길을 갔는지, 가는 길이 멀어 얼마나 힘들었는지, 그래도 얼마나 최선을 다해 갔는지, 늦을까 봐 조마조마해하면서 갔는지. 내가 내 마음을 어떤 방식으로든 전했다면 무언가 달라졌을까. 아 참, 연말에 내 영화 보러 올래요? 별건 없지만 와줬으면 좋겠어. 대구단편영화제에서 만났던 할머니가 생각났다. 고작 두 번 본 나에게 그런 부탁을 하다니. 할머니는 얼마나 많은 사람들에게 그 말을 했을까. 텅 빈 극장. 아무도 없는 그곳이 생각났다.

*

내가 어렸을 때, 엄마는 아빠랑 싸우면 나를 데리고 집을 나갔다. 한번 나가면 엄마랑 나랑 둘이서 일주일씩 집에 안 들어가곤 했는데, 나는 그게 좋아서 엄마 아빠가 싸우는 소리만 들리면 집을 나가려고 여행 가방에 짐을 챙겼다. 엄마랑 집을 나가면, 드라이브를 실컷 했다. 서울도 가고 부산도 가고 대구도 가고 강릉도 가고 그랬다. 우리는 어디든 갈 수 있었다. 나는 자동차 안에서 창밖을 바라보는 걸 좋아했고. 거리를 걷는 사람들. 벤치에 앉은 사람과 정류장에서 버스를 기다리는 사람들. 포장마차. 간판들. 한글. 나무가 지나가고, 새가 날아갔다. 구름. 하늘의 빛과 색. 풍경이 지나가고. 그것들을 보는 게 즐거웠다. 신호등 불빛. 교차로. 쉴 새 없는 움직임. 자동차 안에 음악 울려 퍼지고, 음악 흐르고. 리듬에 맞춰 풍경 지나가고. 봐도, 봐도 질리지가 않았다. 엄마, 해가 나를 따라와.

*

석우 차를 타고, 소나무가 늘어선 좁은 도로를 달렸다. 고개를 돌려, 옆을 보면 푸른 바다가 펼쳐졌다. 여름이었고, 해수욕을 즐기는 사람들이 보였다. 여기가 송정해수욕장이고, 이대로 쭉 가면 경포도립공원이야. 다시 고개를 돌려, 앞을 보면 도로에 소나무 그림자가 흔들렸다. 하늘. 뜨거운 햇빛. 소나무 그림자. 빛, 빛, 그림자. 빛과 그림자를 뚫고 앞으로. 우리는 자동차를 타고 달리고 있었다. 앞으로, 앞으로. 우리는 계속 달렸고 우리가 계속 달리니, 빛과 그림자는 흐르고 흐르면서 이어지고. 나는 이어지는 풍경으로부터 눈을 뗄 수 없었다. 아름답다. 진짜 아름다워. 내가 말하자 석우가 말했다. 응, 나도 그 생각 하고 있었어. 정말 아름다워. 빛, 그림자, 빛, 그림자. 그리고 더 이상의 말은 필요하지 않았다. 그저 함께 바라보는 것만으로도 충분했다. 영화가 이미 오래전에 내게 알려주었듯, 정말 그걸로 충분했다. 우리는 그렇게 소나무가 늘어선 좁은 도로를 끝까지 달렸다. 길이 끝나는 지점에서 석우가 핸들을 돌렸을 때, 나는 문득 묻고 싶어졌다. 그런데 있잖아, 석우. 영화 그만두면 어때? 좋아? 석우는 아무런 말도 하지 않았다. 응? 어떠냐고. 내가 다시 묻자 석우는 그제야 대답했다. 그냥 그렇지 뭐. 내가 원했던 대답이 아닌 것 같았다. 뭐야, 시시하게. 도대체 나는 무슨 말이 듣고 싶었던 걸까. 석우, 나 지금껏 모아둔 돈으로 반년만 쉬려고. 그냥 좀 쉬면서, 영화 말고 내가 하고 싶은 일이 또 있는지, 내가 할 수 있는 일이 혹시나 있는지 찾아보려고. 나도 영화 그만둘지도 몰라. 나는 말했고, 석우는 고개를 끄덕였다. 그래, 너는 분명 좋은 선택을 할 거야. 슬슬 하늘이 붉어지고 있었다. 바다 건너, 멀리, 아주 멀리, 해가 보였다. 정동진에서 해가 지는 걸 다 보네. 얼핏, 해가 뜨고 있는 것처럼 보이기도 했다.

*

두 시간 가까이 지하철을 탔다. 역에서 내려 한참을 걸었다. 그러고 보니, 나는 할머니의 이름을 몰랐다. 그러니까 나는 지금 이름도 모르는 할머니를 만나러 가고 있는 것이다. 이름도 모르는 할머니가 나를 초대했고, 나는 지금 이름도 모르는 할머니가 만든 영화를 보러 가고 있었다. 처음으로 독립영화를 보러 가던 날. 영화를 보고 돌아오니, 늦은 밤이었다. 거리가 텅 비어 있었다. 버스 정류장. 이미 시내버스는 보이지 않고. 아무것도 없음. 한참을 기다렸다가 택시를 잡아탔다. 기사님은 내게 어디 다녀오는 길이냐고 물었고, 나는 대전에서 영화를 보고 오는 길이라고 했다. 기사님이 무슨 영화를 대전까지 보러 가냐고 해서, 나는 독립영화라는 게 있는데 그걸 보려면 멀리까지 가야 한다고 했다. 멀리, 아주 멀리. 10년도 더 된 일인데, 아직도 나는 그때처럼 가고 있었다.

*

작은 카페 안. 불이 꺼졌다. 빔프로젝터에서 빛이 뿜어져 나오고. 할머니의 첫 영화. 어쩌면 처음이자 마지막이 될 수도 있는, 할머니의 영화가 시작되고. 검은 화면에 떠오르는 할머니의 이름, 제목.

감독 최정희, 「영화라고 하기에는 뭐하지만」

사람들이 웃는다. 화면 점점 밝아지고, 밝아지면, 스크린

속에 할머니가 나온다. 안녕하세요. 저는 사과를 먹습니다. 사과를 깎아요. 그냥 이렇게 하면 되는 건가. 에이. 할머니는 혼자서 사과를 깎아 먹으며 아무런 말이나 한다. 사람들이 웃는다. 이후 이어지는 장면들. 할머니가 직접 촬영한 숏들. 흔들리는 카메라. 할머니가 바라본 거실. 할머니가 바라본 주방, 식탁, 도마와 식칼, 침대, 이불, 안마기, 책, 구겨진 신문, 가족사진, 담배, 안경, 시계, 칫솔, 슬리퍼, 사과 반쪽. 할머니가 바라본 거울 속 할머니. 나는 이제 혼자 살고 있어요. 아무런 맥락 없이, 영화 속에서 할머니는 하고 싶은 말을 한다. 도무지 할머니의 연출 의도를 모르겠다. 할머니는 그저 보고 싶은 것을 보고, 하고 싶은 말을 한다.

빔프로젝터에서 빛이 뿜어져 나오고.
빛, 어둠, 빛, 어둠.
나는 고개를 돌려 사람들을 본다.
영화를 보는 사람들의 얼굴이 보인다.
잘 보였다가, 잘 안 보였다가.
몇 명의 사람들.

내가 지금껏 극장에서 만났던 사람들은 몇 명쯤 될까. 나는 헤아려지지 않는 얼굴들을 머릿속에 그려보고. 빛이 있고 어둠이 있다. 어둠이 있고 빛이 있다. 빛, 빛, 어둠, 빛과 그림자가 벽에 부딪힌다. 영화. 아무래도 영화 같은 건, 그만두는 게 좋을 것이다. 독립 같은 건 꿈도 꾸지 않는 게 좋을 것이다. 미래가 없고 [……] 미래가 없고 [……] 미래가 없다. 나는 언제까지, 이 생각을 언제까지 지속시킬 수 있을까. 지속시킬 수 있을까. 고개를 돌려보니, 할머니가 보인다. 빛. 어둠. 빛. 어둠. 연말이었고, 그렇게 밤이 지나고 있었다. 계속. 밤은 지나고 있었다.

참고문헌

김소영 · 백해린 · 임대근, 『한국영화의 역사와 미래』, 컨텐츠하우스, 2019.
김승구, 『식민지 조선의 또 다른 이름, 시네마 천국』, 책과함께, 2012.
박남옥, 『박남옥: 한국 첫 여성 영화감독』, 마음산책, 2017.
변성찬 · 지승호 · 남다은, 『감독, 독립영화를 말하다』, 수다, 2010.
서울독립영화제 엮음, 『21세기의 독립영화』, 한국독립영화협회, 2014.
유지형, 『영화감독 이만희』, 다빈치, 2005.
이준식, 『일제강점기 사회와 문화』, 역사비평사, 2014.
이하영, 『영화 배급과 흥행』, 아모르문디, 2019.
조성진, 『멀티플렉스 레볼루션』, 이알북스, 2018.
『독립영화』 48호, 한국독립영화협회, 2019.
이 밖에 『씨네21』의 여러 기사와 영화진흥위원회 자료를 참고함.

필름의 종말과 0%의 미래

이광호
(문학평론가)

3. 코닥이 필름 생산을 중단했다.

필름 영화가 사라졌을 때, 한 세계가 끝났다고 생각하는 사람도 있었을 것이다. 삶은 기이한 방식으로 지속된다. 한 시대의 단절적 지속과 다른 시간의 감각을 기록하는 일은 글쓰기의 몫으로 되돌아온다. 어떤 젊은 작가의 등장은 이 혼종적인 동시대성을 둘러싼 징후가 되기도 한다. 작가 서이제의 등장은 문제적이다. 영화 학도이며 디지털 세대로서의 매체사에 대한 관심, 언더그라운드 청년 예술가와 프레카리아트°의 삶, '서사적 삶'°°의 해체와 비선형적 글쓰기, 여성

° '프레카리아트precariat'는 불안정하다는 뜻의 'precarious'와 '프롤

작가의 내면적 정체성을 지운 '병맛'스러운 대화체 등을 소설적 계기로 삼고 있는, 서이제의 소설은 여러 겹의 문화적 함의를 갖는다. 서이제는 이 시대의 다층적인 시간들로부터 미지의 동시대적 장소들을 제시한다.

서이제에게 흥미로운 것은 사라져가는 것들의 아카이브에 대한 역설적인 관심이다. 가령 필름의 종말이 상징하는 자본주의적 비물질화의 과정 안에 물질적인 감각과 기억들을 끼워 넣는다. 그것은 낡은 사물들에 대한 향수가 아니라, 비물질화의 과정에도 불구하고 여전히 동시대 안에 남아 있는 '물질의 시간'을 사유하는 것에 가깝다. 등단작 「셀룰로이드 필름을 위한 선」의 공간이 홍대나 강남이라는 최신의 공간이 아니라, 종로인 것은 그래서 '힙하다'. 새로움이 물리적 시간상의 최신을 의미하는 것이 아니라 새로움의 감각을 둘

레타리아트proletariat'를 조합한 것으로 21세기에 등장한 불안정하고 취약한 계급 관계와 노동 형태를 반영한 용어이다. '프레카리아트'는 "끝까지 가지 못하고 잘린 신분"으로, 청년 실업률과 비정규직 비율이 높은 한국에서도 적용될 수 있는 개념이다. 이종임, 『디지털 세대 문화 정체성』, 커뮤니케이션북스, 2015, p. 55.

○○ '서사적 삶narrative life'은 "미래를 계획하고 삶을 준비할 수 없는 시대, 그것은 바로 삶의 서사가 붕괴된 시대다". 이종임, 같은 책, p. 65. 이 글에서는 조금 다른 층위에서 삶을 서사적으로 파악하는 인식론의 한계와 허위를 동시에 의미한다.

러싼 혁신, 새로움의 위계에 대한 전도에 있다고 한다면, 아카이브는 새로움을 위한 최전선이다.° 초월적 새로움이나 어떤 유토피아도 내세우지 않은 채 등장한 이 '힙한' 글쓰기를 무엇이라 할 수 있을까?

「셀룰로이드 필름을 위한 선」은 영화를 만들고 싶어 하는 젊은이들의 하찮고 그래서 역설적으로 성스러워 보이는 삶을 그린다. 종로3가역은 필름 영화를 상영하던 사라진 극장들과 새로운 디지털의 세계가 교차하는 공간이다. "종로3가역에만 가면 어쩐지 소 혓바닥 냄새가 났다"(p. 39)라는 이 희극적인 표현은 낡은 동시에 힙한 종로3가의 뉘앙스를 압축한다. 소제목 '5-1'로 시작되는 이 소설의 구성은 선형적인 서사 구성을 해체-재구성한 편집의 자유로움을 구가한다. 소제목 'POV'로 되어 있는 장들은 일인칭 시점 숏의 영화 문법을 차용한다. 다분히 임의적인 편집은 비선형적인 서사의 잠재성을 열어 보인다. 필름 영화의 시간이 '지속성'의

° "새로움은, 이전의 가치들이 아카이브화되고 시간의 파괴적 작용으로부터 보존되어야 할 때마다 요구된다." 혁신에의 요구는 문화 속에서 표현되는 유일한 리얼리티이며, 새로움의 발생은 개별 행위자의 의식적 활동을 넘어 작동하는 문화 경제의 논리를 따른다. 보이스 그로이스, 『새로움에 대하여』, 김남시 옮김, 현실문화, 2017, p. 35.

영역이고 디지털 영화가 '계산'의 영역이라면,° 이 소설은 디지털 영화의 편집의 자유로움을 다른 방식으로 전유한다. 서이제 소설 속의 시간은 임의적으로 분절되어 있으며, 독자의 읽기가 그 연쇄를 생성하는 시간이다.

소설에는 영화를 만들고 싶지만 무기력한 현실 앞에 놓인 '힙스터 찌질이'와 청년 예술가들의 사소한 에피소드가 반복된다. "영화감독인 척하는 고주망태 새끼들. 그들은 젊어서부터 자신의 인생을 한탄하고 조롱하며 자신을 욕보이게 하는 일에 최적화되어 있는 인간들"(p. 40)이며, 여기에서 '나'의 삶도 예외는 아니다. "나는 더 이상의 수치를 만들지 않기 위해 여전히 바보와 멍청이의 유사성과 차이점에 대해 고민하는 바보 멍청이로 살 수밖에"(p. 119) 없다. 가까운 선배 여성 감독의 좌절을 지켜보는 '나'의 이야기와 영상 파일을 날려버린 치명적인 실수담이 있지만, 이 소설의 핵심적인 사건이라고 보기 어렵다. 사소한 에피소드들은 시간의 순서와 상관없이 산포되어 있다. '종로3가의 소 혓바닥 냄새' 뿐만이 아니라 '오징어젓갈'에 대한 욕망, 후배 '한솔'이 장뤽 고다르를 만난 희극적인 에피소드들은 현실의 궁핍을 익

° 장미화, 『디지털 영화와 들뢰즈의 시간-이미지』, 커뮤니케이션북스, 2019, p. 9.

살스러운 분위기로 전환시킨다. "나는 좋은 사람이 되고 싶었다"(p. 39)라는 반복되는 소망은 '글러먹었다'는 것을 알지만, "삶에 대해 분노할수록 자살은 삼가야 한다는 사실을 나는 늘 상기하고"(p. 111) 있다. 수치를 감당하면서 영화를 포기할 수 없는 현재이면서 동시에 미래일 수밖에 없는 삶의 순간들이 그렇게 현전한다.

'유미 선배'가 자신의 마스터 필름과 DVD를 태우는 시간을 함께하는 장면은 상징적이다. 이 장면은 좌절당한 영화 예술가의 꿈에 대한 것이지만, '필름과 DVD'라는 물질로서의 영상물을 태운다는 문화적 메타포가 될 수 있다. 필름 영화가 필름 원본의 물질성과 잘라 붙이는 편집의 아날로그적인 접합의 산물이라면, 디지털 영화의 시대에 그런 것들은 의미가 없다. 영상물을 불태우는 퍼포먼스 자체가 디지털의 세계에서는 난센스가 된다. "원본을 불태우기 위해 공터를 찾아 헤맬 필요도 없었다. 삭제 버튼. 그것 하나면 되었다"(p. 81). 필름 영화 시대의 비장미는 디지털 시대의 블랙코미디로 바뀐다.

> 코닥이 필름 생산을 중단했다. 할리우드 영화 제작자들은 필름 릴을 쓰레기통에 버리는 퍼포먼스를 벌였고, 나는 TV로 그 모습을 지켜보며, 그들이 영화제작을 그

만두고 행위 예술가로 전향한 것인지 뭔지, 대체 왜 저런 행동을 하는 건지 알 수 없어 고개를 저었다. 필름의 종말. 물질은 비물질이 되었다. 디지털 시대의 도래는 불에 타 없어질 위기로부터 영화를 구원해주었지만, 세상을 더욱더 구린내가 나도록 만들었다. 사람들은 디지털카메라를 이용해 더 많은 똥을 쌌는데, 먹는 양이 늘어서 더 많이 싸는 것이었을 뿐, 변비를 해소시킨 것은 아니었다. 찍는 양이 늘어서 영화 생산량이 함께 증가한 것뿐, 더 많은 영화가 탄생하게 된 것은 아니었다. (pp. 71~72)

디지털 영화의 등장은 필름이 불에 타 없어질 걱정이 없는 세계를 열었지만 더 많은 '구린내'가 나게 만들었다. 영화 찍기를 '똥 싸는 일'에 비유한 것은 이 소설의 문체적인 특징을 보여주면서, 영상을 만드는 일이 대중의 놀이가 되는 문화 상황에 대한 묘사이기도 하다. 필름 영화의 종말을 고한 시대와 청춘의 시간은 기묘하게 연결되어 있다. "영화 하는 척하는 고주망태 새끼들에게 영화감독 취급을 받는 것도 아니면서 동시에 스무 살 아이들과 맥도날드 패티를 열심히 굽는다 한들 평범한 어른 취급도 받지 못할 나이"(p. 119)인 '나'의 시간대와 필름 영화가 사라진 시대의 '구린내'는,

아무것도 성취할 수 없는 청춘의 조건이다. 이 소설은 필름 영화가 종언을 고하는 시간과 무기력한 청춘의 시간을 겹쳐 보임으로써, 본 적 없는 소설적 장소를 만들어낸다. 청춘의 시간은 이를테면 '필름이 끊어진 시간 속에' 있는 것이다. '필름이 끊긴다'는 말의 다중적 함의를 문화적인 것으로 만드는 글쓰기가 여기 있다.

6. 미래가 없고, 미래가 없다.

「0%를 향하여」는 「셀룰로이드 필름을 위한 선」의 연장선에서 '0%의 글쓰기'를 시도한다. 한국 영화를 둘러싼 객관적 자료들을 인용하고 있는 이 소설의 인물들 역시 영화하는 사람들이다. 영화 할 돈을 벌기 위해 과외나 방과 후 교사를 하거나, 영화를 그만두고 강릉에 내려가 사진 스튜디오를 차리거나, 독립영화를 찍기 위해 스스로를 혹사하는 청춘들의 이야기 말이다. 삶의 미래가 보장되어 있지 않기 때문에 영화를 포기하지 않는 것 자체가 고투가 되며, 독립영화의 미래 역시 보장할 수 없다. 영화에 대한 열정으로 열악한 현실을 감당하는 시네필들의 이야기는 찌질한 정서와 뒤섞여 오히려 기이한 에너지를 뿜어낸다.

한국 영화 100주년은 기념할 만한 것이지만, 그것이 한국 영화의 미래를 보장하는 것은 아니다. “3대 멀티플렉스가 국내 영화 시장의 97%를 점유하고 있었고, 한 해 동안 천만 관객 영화가 다섯 편이나 나왔으며, 스크린 상한제 도입이 논의되었다. 한국 독립예술영화 관객 점유율은 1%대 초반으로 떨어졌다. 여전히 근로계약을 맺지 못한 채 일하는 영화인들이 있었고, 나는 한국 영화 100주년을 맞이하여, 영화를 그만두고 싶었다”(p. 304). 이 문장은 한국 영화 100주년의 현실을 압축한다. 한국 영화의 외형적인 성장이 한국 영화의 내적 진보와 영화 하는 사람들의 삶의 개선을 의미하는 것은 아니다.

영화 하는 청춘들은 “흥행이 곧 권력이라는 이야기. 돈만 벌면 장땡이라는 이야기를 했지만, 그럼에도 불구하고 매년 꾸준히 혼자 독립영화를 찍는 선배가 있다는 이야기”(pp. 310~11)를 할 수밖에 없다. 이 소설의 바닥에 놓인 질문은 독립영화는 가능한가? 그것을 ‘계속’ 만든다는 것은 무엇인가?라는 것이다. 독립영화는 “좋은 실패가 가능하고, 실패해도 다시 시작할 수 있도록 하기 위해서. 돈이 많으면 많은 걸 할 수 있지만, 돈 때문에 할 수 없는 일도 분명 있으니까”(p. 343) 필요하다는 논리가 존재한다. 하지만, “모든 독립영화는 상업영화 포트폴리오”(pp. 323~24)에 불과하다는 현실이 가로놓여 있다. "독립영화는 미래가 없어. 독립영화 망했어. 그런데 우리가 독립영화의 미래를 본 적이나 있었나. 언제나 독립영화의 미래는 상업영화였다"(p. 347)라는 자조 섞인 말과, "이제 독립영화는 그 말의 의미를 완전히 상실한 것 같았다. 그저 텅 빈 말이었다. 그저 텅 빈 공간이었다"(p. 348)라는 비관적인 인식이 남아 있다.

이런 상황에서 독립영화를 만드는 사람들은 곤경에 처할 수밖에 없다. "현장에 가면 돈은 벌 수 있었지만 글을 쓸 수 없었고, 글을 쓰지 못하면 내 작품을 만들 수 없었다. 내 작품을 만들지 못하면 감독이 될 수 없었다. 모순적이게도, 영화를 만들기 위해서는 영화를 하면 안 되었다"(pp. 324~25). 영화를 '만들기' 위해서 영화를 '하면' 안 된다는 이 모순이야말로, 독립영화판의 사람이 처한 피할 수 없는 현실이다. 독립영화계에 남아 있는 사람들은 "나는 내가 영화감독인지, 과외 선생인지, 아르바이트생인지, 그냥 백수인지 뭔지 모르겠어"(p. 332)라고 스스로를 자조한다.

그럼에도 영화를 할 수밖에 없는 시네필들의 영화적 원체험은 영화에 대한 최초의 물질적 기억들과 연관되어 있다. 처음 영화를 봤던 '쥬네쓰 시네마' 극장, 종로3가의 영화관들, 불법 다운로드로 봤던 미개봉 영화, 처음 독립예술영화를 보러 갔던 '대전아트시네마'와 같은 것들. 자신의 침대에서 아이패드로 넷플릭스 시리즈를 소비하는 시대에 영화관의 물질적 기억은 이미 낡은 것이다. 하지만 그 공간의 기억은 망각 속에 사라진 것이 아니라 현재에도 지속된다. 이 소설이 주는 기이한 감동은 '그럼에도 불구하고' 영화를 만드는 사람들의 시간에서 온다. '나'는 단편영화제에서 만난 할머니가 자기 영화를 보러 와달라는 부탁 때문에 두 시간을 지하철을 타고 영화관을 찾는다. "이름도 모르는 할머니가 나를 초대했고, 나는 지금 이름도 모르는 할머니가 만든 영화를 보러 가고 있었다"(pp. 352~53). 이름을 모르는 사람이 만든 영화를 보러 가는 그 시간은 독립영화의 이상한 미래와 연결되어 있다.

> 빛, 빛, 어둠, 빛과 그림자가 벽에 부딪힌다. 영화. 아무래도 영화 같은 건, 그만두는 게 좋을 것이다. 독립 같은 건 꿈도 꾸지 않는 게 좋을 것이다. 미래가 없고 [……] 미래가 없고 [……] 미래가 없다. 나는 언제까지, 이 생각을 언제까지 지속시킬 수 있을까. 지속시킬 수 있을까. 고개를 돌려보니, 할머니가 보인다. 빛. 어둠. 빛. 어둠. (p. 355)

영화관은 빛과 어둠으로 만들어진 공간이고, 그것이 영화관이라는 공간을 채우는 물질적 아름다움의 본질이다. 관객을 몰입과 관음의 공간으로 몰아넣는 빛과 어둠이 없다면 영화관은 존재하지 않는다. 독립영화관에서 빛과 어둠의 교차는 영화의 가능성과 불가능성이라는 순간들의 교차이기도 하다. 이 문장들에서 문학적인 언어와 영화적인 이미지의 구별은 거의 의미가 없게 된다. 영화 시나리오의 지문과 같은 '빛. 어둠. 빛. 어둠'의 교차는 영화 문법으로 말한다면 자유로운 '숏 내 몽타주'°를 시도한다. 진술과 묘사의 언어들은 연쇄적으로 맞붙어 있다. 이 문장들은 말하는 것과 볼 수 있는 것의 구별이 무의미해지는 '문장-이미지'°°의 연쇄를 보여준다.

이 영화관에 모인 사람들은 소설의 제목처럼 0%의 영화

° 아날로그 스크린은 "숏들의 연속 몽타주 즉 컷들을 배열하는 방식으로 시간을 공간화해서 구축한다. 디지털 스크린에서는 그와 반대로 공간을 시간화하는 양상이 부상한다. 몽타주와 화면 심도가 약화되고 합성 프로그램의 소프트웨어로 시각적 요소들을 조작하고 숏 내에서 자유자재로 배치한다". 장미화, 같은 책, p. 20.

°° "문장은 '말할 수 있는 것'이 아니며, 이미지는 '볼 수 있는 것'이 아니다. 문장-이미지라는 용어로 내가 의도하는 것은 미학적으로 정의되어야 하는 두 기능들, 즉 텍스트와 이미지 사이의 재현적 관계를 깨뜨리는 방식에 의해 정의되어야 하는 두 기능들의 결합이다." 자크 랑시에르, 『이미지의 운명』, 김상운 옮김, 현실문화, 2014, p. 86.

라는 가능성에 속한 사람들이다. 0%는 없음이 아니라, '0이라는 존재'의 있음이라면, 그 있음은 '지속'으로서의 있음이다. 0%는 모든 것이 소진된 상태가 아니라, 불가능성의 지금 여기 있음, 혹은 잠재성의 지속으로서의 0%이다. 완전한 의미의 '독립'영화는 불가능한 것일 수 있지만, 그 독립을 향한 삶이 지속되는 한 0%는 유령처럼 다른 미래를 사는 운동이다.° 독립영화를 하는 자는 "나는 존나 유령인가 봐. 존재하지도 않아"(p. 338)라고 말할 수밖에 없다. 실체와 영토를 갖지 않는 유령은 공간을 점유하는 것이 아니라 시간 속에 출몰한다. '독립'은 '유령의 시간'을 살아가는 시대착오의 열정이며, 이 기이한 열정 때문에 다른 미래는 지금 시작된다.

5. 아무것도 없는데 소리는 계속되고 있다.

새로운 매체 감각과 글쓰기에 대한 서이제의 탐구를 경험하고 싶다면 「사운드 클라우드」를 읽어야 한다. 이 소설

° 졸고, 「'인디'라는 유령의 시간」, 『익명의 사랑』, 문학과지성사, 2009.

은 엘피에서 시디로, 다시 음원 파일에서 스트리밍으로 변해온 음악의 매체 방식을 소설의 플롯에 적용한다. 이 시도는 소설 전체가 일종의 '사운드 클라우드'로 보일 수 없을까라는 발상을 전제한 것이기도 하다. 소설의 구성은 소단원의 제목처럼 '소리/목소리'와 '글씨를 쓰다'라는 말을 합성한 'Phonograph'적인 것이다. 이 소설에 등장하는 청춘들은 "홍대병 걸린 노량진 인간"(p. 214)이라는 절묘한 표현처럼 힙한 세계를 향유하고 싶지만, 앞날이 전혀 보장되지 않는 불확실성의 시간에 속해 있다. 소설의 첫 문장 "애플 에어팟을 샀는데 자랑할 데가 없었다. 뭐, 자랑하려고 산 건 아니었지만 사고 보니 자랑이 하고 싶어졌다"(pp. 163~64)는 '에어팟'이라는 물질적 이미지가 포함하는 모든 문화적 의미를 축약한다.

노량진 경찰 학원에서 만난 친구와 '나'는 안정적인 미래를 위해, 혹은 "아우디를 사주겠다는 부모님의 말"(p. 166) 때문에 학원을 다니지만 미래는 전혀 열리지 않는다. "합격하지 못하는 공시생과 사랑에 빠진 군인"은(p. 177) 모두 찌질한 청춘의 시기를 보내고 있다. 후임에게 시디플레이어를 '빼앗아' '모타운 음악'을 듣는 것은 그런 '홍대'를 향한 욕망에 연관된다. 읽은 적도 없는 하루키의 『상실의 시대』에 나오는 미도리를 예명으로 가진 사람을 좋아하는 것 역시 이런 동경에 가깝다. "음악은 언젠가 소설이 될 것이"라든가 "문학은 언젠가 힙합이 될 것이"(p. 188)라는 말과 같은 알 수 없는 문장들에 반응하는 것 역시 '홍대'를 향한 욕망에 가깝다.

소설의 후반부에 카세트테이프라는 낡은 매체가 등장한다. 음반 가게 사장님은 포장된 카세트테이프를 새로 들여다 놓는다. "어쩐지 과거와 현재와 미래가 뒤섞이고 있는 것 같"은(p. 211) 느낌은, 사운드 클라우드의 시간이 선형적으로 진행되지 않음을 암시한다. 카세트테이프의 릴 테이프를 갖고 놀던 물질적 기억은 살아 있으며, 늘어진 테이프가 "전혀 다른 음악이 되어가고, 되어가다가, 되어"(p. 213)갔던 감각은 과거와 현재의 경계를 가로지른다. 레코드 가게가 문을 닫는 소설의 마지막 장면은 "언제부턴가부터 아무도 카세트테이프로 음악을 듣지 않았던 것처럼, 이제 더 이상 아무도 시디나 엘피판으로는 음악을 듣지 않"는(p. 218) 상황의 결과이다. 음악을 담고 있는 물질들이 완전히 사라진 텅 빈 레코드 가게의 공간에는 아무것도 없지만, 소리는 사라지지 않는다.

> 나는 이제 그곳에 아무것도 없다는 것을 알면서도 계속해서 그 안을 들여다본다. 들여다보고 있다. 있지만,

없다. 텅 비어 없다. 이제 그곳에는 시디도 엘피판도 없는데, 아무것도 없는데. 있다. 아무것도 없는데, 소리는 계속되고 있다. 안녕. 메리 크리스마스. 거리를 걷고 있는 사람들의 목소리. 들려온다. 계속 들려온다. 캐럴. 재즈. 힙합. 팝. 말. 한꺼번에. 너무 많이. 너무 많은 말들이 한꺼번에 들려와서, 나는 그들이 대체 무슨 말들을 하고 있는 건지 알 수 없고, 알 수 없지만, 알 수 없기에 그들이 하는 말들을 이해할 수도 있을 것 같다. (pp. 218~19)

소리를 담고 있던 물질들의 세계는 사라졌지만 소리는 들려온다. 사라지고 없어진 것들 속에서도 계속될 수밖에 없는 소리가 있다. 매체와 장르는 변해도 음악과 사람들의 소리는 사라질 수 없다. "미도리. 목소리. 소음. 잡음" 같은 것들은 손에 잡히지 않는다. "나는 무언가 잡으려고 하는 듯, 주먹을 꽉 쥔다. 손에 잡히는 건 에어팟이 전부고, 고작 그게 전부라서, 이건 자랑할 것도 아니라는 생각이 든다"(p. 219). 소리들은 물질적으로 손에 잡히지도 않고 가질 수도 없다. '에어팟'을 가졌다고 소리를 갖는 것은 아니다. 그것은 마치 "콘트라베이스를 살 수 있었지만 음악은 살 수 없는 것"과 (p. 194) 같다. '에어팟'의 시대, 소리가 범람하지만 소리를 가질 수 없는 시대에, '나'는 '사운드 클라우드'의 존재를 어렴풋이 생각할 수 있다.

4. 한 줄에서 시작한다.

음악에 관해서라면 드물게 일인칭 여성 화자가 등장하는 「그룹사운드 전집에서 삭제된 곡」이 있다. '나'는 취업을 했지만, 입사 후의 세계는 내가 예측하지 못했던 세계이다. 현재의 시간에 부모님들의 젊은 날이 호출되는 것은 음악을 통해서이다. 이를테면 아빠가 좋아하던 '건아들'과 '활주로' '마그마'의 밴드 음악 같은 것들과 엄마의 청춘에 등장한 유미리의 「젊음의 노트」 같은 것들 말이다. '나'는 음악을 통해 엄마 세대의 삶을 엿본다. "종종 저녁 식사를 준비하며 파를 썰다가 식칼로 가슴팍을 찍고 싶을 때가 있다"는(p. 229) '엄마'의 캐릭터는 익숙한 모성의 이미지를 벗어나 있다. 엄마는 영어 학원와 헬스장과 골프장 등을 다니며 계속 새로운 걸 하고 싶어 하지만 "어느 시점이 되면 엄마는 모든 것을 그만두었다". "엄마는 엄마 되기 전에 엄마가 아니었"지만(p. 232) 이제는 "청춘을 다 잃었다고" 자조한다.

"요즘 젊은이들은 왜 투쟁을 안 해. 싸우지를 않아. 혁명을 몰라. 요즘 젊은이들은 선언하지 않고, 세상을 뒤집을 생각이 없어"(p. 234)라고 말하는 것은 이미 젊지 않은 사람들이고, "엄마는 청춘을 잃었다고 했지만, 나에게 청춘은 언제 잃어도 그만이었"던(p. 235) 것이다. 6월 항쟁 때 태어나지도 않은 '나'는 "옛날 밴드들은 참 이름도 엄청나다. 세상 다 뒤집어놓을 것 같은 이름이잖아"라고 흥미롭게 생각한다. "모두 운동권이고 모두 시인이었"던(p. 241) 그 시대는 엄마에게는 향수의 대상이지만, '나'에게 그것은 어떤 '새로움'이다. 소설의 후반부에서 '나'는 엄마가 또다시 음악 그룹 레슨을 받겠다고 하는 것을 받아들인다.

이 소설에서 엄마의 시대와 '나'의 시대를 이어주는 것은 음악들이고, 그 음악들을 새로움으로 대면하게 만드는 것은 유튜브이다. "근데 너 그런 옛날 사람들 어떻게 알았니. 나는 유튜브에서 봤다고 했다." 유튜브는 소리와 영상의 거대한 아카이브에 보관된 것들을 현재적인 새로움으로 호출한다. 유튜브의 세계에서 부모 세대의 '건아들'과 '마그마' '활주로'와 '유미리'는 지금 지속되는 젊음이다. "세상 모든 젊음이 그곳에 영원히 봉인되어 있는 것 같아. 내가 한 번도 느껴본 적 없는, 그런"(pp. 241~42) 젊음이 유튜브 속에 있다. 서로 다른 시간대를 살아온 두 세대의 문화적 삶을 동시대적인 것으로 만드는 것은 유튜브라는 매체의 힘이다. 이 공간에서는 한 시대의 히스토리가 끝나고 다른 세대의 시간이 시작되는 것이 아니다. 모든 다층적인 시간대가 현재에 호출되고 새로워지고 또다시 '시작'된다.

서이제 소설의 두 층위, 청춘의 서사가 없는 삶과 이를 다른 차원의 글쓰기로 전환하는 소설적 동력은 「(그)곳에서」와 「임시 스케치 선」을 통해 또 다른 소설적 장소를 보여준다. 「(그)곳에서」는 집이 없는 청춘, 정확하게는 오늘 밤 잘 곳이 없는 청춘의 이야기이다. "내일이 되면 내일을, 내일이 되면 또 내일을," "그렇게 계속 내일을 걱정"할(p. 247) 수밖에 없는 일인칭 여성 주인공이 등장한다. 오늘 밤 숙소가 없는 청춘이라는 설정은 현실에 대한 반영의 차원에 머무는 것이 아니다. 거처가 없기 때문에 하루하루의 미래가 전혀 보이지 않는 '장소 없는 삶의 시간'이라는 문제를 환기시킨다. 집 없는 대학생의 전공이 토목공학인 것은 아이러니를 만든다. 토목공학과 학생들은 "자신이 살 집을 스스로 짓고 싶어 했다. 하지만 정작 토목공학과에서 배우는 건 측량하기, 뚫기, 쌓기, 보호하기, 연결하기와 같은 것들이었다"(p. 251). "내가 학교를 다니고 있어서 다행이라고 생각"하지만(p. 262), 삶의 문제를 '단번에 해결할 공식'을 아는 것은 불가능하다. '예지'와의 동거가 실패한 것은 각자의 방식이 다르고 "우리에게는 각자의 방이 필요했지만, 각자의 방이 없었"(p. 298)기 때문이다. 방이 없기 때문에 "생활 없는 삶이 지속되고”(p. 290) ‘삶의 지도’가 없는 시간이 이어진다. 장소를 표기할 수 없기 때문에 미래를 가늠할 수 없는 젊음은 익명의 ‘(그)곳에’ 있다.

「임시 스케치 선」은 하이퍼텍스트적인 글쓰기를 시험하고 있는 소설이다. “한 줄에서 시작한다”(p. 137)라는 문장은 여기서 뻗어나갈 문장들의 비선형적이고 다중적인 잠재성을 암시한다. 각각의 문단들은 하나의 서사의 유기적인 부분들이 아니라, 전체성을 알아낼 수 없는 퍼즐 조각과도 같다. 이 소설에서 ‘X’는 그 조각들의 단위이면서 인물의 이름이며, 특정할 수 없는 그 모든 인물과 시간의 이름이다. 그래서 소설은 점들이 모여 선과 면이 되는 텍스트, “점 점 점. 점점. 선이 된다. 면이”(p. 160) 되는 글쓰기의 과정을 실현한다고 할 수 있다. 이 익명적이고 다중적인 글쓰기를 통해 “한 줄에서 시작했는데, / 이제는 더 이상 한 줄이 아닌 것 같다. / 그렇다고 한 줄이 아닌 건 아니다”(p. 155)라고 말할 수밖에 없는 예외적인 텍스트가 탄생한다.

2. 그건 사랑하지 않는다는 말도 아니다.

「미신(迷信)」은 서이제 소설에서의 ‘진실’에 대한 태도를 날카롭게 보여준다. 이 소설에서는 '모른다'로 끝나는 문장들이 끝없이 이어진다. 이 소설의 도입부는 "지금, 눈이 내리고 있을지도 모른다. 아닐지도 모른다"(p. 9)로 시작된다. 이 소설의 핵심적인 사건은 "선생님이 죽고, 그 애가 사라졌"다는 것이지만, "나는 어디에 있었을까"(p. 10)라는 스스로에 대한 알리바이는 결코 해결되지 않는다. 수능 날에 선생님이 왜 자살하고 '이 군'을 만난 저수지에서 무슨 일이 있었는지 역시 알지 못한다. 진실에 대한 회의는 심해져서, "선생님이 죽었다는 사실조차 실제로 벌어지지 않았던 일일지도 모른다"(p. 29). 또한 "이 군. 그는 내가 늦을 때마다 아무런 말 없이 나를 기다려주었던 유일한 사람이 아닐지도 모른다. 그는 그곳에 없었을지도 모른다"(p. 31)는 생각에 이른다. 여기에 이르면 이 소설의 모든 사건들이 실제로 일어났는지 알 수 없다.

'내'가 '모른다'라고 끊임없이 말하는 심층에는 '나는 내가 누구인지 알 수 없다'라는 고백이 있지만, "선생님이 죽고, 그 애가 사라졌을 때, 나는 어디에 있었을까"(p. 10)라는 무서운 질문이 도사리고 있다. 이 질문에는 모종의 죄의식이 개입되어 있다. 친구인 '그-이 군'은 사람을 죽였다고 고백한다. 이 소설의 서술자는 '모른다고 고백하는 주체'인데, 그 고백의 형식은 편지일 수도 있으나 그 편지가 누구를 대상으로 하고 있는지도 모른다. '나-선생님-이 군'은 모두 죄의식에 연루되어 있고, 모두 자신을 믿을 수 없는 자리에 있으며, 말하는 자와 말을 듣는 자의 구분이 뒤섞이며 '함께' 존재한다. '모른다'는 말을 계속 되뇌는 화자는 단순히 '믿을 수 없는 화자'가 아니라, '자기 자신을 믿지 못하는 화자'이다. 자기 자신조차 믿지 못하는 화자가 소설의 담화를 구성하고 있다면 소설이라는 문법 자체가 가능한 것인가? '자기 자신을 믿지 못하는 화자'는 소설의 가능성과 불가능성을 가로지르는 유령 같은 서술 주체이다.

"사랑하지 않았을지도 모른다는 말은 사랑하지 않았다는 말과 다르지만, 그렇다고 해서, 사랑했다는 말도 아니다. 나는 그를 사랑했던 것이 아니라 단지 생각하고 있었는지도 모른다"(p. 27). 이 문장이야말로 문학의 언어에 대해 말하고 있는 것일지도 '모른다'. 저수지에서 끔찍한 일이 일어났는지 분명하지 않지만, 어떤 사건을 발설하면 '모른다'라고 말한다 하더라도, 이미 '언어적' 사건은 발생한 것이다. 서이제의 소설은 '사건이 일어났다-사건을 인과적으로 재현한다'가 아니라, '사건이 일어났는지 모른다-사건을 생각하는 과정을 중계한다'의 문법을 재구성한다. 확신할 수 없는 사건들에 대한 생각의 기저에는 "정말로 저는 살아 있나요? 살아 있다고 믿으면 살아갈 수 있는 건가요?"(p. 32)라는 뼈아픈 질문이 있다. “살기 위해서 믿기 힘든 일들을 믿을 수밖에”(p. 34) 없지만, 그 믿음이 ‘미신’일 수 없음을 또한 알고 있다. 소설은 이렇게 사건의 기록이 아니라, (살아 있다고) 믿지 못하는 생각들의 ‘중계’가 된다.

이 소설의 제목이 “미신(迷信)”인 것은 의미심장하다. ‘미신’은 완전히 진실될 수 없는 언어를 진실된 것이라고 믿는 사태이다. 미신은 실패할 수밖에 없는 언어들의 진실성에 맹목적으로 고착되어 있는 상태인 것이다. 서이제 소설은 미신에 고착되지 않고 끝없이 질문하는 자의 언어이다. 서이제 소설에는 하나의 단언이 그다음의 반대되는 단언으로 부정되고 다시 부정되는 문장들이 자주 등장한다. 서술자는 단언에 실패하는 사람이다. 서술자는 판단하는 사람이 아니라, 자신의 판단이 반대 추론에 의해 부정될 수 있음을 알고 있는 사람이다. “나는 그를 사랑하고 있는지도 모른다. 아직 그런지 모른다. 사랑이 아닐 수도 있지만, 나는 줄곧 내가 그를 사랑하고 있는지도 모른다고 생각해왔다”(p. 14). 서술자는 자신이 느끼는 것과 원하는 것에 대해 하나의 단언이 뒤집어질 수 있음을 알고 있다. 그는 반복되는 판단중지의 상태에 있지만, 중요한 것은 중지의 상태가 아니라, 문장이 번복되는 과정의 내적 운동과 리듬이다. “나는 모르는 게 너무 많아서, 너무 많은 생각을 한다”(p. 23). 소설은 하나의 판단에 의해 사태가 정리될 수 없는 모호하고 불안정한 '들린' 시간에 머문다. 판단의 무한한 번복은 사태와 사유와 언어 사이의 간극을 봉합하지 않으면서 그 간극의 정치적 잠재성을 여는 글쓰기이다. 침묵에 머물 수도 하나의 진실에 고착될 수도 없어서, '진실됨'이라는 불가능성에 한없이 가까워지려는 수행적인 언어 말이다.

1. 이제야 사랑을 말할 차례이다.

서이제의 소설 속에는 발견의 대상으로 진실, 고정적이고 단일한 진실 개념이 등장하지 않는다. 소설을 통해 사건의 전모와 시간의 윤곽을 정확하게 파악하는 것은 허용되지 않는다. 그의 소설은 사라진 것들 안의 새로움에 대해 감각하고, 안다고 믿는 것 안의 모름을 끝없이 사유한다. 매체를 둘러싼 진보의 서사와 진실에 대한 믿음이 가진 권력의 무게는 가벼워진다. 임의적인 편집이 만드는 혼돈스러운 리듬은 스타일 너머의 스타일을 만든다. 디지털 기술이 만드는 자유로운 배치와 하이퍼텍스트 문법을 전유하면서, 한편으로는 그 기술과 글쓰기 사이의 간격을 봉합하지 않는다.

서이제의 소설 속에서 청춘은 바닥을 알 수 없는 곳으로 낙하한다. 이 낙하는 단 한 번의 결정적인 낙하가 아니며, '바닥이 없는 시간'과 함께하는 삶의 과정이다. 낙하하는 자는 상황의 전모를 볼 수 없고 시간과 물질의 단면들은 순식간에 지나가며, 여기에서 다른 시간의 감각을 만날 것이다. 선형적인 원근법과 조감의 시선으로부터 벗어난 '자유낙하'의 운동°은, 낙하하는 청춘의 시간을 지속되는 현재로 만든다. 여기에는 서사적 삶의 예정된 미래도 단 한 번의 비극적인 무너짐도 없다. 소설의 몸 안에는 여러 겹의 시간들이 뛰어놀게 되며, 단일한 시간의 형상으로 수렴되지 않는다. 서이제의 소설은 포스트 진실의 시대에 가장 먼저 도착한 0%의 미래이다. 이 미래는 동시대의 감각으로 지금 시작되는 미래이다. 이제야 0%에 대한 사랑을 말할 차례다.

° 히토 슈타이얼은 실증적 공간의 객관적 재현이라 인정되는 일점 투시 선형 원근법의 몰락과 최근의 공중에서 내려다보는 관점의 범람을 지적하면서, 바닥이 없는 곳으로의 자유낙하의 운동을 새로운 사고실험으로 제안한다. "주저 없이 객체를 향하고, 힘과 물질의 세계를 포용하며, 그 어떤 근원적 안정도 없이, 개방의 충격으로 번뜩이는 낙하. 고통스러운 자유, 지극히 탈영토적이며, 따라서 언제나 이미 미지의 대상인 것." 히토 슈타이얼, 『스크린의 추방자들』, 김실비 옮김, 워크룸프레스, 2016, p. 37.

작가의 말

질감과 두께. 내 언어의 무게를 느껴보고 싶다. 이 책에 수록된 소설들은 모두 한글 프로그램을 사용하여 집필되었다. 디지털 픽셀값으로 구현된 텍스트는 종이책이라는 물성으로, 내 언어는 물질이 되기를 기다리고 있다. 모든 것이 디지털 세계로 향하고 있는 시대에 아날로그 세계로 가는 방식. 나는 그 점이 마음에 든다.

우연한 사건.

여러 겹으로 쌓이는 시간을 생각한다. 나는 그것을 종이가 한 장 한 장 겹쳐 있는 책의 형태를 통해 이해할 수 있었다. 여러 페이지를 자유롭게 오가며 볼 수 있는 책의 형태를 통해 수용자에 의해 재배치되고 활성화되는 시간을 말이다. 그리고 동그랗게 말려 있는 셀룰로이드 롤필름의 형태에서 구부릴 수 있는 시간을, 미술관 벽에 걸어놓은 필름에서 공간으로서의 시간을, 불타고 조각난 필름에서 파편적으로 흩어진 시간을 떠올릴 수 있었다.

물성의 시간.

책은 누군가를 만나면서 각자의 운명을 가지게 된다. 밑줄이 그어지거나, 젖거나 찢어지거나. 단숨에 읽히거나 천천히 읽히거나. 뒤죽박죽 읽히거나 영원히 읽히지 않거나. 금세 잊히거나 오래도록 기억되거나. 똑같이 복제된 텍스트는 각자의 서사를 가지면서 고유해진다. 그렇게 모든 것이 변한다.

변하는 것, 그것은 서사다.

나는 그렇게 믿고 있으며, 나의 영혼과 몸의 서사를 전개하는 중이다. 조금씩 길어지는 머리카락, 늘어나는 점의 개수, 흐려지는 시력. 나는 변하고 있고, 생각은 사방으로 흐르고 있다. 매일매일 살아가는 동시에 죽어가기에 내 생각은 조금씩 변하고 있다. 흐르는 구름, 물들어가거나 피어나는 잎, 산산조각 난 유리, 깊어지는 균열과 짙어지는 얼룩, 부식

되고 퇴색되는 것들. 풍경과 함께 시시때때로 변하는 감정들. 여기서 저기로 이동하는 사람들. 매일 조금씩 달라지는 사람들의 얼굴들. 매일 조금씩 더 사랑하게 되는 그 얼굴들. 결정적인 사건 없이도 서사는 이미 그런 방식으로 움직이고 있다. 매 순간 우연과 협력하여 움직이고 있다. 생각의 움직임, 말의 흐름. 그 운동성을 보여주고 싶었다.

한때 나는 내 마음을 정확하게 표현할 수 있는 문장을 원했다. 내 생각을 명확하게 전달하고 싶었다. 그것도 모자라, 내 삶에 영원히 새길 수 있는 견고한 문장을 찾아 헤맸다. 절대적인 믿음을 요구하는, 그 부동의 언어를. 마치 어떤 결론에 이르려는 사람처럼, 끝장을 보려는 사람처럼. 그러나 그건 내가 시작과 끝이 있는 일직선의 시간을 생각했기 때문이다. 이제 나는 시작도 끝도 없는 시간을 떠올릴 수 있다. 책과 문학이 내게 알려준 시간. 그 시간 속에서 나는 마음껏 움직일 수 있다.

사랑하는 나의 부모님. 내게 좋은 영향을 준 선생님들. 영화를 사랑하는 나의 친구들, 함께 글을 쓰는 동료들. 그리고 나의 동인, 신종원 작가. 소설을 읽고 따뜻한 마음을 전해준 독자들. 첫 책을 함께 만들어준 조은혜 편집자와 조슬기 디자이너, 이광호 선생님께 감사의 말을 전한다.

그들을 만난 건 우연한 사건.
행운과 뜻밖의 행복.

소설을 쓰면서 나는 우연히 행복해졌다. 나는 여기에 특별한 의미나 이유를 덧붙일 수도 있을 것이다. 또는 그대로 둘 수도 있다. 여기서 멈출 수도 있고 이대로 나아갈 수도 있다. 더 멀리 흘러가버릴 수도 있다.

때때로 나는 말을 믿거나 믿지 않는다.

나는 계속 변할 것이다.
내게는 그런 자유가 있다.

나는 이제,

우연과 협력한다.

2021년 여름
서이제

수록 작품 발표 지면

미신(迷信) 『현대문학』 2018년 12월호

셀룰로이드 필름을 위한 선 『문학과사회』 2018년 여름호
 (문학과사회 신인문학상 수상작)

임시 스케치 선 『쓺』 2019년 하권

사운드 클라우드 『문학과사회』 2019년 겨울호

그룹사운드 전집에서 삭제된 곡 〈비유〉 2020년 4월호

(그)곳에서 『문학들』 2019년 가을호

0%를 향하여 『Axt』 2020년 1/2월호